UN CADEAU DE MILLIARDAIRE

UNE ROMANCE DE NOËL

CAMILE DENEUVE

TABLE DES MATIÈRES

Publishe en France par:
Camile Deneuve

©Copyright 2021

ISBN: 978-1-64808-988-6

 Réalisé avec Vellum

LIVRE UN : THANKSGIVING

Deuil. Amour. Prises de conscience.

Blaine Vanderbilt n'a que trente ans, mais il a réussi à amasser une fortune dans la distribution en fondant une chaîne de magasins discount appelée Bargain Bin.

Cet homme très séduisant possède un cœur de pierre. Selon lui, il n'y a aucun mal à mettre ses concurrents en faillite, si c'est pour réussir.

Jusqu'au jour où son vieux père décède. Blaine commence alors à se poser des questions – devrait-il changer son mode de vie ?

Blaine remet alors en questions ses choix passés, tant dans sa vie professionnelle qu' amoureuse, car il agit aussi froidement avec ses conquêtes qu'avec ses concurrents.

Il décide qu'il est temps de devenir une meilleure personne et de changer du tout au tout. La première étape, c'est de faire en sorte que les enfants malades de l'hôpital de sa ville natale, Houston, passent de superbes vacances de Noël. C'est là qu'il va rencontrer la femme qui serait aussi bien celle qui va le sauver, que sa pire ennemie.

Delaney Richards pourra-t-elle accepter l'homme qu'est en train de devenir Blaine, ou ne parviendra-t-elle pas à lui pardonner ses

CHAPITRE 1

Blaine

5 novembre :
Des gouttes de pluie tombent sur le toit, et ce bruit emplit mes oreilles et mon cœur. J'ai l'impression qu'il pleut aussi en moi. Aujourd'hui, nous enterrons mon père, près de ma mère. Elle est morte en donnant naissance à mon petit frère, Kent – ce qui est très rare de nos jours. C'est arrivé il y a vingt-cinq ans. Cela ne me fait plus souffrir autant qu'auparavant.

Mais la mort de mon père a ravivé la douleur, me mordant comme au premier jour. Cela faisait bien longtemps que rien ne m'avait atteint. J'ai mis des années à m'endurcir, jusqu'à devenir inaccessible. Mais en une journée, mon père a réussi à briser l'armure autour de mon cœur.

Mon père a fait exploser en mille morceaux la barrière protectrice que j'avais érigée pour me préserver de la peine. Il nous a été enlevé si soudainement. Sa crise cardiaque fatale, à cinquante-sept ans, nous laisse seuls au monde, moi, ma petite sœur Kate et mon petit frère Kent.

Je suis l'aîné et, je suppose que pour la première fois, je vais devoir leur montrer l'exemple. Je n'ai jamais vraiment tenu ce rôle auprès d'eux, selon mon père. En fait, j'étais plutôt pour eux l'exemple de personne à ne pas devenir.

À seulement trente ans, je suis milliardaire. J'ai commencé à bâtir mon petit empire dès la fin de mes études. J'ai obtenu un diplôme de commerce, et j'ai réussi à réunir un groupe d'investisseurs qui m'ont aidé à bâtir mon entreprise.

Grâce à leur aide financière, j'ai réussi à créer une entreprise prospère. Ma première boutique Bargain Bin, dans le centre-ville de Houston, ma ville natale, a été un succès total. Un an et demi plus tard seulement, j'avais assez d'argent pour ouvrir un autre magasin à Dallas.

À ce moment-là, je me demandais, puisque mes magasins marchaient bien dans les grandes villes, si je devais envisager d'en ouvrir dans des villes plus petites. Pas dans des villages, mais dans des villes de taille moyenne.

Alors, j'ai ouvert la boutique Bargain Bin suivante, la troisième, à Lockhart, au Texas, 13 232 habitants. La taille idéale pour vérifier que mon idée allait marcher.

L'une après l'autre, mes boutiques se sont progressivement imposées sur le marché de cette ville, comme je m'y attendais. Il y a bien eu une controverse selon laquelle mes boutiques auraient poussé à la faillite les autres commerces locaux installés depuis longtemps, mais cela ne me touchait pas. Le business, c'est le business. Il n'y avait rien de personnel.

La spécialité des Bargain Bin, c'est d'être les moins chers dans tous les produits. Evidemment, je dois vraiment chercher les produits les moins chers dans le monde entier, mais c'est une formule qui fonctionne. Je possède à présent des magasins dans tous les États-Unis – un petit exploit pour un homme de mon âge.

Papa n'était pas fan de ma manière de faire des affaires, ni de mon comportement avec les femmes. Il m'avait dit plus d'une fois que j'avais un cœur de pierre. Il avait raison. Je devais bien le reconnaître.

Mais il me semblait que le meilleur moyen de me protéger était de me tenir à distance, d'être intouchable.

J'entends un bruit de grincement, ce qui me ramène au moment présent, au lieu de ressasser mes tristes pensées. Ma sœur se tient près de moi et passe son bras sous le mien en reniflant.

– Blaine, il va me manquer, murmure-t-elle.

Nous regardons le cercueil en titane brillant de mon père alors qu'on le descend en terre.

Je ne sais pas vraiment comment m'y prendre pour la consoler. Je regarde mon frère qui se tient de l'autre côté de ma sœur, en lui demandant en silence quoi faire. Comme toujours, il me vient en aide et me fait signe de passer mon bras autour d'elle et de lui caresser la tête.

Je suis son conseil en disant :

– Allons, allons, Kate. Ça va aller. Je suis là si tu as besoin.

Et voilà, Kent m'a fait prendre la place de papa, en me soufflant quoi dire. Je lui fais totalement confiance.

– C'est vrai ? demande-t-elle. Tu me le promets, Blaine ?

– C'est promis, je réponds à ma petite sœur. Si tu as besoin de quoi que ce soit, viens me trouver. Je serai toujours là pour toi.

Kent me sourit et lève le pouce en l'air. Je lui réponds par un doigt d'honneur. Nos relations ont toujours été compliquées ; il est le cadet de la famille, et il a toujours tenu à me faire remarquer mes défauts et mes mauvaises habitudes.

Mes boutiques emploient principalement des personnes handicapées. Comme ces personnes reçoivent une allocation du gouvernement, elles ne peuvent pas gagner trop d'argent. Je fais bien attention de ne pas les payer davantage que ce que la loi ne l'autorise. Après tout, je ne voudrais pas qu'elles perdent leurs droits.

Kent trouve que cela fait de moi une horrible personne. Il appelle cela de l'exploitation. Moi, je pense que c'est une bonne stratégie du point de vue des affaires. Il peut appeler cela comme il veut – c'est moi qui décide comment gérer mon entreprise.

Ce qui m'amène au fait que lui et ma sœur ne gagnent pas énormément d'argent. Kent est chauffeur routier. Il se rend d'un point A à un point B avec de la marchandise. Il fait la même chose tous les jours, semaine après semaine. Selon moi, c'est vraiment un boulot horrible.

Kate travaille dans une garderie, et elle s'occupe de morveux toute la journée. Cela aussi ressemble à un cauchemar pour moi. Papa les a toujours aidés à payer leurs factures, même si à mon avis, ce n'était pas leur rendre service.

Mais maintenant, je suppose que c'est à moi de tenir le rôle de mon père et de devenir le chef de la famille. Je n'ai jamais voulu de ce rôle, mais il faut bien que quelqu'un prenne le relais puisqu'il n'est plus là. Et vu comme ma petite sœur est accrochée à moi, je vois bien qu'elle en a besoin.

CHAPITRE 2

Blaine

Nous arrivons chez notre père, et ça fait vraiment bizarre qu'il ne soit pas à la porte pour nous accueillir, comme il l'a toujours fait. Le foyer qui nous paraissait autrefois chaleureux et douillet nous semble à présent vide. Même si la maison n'a pas changé, plus rien n'est pareil sans papa.

– J'ai horreur de ça, gémit Kate en se laissant tomber sur le canapé usé du salon.

J'ai demandé plusieurs fois à mon père de me laisser lui acheter une maison, mais il avait beaucoup d'orgueil et a toujours refusé. Je lui ai offert une Cadillac l'année dernière. C'était la première fois qu'il acceptait un de mes cadeaux. Il avait toujours rêvé d'en avoir une, alors lorsque je lui en ai offert une à Noël, je suppose qu'il a mis un peu sa fierté de côté pour profiter du plaisir de conduire cet engin, ce dont il avait toujours eu envie.

Je me souviens de ma joie ce Noël-là, lorsqu'il avait enfin accepté un cadeau de ma part cette fois-là. J'en avais été très heureux. C'est très rare que je ressente quoi que ce soit. Et, c'est mieux ainsi.

– Alors, que fait-on maintenant, Blaine ? demande Kent en ouvrant le frigo près du fauteuil de papa. Une bière ?

J'acquiesce et il me lance une canette. Kate tend la main pour en avoir une aussi. Nous nous asseyons tous les trois et nous prenons de longues rasades. Puis, nous poussons tous un ahh, ce qui nous fait sourire. Sans nous concerter, nous avons décidé de faire le même bruit que faisait notre père en buvant sa première gorgée de bière après une longue journée de travail.

– Je me demande vraiment comment le Bar-B-Que Shack va s'en sortir sans papa pour cuire leur viande. Il était vraiment le meilleur, dit Kate.

– Moi, je me demande s'il y a des restes dans le congélateur, dit Kent en se levant pour aller vérifier.

Je n'ai absolument pas faim, mais je vois que mes cadets ont besoin de garder un semblant de normalité pour ne pas se laisser aller à la tristesse.

– S'il ne reste rien, je peux téléphoner et nous faire livrer, dis-je.

– Non, je veux quelque chose de papa, dit Kent depuis la cuisine.

J'entends des bruits depuis la cuisine, et je comprends que mon frère inspecte le fond du frigo pour essayer de trouver des restes.

– Ha ! Ouais, j'en ai trouvé ! s'exclame-t-il.

– Tu ne sais pas de quand ça date, Kent, intervient Kate. Ne mange pas ça.

Elle se lève et va sûrement vérifier la nourriture que notre petit frère s'apprête à mettre dans sa bouche.

Je me lève et je la suis, pour m'assurer que cet idiot ne mette pas sa santé en danger. Nous avons vécu assez de tragédies pour aujourd'hui.

Kent sourit en nous montrant une boîte sur laquelle la date correspondant à trois jours plus tôt est écrite au feutre.

– C'est le dernier jour pour la manger aujourd'hui. Allez – c'est du gigot, la spécialité de papa.

– Il y a des flageolets ? demande Kate en se mettant à chercher dans le frigo à son tour un plat qui lui rappelle notre père.

– S'il y a de la salade de pommes de terre, sors-la aussi, dis-je en me laissant aller aussi au sentimentalisme. J'ai toujours adoré celle de papa.

Kent met la viande sur une assiette et la met au micro-ondes, alors que Kate met la main sur des flageolets et de la salade de pommes de terre. Elle verse chaque plat dans un grand bol et les pose sur le comptoir.

– Tu mets les flageolets ensuite, petit frère ?

– Bien sûr, c'est facile, je peux y arriver, dit-il en prenant une gorgée de bière. Vous vous souvenez de la première fois que nous avons volé des bières à papa ?

– J'ai encore mal aux fesses, je réponds en riant.

Kate éclate de rire tout en plaçant la salade de pommes de terre sur la table. Puisque tout le monde fait quelque chose, je décide de contribuer et je vais chercher des assiettes, des couverts et des serviettes pour mettre la table.

– C'est surtout vous deux qui avez pris, se souvient Kate. Je pleurais avant même qu'il ne me touche. Il m'a donné une petite fessée, mais je n'ai rien senti. Ça ne m'a pas empêchée de hurler pour autant !

Kate s'assied et je pose une assiette devant elle.

– En tout cas, on n'a jamais recommencé. Une fessée, c'était suffisant, dit Kent en posant le plat de viande sur la table avant d'aller chercher les flageolets.

– Personnellement, ce n'était pas la fessée qui m'a arrêté. C'était le souvenir de vous entendre crier comme si on vous battait à mort. C'était la dernière fois que nous avons reçu une correction, je crois, dis-je en posant deux assiettes supplémentaires sur la table avant de m'asseoir.

– Je n'en ai plus jamais reçu, dit Kate en commençant à se servir.

– Hé, attends ! lui crie Kent. On doit dire les grâces, Kate.

– Tu as raison, dit-elle en reposant la cuillère dans le bol de salade. Surtout aujourd'hui. Mince, je n'arrive pas à croire qu'il n'est plus là. Je n'arrive vraiment pas à y croire.

Elle s'essuie les yeux avec la serviette.

– Hé, on ne pleure pas à table sœurette, dis-je en la taquinant. Tu connais les règles chez papa. On ne parle que de choses positives à table. Allez, raconte-moi ton meilleur souvenir de papa.

Elle hoche la tête et boit une gorgée de bière.

– Mon meilleur souvenir avec papa, hein ? Il y en a tellement, je ne sais pas lequel choisir. Mais je dirais qu'un de mes meilleurs souvenirs, c'est quand il nous avait emmenés pêcher.

Kent pose les flageolets sur la table et s'assied.

– Ouais, la pêche avec lui, c'était génial, dit-il en nous prenant les mains et en se tournant vers moi. C'est à toi de les dire, maintenant qu'il n'est plus là, Blaine.

– Dire les grâces ? Je demande en secouant la tête. Je ne sais vraiment pas quoi dire.

– Dis juste la même chose que papa, dit Kate avec un petit rire. Débrouille-toi, Damien. Je ne pense pas que le repas va prendre feu, juste parce que c'est un suppôt de Satan qui le bénit.

Je déteste quand elle m'appelle comme ça, et elle le sait. Ce n'est pas un secret, toute ma famille pense que je n'ai pas de cœur, et que je suis un démon dans ma manière de faire du commerce ou dans mes relations personnelles. D'habitude, je ne tolère pas ce genre de sobriquets. Mais aujourd'hui est assez difficile pour tout le monde, alors je décide d'en rire.

– D'accord, Kate. Je vais voir ce que je peux faire. Baissez la tête et fermez les yeux, dis-je. Seigneur, Vous avez gagné la présence d'un ange avec papa aujourd'hui. Nous savons qu'il est en paix et heureux à Vos côtés. Nous avons trouvé de la nourriture qu'il avait préparé avant de nous quitter. Bon, elle date de trois jours, alors s'il Vous plaît, veuillez la bénir pour qu'on ne tombe pas malade. On apprécierait vraiment.

– Dis que nous sommes reconnaissants, Blaine, me chuchote Kent.

– Et nous sommes reconnaissants, Seigneur. Pas seulement pour cette nourriture. Merci pour les moments que nous avons passés avec notre père. Il nous manquera beaucoup. C'était un grand homme. Un homme gentil et sage, dis-je, et je dois m'arrêter là à cause de la boule qui se forme dans ma gorge. Amen.

Finalement, ce n'est pas si facile de ne pas pleurer à table !

CHAPITRE 3

Blaine

1 o novembre :
J'allume la lampe de ma table de chevet et je m'assieds sur le lit en essayant de reprendre mon souffle. Lorsque la lumière illumine ma chambre, je regarde autour de moi pour m'assurer que je suis bien chez moi, et non dans la chambre de mon enfance, mon père au bord du lit en train de me parler.

Toutes les nuits depuis l'enterrement de mon père, je fais le même rêve. Papa entre dans ma chambre, celle de mon enfance, il s'assied au pied de mon lit et se met à me parler de ce qui est bien et mal.

J'ai mal à la tête après son discours, même si ce n'était qu'un rêve. Et j'ai aussi mal au cœur. Je ne me souviens pas avoir ressenti autant de douleur que ces cinq derniers jours.

Difficile de croire que mon père est plus présent dans ma vie maintenant que de son vivant, mais c'est ce que je ressens. Hier, je suis allé au bureau de mon entreprise, et lorsque j'ai croisé un des employés de la boutique de Houston à la réception, je me suis arrêté pour échanger quelques mots avec lui – quelque chose de très inhabituel pour moi.

Il m'a expliqué qu'il avait demandé à son manager des congés payés pour pouvoir rendre visite à son petit frère à l'hôpital. Le manager lui avait répondu que c'était contre la politique de l'entreprise.

J'ai dû le faire entrer dans mon bureau parce qu'il s'est mis à pleurer, et je me suis senti terriblement mal pour lui. Il m'a raconté que son frère âgé de dix ans venait d'être diagnostiqué pour la même maladie que lui, à son âge. Il m'a expliqué à quel point la maladie l'avait changé, le laissant paralysé à partir de la taille. La maladie avait aussi atteint ses capacités mentales, et il voulait être auprès de son frère pour l'aider à comprendre ce qui lui arrivait.

Ce que ce jeune homme m'a raconté a changé ma manière de voir les choses. Il m'a dit qu'il voulait que son frère comprenne qu'il était toujours un humain fiable, et qu'il en serait un aussi. Que ce n'était pas si difficile que ça en a l'air de marcher et faire fonctionner son cerveau aussi bien qu'avant. Qu'au moins, il était en vie, et que c'était ce qui importait le plus.

Je l'ai écouté me dire tout cela. Je n'avais jamais pris le temps d'écouter ce que mes employés avaient à dire auparavant. Et je me suis retrouvé à changer la politique de l'entreprise pour autoriser des congés payés pour certains cas exceptionnels, comme celui où les membres de famille ont des problèmes de santé.

Avant qu'il ne quitte mon bureau, je lui ai demandé le numéro de téléphone de ses parents pour les appeler. Sans même réfléchir, je leur ai dit que je paierai les frais d'hôpitaux pour leur fils et toutes les dépenses nécessaires pour aménager sa nouvelle existence après ce drame.

J'ai reçu quelque chose de Danny Peterson ce jour-là – un aperçu du genre de choses que lui et d'autres doivent affronter. J'ai eu l'impression de recevoir un cadeau, celui de comprendre les autres avec empathie, ce dont j'avais manqué toute ma vie.

Depuis que papa vient me voir toutes les nuits dans mes rêves, j'ai l'impression de devoir changer beaucoup de choses. C'est comme si on m'avait donné l'opportunité de recommencer sur un nouveau chemin ; une voie dont j'ignorais l'existence jusqu'alors.

Je regarde l'heure sur le réveil. Il est six heures du matin. Sur un coup de tête, je décide d'appeler mon frère et ma sœur pour leur proposer de venir prendre le petit-déjeuner avec moi. Il est assez tôt pour les voir avant qu'ils ne commencent leur journée de travail.

Kate répond à la troisième sonnerie.

– Quoi de nouveau, Blaine ? dit-elle.

– Moi, je réponds. J'aimerais t'inviter à petit-déjeuner avec Kent. Je vais envoyer mon chauffeur venir vous chercher, et il pourra vous déposer à votre lieu de travail ensuite. Ou alors, vous pouvez tous les deux venir avec moi rendre visite à cet enfant à l'hôpital, si vous voulez prendre une journée de congé. J'aimerais passer du temps avec vous deux.

– Je ne peux pas me permettre de prendre un jour de congé. Mais j'accepte volontiers le petit-déjeuner. Je vais me préparer.

– Je te paierai la journée que tu rates. Allez, viens avec moi à l'hô-pital. Je ne veux pas y aller seul, j'insiste.

– Dans ce cas, je vais appeler pour savoir si c'est possible. À très vite.

Ensuite, j'appelle Kent.

– Hé, pourquoi m'appelles-tu si tôt ? demande-t-il en décrochant.

– Je suis réveillé, et je voulais t'inviter à prendre le petit-déjeuner avec Kate. Tu penses que tu peux prendre un jour de congé aujourd'-hui ? Je te paierai ce que tu perds comme salaire, et comme ça tu pourras venir avec moi visiter un enfant malade à l'hôpital.

– C'est d'accord, répond-il sans hésiter. Où veux-tu que je te retrouve ?

– Mon chauffeur passera te chercher. Tiens-toi prêt, et fais-toi beau. Je veux que nous ayons l'air respectable à l'hôpital, je lui dis avant de raccrocher.

Une bonne journée se profile à l'horizon. Je me lève, le cœur léger. Je me sens rarement ainsi au réveil. D'habitude, je vais sur Internet dès le matin pour essayer de trouver les produits les moins chers.

J'aime faire des projets qui ne sont pas uniquement dans le but du profit. En allant dans la salle de bains, je pense à quelque chose d'autre que je pourrais faire : trouver un jouet ou un cadeau pour le petit frère de Danny, pour égayer sa journée même s'il est à l'hôpital.

Par contre, je n'ai pas la moindre idée de ce qui pourrait plaire à un petit garçon de dix ans. Peut-être que Kate pourra m'aider, puisqu'elle travaille avec des enfants. En tout cas, je me sens bien plus en forme que d'habitude. C'est étrange et très agréable ; je crois que ça me plaît.

Je prends une douche chaude en essayant de me calmer. Mon esprit est en surchauffe. J'ai tellement de pensées vraiment inhabituelles, et je suppose que la mort de mon père me donne envie de faire des changements dans ma vie. Je ressens le besoin de changer de direction. Prendre une bonne direction.

En lavant mes cheveux, je pense à la vie que mènent mon frère et ma sœur. Ils arrivent à joindre les deux bouts en exerçant un travail honnête, et je devrais être plus fier de ce qu'ils sont devenus. Je ne leur ai jamais dit ce genre de chose. En fait, je les critique souvent de travailler aussi dur et de gagner une misère.

Je dois leur dire que non seulement je suis fier d'eux, mais que je suis là pour les aider à accomplir tout ce qu'ils veulent réaliser dans leurs vies. Absolument tout. Je me demande quelle sera leur réaction à ce discours.

Pour eux, je gagne de l'argent salement. Ils ne voudront peut-être pas de cet argent, qui pourrait les aider à faire ce qu'ils désirent.

Mais peut-être qu'avec mon changement d'attitude, ils verront cet argent autrement. En tout cas, je sais que j'ai besoin qu'ils m'aident si je veux vraiment changer – comprendre comment continuer à gagner de l'argent, sans que ce soit au détriment d'autres personnes.

J'espère qu'ils sauront comment m'aider.

CHAPITRE 4

Delaney

J'ai besoin que vous placiez ce cathéter avant que j'arrive, infirmière Richards, m'ordonne le médecin en charge du service néonatal.

– Ce sera fait. Ne vous inquiétez pas. Je vais commencer mon second service de l'autre côté de l'hôpital les huit prochaines heures pour aider les enfants. Si vous avez besoin de moi pour quoi que ce soit, appelez-moi et je viendrai.

– D'accord. Merci beaucoup, dit-il avant de raccrocher.

Je me rends dans la petite pièce où se trouve un nouveau-né qui a des difficultés à rester parmi nous. Ce pauvre bébé est né avec un trou dans le cœur, et il va falloir le réparer pour qu'elle ait une chance de survivre.

Comme si elle n'avait pas assez de problèmes, elle a contracté une infection, et il faut lui injecter des antibiotiques dans son minuscule cœur. Sa mère et son père sont à son chevet dans la petite pièce sombre, serrés dans les bras l'un de l'autre.

– Bonjour, je les salue.

Ils s'éloignent l'un de l'autre et se détournent de l'incubateur où se trouve leur fille.

– Bonjour, me salue la mère. Quel est le programme ? Vous savez ?

– Je vais placer un cathéter. Ça ne sera pas facile à regarder. Si vous avez envie d'aller prendre un petit-déjeuner à la cafétéria, c'est le moment. Je vous promets d'être aussi rapide et efficace que possible.

– Je reste, déclare la mère. Si mon bébé souffre, je veux souffrir avec elle.

Son mari passe son bras autour de ses épaules sans rien dire. Je regarde par-dessus mon épaule et leur dis ce que je dis à tous les parents des enfants malades dont je m'occupe.

– Il n'y a pas de raison de voir les choses ainsi. Il vaut bien mieux rester forts pour elle, plutôt que souffrir avec elle. Comme ça, quand vous reviendrez vous lui ferez ressentir votre calme, plutôt que votre inquiétude lorsque vous l'entendrez pleurer.

– Elle a raison, ma chérie, murmure son mari en l'entraînant hors de la pièce.

Alors que je regarde le bébé qui dort, mon cœur se serre. Je ne comprends pas comment des choses pareilles peuvent arriver, à qui que ce soit, et encore plus à des enfants. Je sais que ce traitement l'aidera, et c'est ce qui me donne la force de faire le plus pénible – la faire pleurer.

Au début, lorsque je suis devenue infirmière en pédiatrie il y a cinq ans, c'était vraiment difficile. Même faire des piqûres de prévention aux enfants m'était pénible. Jour après jour, petit à petit, j'ai réussi à dépasser ce stade, car que je suis là pour les aider.

Un peu de souffrance une journée, pour pallier à une maladie horrible, en vaut la peine. Et j'ai vraiment un don pour les calmer. Le bébé s'agite un peu lorsque je la déplace pour la mettre dans la bonne position.

La porte s'ouvre et l'infirmière qui vient m'aider à la tenir immobile entre.

– Salut, Betty. Tu es prête ? je lui demande alors qu'elle se lave les mains avant de nous rejoindre.

– Je pense. Finissons-en. Je déteste ce côté de notre travail, répond-elle.

J'acquiesce, inspire un grand coup et retiens ma respiration en poussant l'aiguille dans la poitrine du bébé. Elle se met à crier. Je débranche mon cerveau pour pouvoir l'aider sans me sentir atrocement coupable.

TROIS HEURES et de nombreux cafés plus tard, je suis de l'autre côté de l'hôpital et j'ausculte les patients du troisième étage. Je frappe à la porte, je me saisis du dossier de Samuel Peterson et j'entre en le consultant.

– Bonjour, dis-je en entrant dans la chambre, où un petit garçon de dix ans se bat contre une méningite à pneumocoques.

Son père, semblant épuisé, est assis d'un côté du lit de son fils, et un autre jeune homme en fauteuil roulant se tient de l'autre.

– Bonjour, me salue-t-il. Je suis Danny, le frère de Sammy. Comment va-t-il ?

– Ses résultats sont en baisse, ce qui est bon signe, dis-je en consultant son dossier. Je suis venue pour prendre sa température pour voir s'il s'améliore toujours. Si je peux vous demander, Danny, que vous est-il arrivé pour que vous soyez en fauteuil ?

– La même chose que lui, répond-il en soufflant sur une de ses mèches blondes pour la dégager de ses yeux. La seule différence, c'est que mes parents l'ont emmené à l'hôpital trois jours plus tôt qu'ils l'ont fait pour moi. Nous espérons tous qu'il ne finira pas comme moi.

Je hoche la tête et commence à prendre la température de Samuel. Dans mon dos, j'entends quelqu'un se racler la gorge. C'est un son rauque, assez séduisant.

– Pouvons-nous entrer ?

– Bien sûr, répond Danny à l'homme. Bonjour, M. Vanderbilt. C'est un plaisir de vous voir ici.

– J'aimerais que ce soit dans d'autres circonstances, dit l'homme.

Je me retourne pour prendre le tensiomètre, et m'arrête en apercevant le plus bel homme que j'ai rencontré de ma vie. Ses yeux marron clair se posent sur moi, mais il ne dit rien.

Un jeune homme assez mignon plus jeune et une femme se tiennent derrière lui. Je reprends vite mes esprits et continue ce que j'étais en train de faire, tout en essayant de ne pas imaginer cet homme nu. Pour le professionnalisme, on repassera !

– Papa, c'est l'homme à qui appartient l'entreprise Bargain Bin. C'est mon grand patron, dit Danny.

Oh, non ! Pas cet enfoiré !

C'est l'ennemi juré de ma famille. Je n'avais jamais réalisé qu'il était si séduisant. Je n'ai vu que quelques photos dans les journaux. Mais je déteste cet homme. C'est à cause de lui que mes parents vivent en logement social et que je dois les aider pour qu'ils puissent s'en sortir.

Lorsqu'il a ouvert un Bargain Bin dans ma ville natale de Lockhart, au Texas, mes parents, qui possédaient un petit magasin de pneus, ont fait faillite. Ils ont perdu leur maison, et en moins de trois ans, ils dépendaient des aides sociales.

Pour moi, cet homme est le diable !

– J'ai apporté un jeu vidéo pour votre frère. Je ne savais pas qu'il dormirait, dit l'homme démoniaque.

– Oui, il a une méningite. J'espère que vous êtes vacciné, je dis tout en continuant de m'occuper de ce pauvre enfant malade.

– Tous nos vaccins sont à jour, répond la jeune femme. Notre père s'en est assuré. Même si nous sommes tous adultes, il a continué à tenir les comptes, et il prenait rendez-vous pour nous. Il est décédé la semaine dernière.

Ma colère est vite partie en miettes en apprenant la nouvelle. Je me tourne vers eux, et remarque une ressemblance entre les trois.

– Je suis navrée de l'apprendre. Votre père, vous dites ? À tous les trois ? je demande.

L'homme superbe qui a ruiné ma famille acquiesce, ce qui fait bouger sa chevelure d'un blond cendré autour de son visage sculpté. Je sens mes genoux faiblir.

– Oui, nous sommes frères et sœur, dit-il. Je suis Blaine, voici ma sœur Kate, et c'est notre frère Kent. Nous avons un lien très fort. Lorsque Danny est venu me voir au bureau hier, il m'a fait prendre conscience qu'il est important de rester unis dans les épreuves.

– Ouais, dit Danny. M. Vanderbilt m'a permis de prendre des congés payés pour pouvoir rester auprès de Sammy. Ce n'est pas un homme mauvais, contrairement à ce que tout le monde semble penser.

Je retiens un rire, et les sourcils parfaits de l'homme démoniaque se soulèvent.

– J'ai beaucoup de changements à faire. Je pense que j'ai été mauvais. Mais depuis le décès de mon père, et que je vous ai rencontré, Danny, je crois que j'ai eu une prise de conscience.

J'en doute, ou peut-être que c'est les flammes de l'enfer où il ira qu'il vient d'apercevoir !

CHAPITRE 5

Blaine

J e n'arrive pas à arrêter de regarder ces yeux verts. Ils sont si sombres qu'ils me font penser à des émeraudes. Ses cheveux roux sont attachés en queue de cheval, et sa blouse verte la rend encore plus jolie.

J'entre dans la chambre d'hôpital et je m'appuie contre le comptoir. Je suis sûr qu'elle devra venir y chercher quelque chose pour s'occuper du pauvre petit qui dort dans le lit.

Elle est si belle. Elle doit être mariée. Je regarde ses mains à la recherche d'une alliance, mais ses doigts sont nus. Tant mieux !

– Depuis quand êtes-vous infirmière ? je lui demande.

Elle regarde par-dessus son épaule, mais ne me regarde pas directement.

– Cinq ans.

Sa réponse est brève, un peu sèche et j'ai la nette impression qu'elle me juge.

Une voix se fait entendre dans les haut-parleurs du couloir :

– Infirmière Richards, vous êtes demandée au service néonatal.

La belle infirmière soupire, et fait la moue avec ses belles lèvres roses.

– D'accord. Je reviendrai pour terminer, ou une autre infirmière le fera.

Elle me jette un coup d'œil rapide avant de sortir de la pièce.

Je la suis du regard alors qu'elle s'éloigne. J'aurais aimé qu'elle reste encore. Kent attire mon attention en claquant des doigts devant mon visage.

– Allô la Terre ? Blaine ?

– Hein ? je demande, avant de secouer la tête et de me tourner vers Danny et son père. Ça vous dirait de venir manger quelque chose à la cafétéria ? Je vous invite.

Danny hoche la tête, mais son père refuse.

– Je vais rester avec Sammy. Je n'aime pas le laisser seul.

Kate fait un pas en avant.

– M. Peterson, je serais très heureuse de rester auprès de lui pendant que vous allez manger quelque chose. Je travaille dans une garderie. Je sais y faire avec les enfants. Et je ne crois pas qu'il va se réveiller, mais si jamais c'est le cas, j'appellerai mon frère et il vous préviendra, d'accord ?

– Allez, papa. Tu n'as pas quitté la chambre depuis qu'il est là, dit Danny à son père.

– Allez, M. Peterson, insiste Kent. J'ai vu de la tarte aux pêches en passant tout à l'heure. Elle avait l'air délicieuse. Et il y a aussi des glaces. Je pense qu'une part de tarte avec de la glace vous fera le plus grand bien.

– Je pense que vous avez raison, dit-il en se levant. Vous m'appellerez s'il se passe quoi que ce soit ? demande-t-il à Kate, qui vient prendre sa place.

– C'est promis, lui assure-t-elle en lui tapotant l'épaule. Allez manger un morceau, M. Peterson. Il faut que vous soyez en forme.

Lorsque nous sortons de la chambre, j'aperçois la belle infirmière en train de parler à un médecin. Elle a les mains sur les hanches, et elle semble très agacée. J'essaie d'écouter leur conversation alors que nous les dépassons, et je l'entends dire :

– Écoute, ça ne se fait pas. J'étais avec un patient. Tu ne peux pas me faire appeler juste pour me parler. C'est fini entre nous, Paul. Je ne veux pas jouer à ce petit jeu avec toi. Je suis une adulte, avec la tête sur les épaules. Tu veux toujours fréquenter d'autres femmes, très bien. Mais en revanche, je ne veux pas être l'une d'entre elles. Je veux être la seule et l'unique.

Je reste volontairement à la traîne pour écouter ce qu'ils disent.

– Tu l'es peut-être, répond le médecin. Il faut bien que j'aie des points de comparaison pour en être certain.

– Si tu le dis. Je pense que ça ne marchera pas entre nous, Paul. Je vais retourner travailler, après ma quatrième tasse de café. J'en ai bien besoin. Et j'ai besoin que tu arrêtes ce genre de plaisanteries.

– Très bien, Delaney. Mais c'est toi qui regretteras d'avoir mis fin à notre relation. Tu verras, dit-il.

Je marche encore plus lentement, espérant qu'elle va me rattraper, puisqu'elle a dit qu'elle allait chercher du café. Et ça me donne une excuse pour lui parler, puisque je peux lui proposer de lui en offrir.

J'entends ses pas rapides derrière moi. Je la vois se préparer à me dépasser par la gauche, alors je fais un pas dans la même direction. Je l'entends souffler dans mon dos. Je m'arrête, me retourne et fais mine d'être surpris.

– Oh, excusez-moi, dis-je. Je pensais me mettre sur le côté pour laisser passer la personne pressée derrière moi, mais apparemment, je me suis mis en travers de votre chemin. Où allez-vous donc si vite, infirmière Richards ?

Elle plisse ses beaux yeux, et ses longs cils noirs effleurent ses pommettes bien dessinées.

– Comment connaissez-vous mon nom ?

– On vous a appelée dans les haut-parleurs il y a quelques minutes, je réponds en posant ma main sur son coude pour l'entraîner. Alors, où allez-vous ?

– À la cafétéria, répond-elle en regardant ma main sur son bras. Et vous ?

– Pareil, dis-je en souriant. Laissez-moi vous offrir quelque chose. Quel est votre vice ?

– Le café, et non merci, répond-elle sèchement. Je n'ai pas besoin qu'on me fasse la charité, M. Vanderbilt.

– Appelez-moi Blaine, dis-je en plaçant ma main dans le creux de son dos. Puis-je vous appeler par votre prénom, Delaney ?

Elle s'arrête et me fixe durement, comme si je venais de la traiter de salope, au lieu d'utiliser son prénom.

– Mais enfin, comment connaissez-vous mon prénom ? Ils ne l'ont pas dit dans le haut-parleur !

– Je l'ai entendu en passant devant vous dans le couloir, quand vous parliez avec le médecin. C'est un très beau prénom, dis-je en l'accompagnant jusqu'à la machine à café. Un donut ?

– Non, juste un café, et comme je vous l'ai dit, je le paierai moi-même.

Nous tendons tous les deux la main vers une grande tasse et nos mains se touchent. Elle retire sa main comme si elle avait pris une décharge d'électricité.

– J'ai dit que je le prenais moi-même !

– Excusez-moi, je réponds en souriant. J'en veux une aussi.

– Oh. Je n'avais pas compris, dit-elle, l'air un peu gêné. Allez-y.

– Les femmes d'abord.

Elle attrape une tasse et la remplit, et je fais de même. Nous voulons prendre du sucre en même temps, et nos mains se touchent à nouveau. J'éclate de rire et elle grogne.

– Décidément, nous n'arrêtons pas de nous marcher dessus.

– Je préfère me dire que nous sommes sur la même longueur d'onde, dis-je en attrapant le pot de crème. Je vais en mettre dans mon café. Vous en voulez aussi ?

Elle acquiesce, les sourcils froncés.

– Oui, je comptais aussi en prendre.

Elle tend sa tasse de café fumant et je verse un peu de crème dedans, attendant qu'elle me dise de m'arrêter.

– C'est assez. Oh, vous avez arrêté. D'accord.

– Nous sommes vraiment sur la même longueur d'onde, dis-je en posant une touillette dans sa tasse.

– Pas du tout, rétorque-t-elle en s'éloignant.

J'attrape un donut sur le présentoir et je la suis. Je la vois jeter un coup d'œil aux pâtisseries et devine qu'elle en veut une. Lorsqu'elle arrive à la caisse, je la dépasse et pose un billet de vingt dollars sur le comptoir.

– C'est pour moi.

– D'accord, soupire-t-elle, l'air excédée.

La femme âgée qui se tient derrière le comptoir secoue la tête.

– Ce n'est pas comme ça qu'on remercie quelqu'un lorsqu'il fait quelque chose de gentil, infirmière Richards, remarque-t-elle.

– Vous comprendriez si vous saviez qui est cet homme, répond-elle avant de tourner les talons et de s'éloigner.

Pourquoi fait-elle comme si elle me détestait ?

CHAPITRE 6

Delaney

Sa main sur mon bras ne me fait pas ralentir.

– Je suis occupée.

– Je sais bien, répond-il de sa belle voix grave, douce comme de la soie.

Il me pousse sur une banquette et se glisse à ma suite. Sans que je m'en rende compte, je me retrouve coincée entre lui et le mur. Bon sang !

– Écoutez, monsieur.

Il pose ses doigts sur mes lèvres, et je me retiens de le mordre.

– Blaine, me coupe-t-il. Vous semblez tellement avoir quelque chose à me dire que vous vous comportez de manière étrange. Alors, qu'y a-t-il ? Que vous ai-je donc fait, pour que vous ayez une si mauvaise opinion de moi ?

Je tapote les doigts sur la table, tentant de contrôler ma colère envers cet homme qui semble vraiment n'avoir aucune idée de ce qu'il a bien pu faire d'horrible.

– Écoutez, Blaine, vos agissements ont causé la ruine d'énormément de gens, alors que vous faisiez fortune. Vous avez gravi les échelons en leur marchant dessus. Personnellement, je n'ai pas envie de fréquenter une personne comme vous. Si vous pensez que ça fait de moi quelqu'un de critique, ça m'est égal.

– Très bien, c'est le cas, a-t-il l'audace de me répondre.

– Espèce d'enfoiré ! Vous avez provoqué la faillite de mes parents. Ils ont dû fermer leur magasin de pneus à Lockhart. Vous vous en souvenez ? Je suis sûre que non. Je parie que vous n'en avez rien à foutre de savoir combien de personnes vous avez mis en faillite lorsque vous avez ouvert ce fichu magasin là-bas.

Je bois une gorgée de café en essayant de me calmer. Je ne sais pas pourquoi, mais cet homme me tape sur les nerfs et je n'arrive pas à me contrôler.

– Je vois. Donc vous pensez que votre attitude est justifiée par votre opinion sur moi. Je comprends beaucoup mieux maintenant. Vous voyez, la communication est cruciale pour avoir de bonnes relations avec les autres, dit-il en souriant – un très beau sourire, qui est probablement le plus charmant sourire qu'il m'ait été donné de voir sur un homme.

Dommage qu'il vienne de l'homme le plus horrible que j'ai jamais rencontré.

– Super. Maintenant, laissez-moi passer, je demande, puis je marque une pause en repensant à ce qu'il vient de dire. Et le mot « relation » n'a pas sa place dans cette conversation, j'ajoute.

– Oh, mais je pense que si. Et si vous me laissiez vous inviter à sortir ce soir ? Ça pourrait aider à me faire pardonner pour ce que j'ai fait à votre famille. Et, je ne sais pas si vos parents vous ont tout dit sur mon entreprise, mais je propose toujours de racheter les fonds de commerce des magasins qui ferment à cause de mes magasins discount.

– Oui, ils me l'ont dit. Vous leur avez proposé cinquante mille dollars, pour un fonds de commerce qui en valait le double. Quel beau geste, Damien, dis-je avec un sourire méchant.

– Damien ? demande-t-il, et à son expression, je devine que ce n'est pas la première fois qu'on l'appelle ainsi. Je ne suis pas l'anté-christ. J'ai fait des choix professionnels que je commence à regretter. Je suis un homme qui est en train de commencer à changer. Et puisque mes décisions ont directement affecté votre vie, j'aimerais vraiment vous inviter à sortir avec moi et comme ça, nous pourrons en parler, et je comprendrai mieux ce que je dois faire différemment.

– Faire différemment ? je répète en soupirant. Vous devez tout changer. Fermez vos foutus magasins. Voilà ce que vous devez faire.

– C'est un peu radical. Et franchement, ce ne serait pas une bonne chose de mettre des milliers de personnes à la porte du jour au lende-main. Mais je veux bien entendre vos autres suggestions, Delaney, dit-il, et je sens sa main toucher mes épaules alors qu'il pose son bras sur le dossier de ma chaise.

Même son odeur sent l'argent, et ça me tape sur les nerfs.

– Ce n'est pas mon boulot de vous apprendre à respecter une éthique professionnelle. Vous avez visiblement fait des études. Vous n'avez donc jamais eu de cours sur l'éthique ?

– Si, plusieurs, répond-il en souriant.

Je n'arrive pas à croire qu'il peut être assis devant moi, un sourire sur les lèvres. Putain, ce que je pense de lui est assez clair !

– Et bien, vous n'en avez rien retenu. Lorsque vous avez ouvert vos deux premières boutiques, c'était dans des grandes villes, qui pouvaient faire face à ce genre de compétition. Mais ensuite, vous avez décidé de vous attaquer aux villes de taille moyenne, et c'est à ce moment-là que vous avez commis votre première erreur, je l'informe, puisqu'il en semble totalement inconscient.

– Mais c'est dans ces villes que mon entreprise gagne le plus d'ar-gent. C'était du bon sens commercial, c'est tout. Je suis sûr que vous pouvez le comprendre, surtout si vos parents étaient eux-mêmes dans le commerce, dit-il en attrapant le donut sur son plateau, en prenant un morceau et l'approchant de ma bouche. Ça vous dit, une bouchée ?

– Quoi ? je demande.

Il en profite pour déposer le morceau dans ma bouche. Je suis obligée de mâcher le délicieux morceau de donut et de l'avaler. Je suis furieuse contre lui.

– Ne refaites jamais ça, je le menace.

– Quoi, partager ma nourriture avec vous ? demande-t-il en détachant un autre morceau et en le mettant dans sa bouche.

Je le fixe d'un regard dur, espérant secrètement qu'il s'étouffe avec.

– Non, mettre de la nourriture dans ma bouche sans ma permission, je le corrige, en m'agitant pour qu'il comprenne que je souhaite sortir de cette satanée banquette. Je dois retourner travailler. Vous savez très bien que je dois terminer l'examen de Samuel Peterson.

– Ah, oui, c'est vrai.

Il se lève et me tend la main, mais je l'ignore et me lève seule, mon café à la main. Je commence à m'éloigner, et je vois qu'il me suit.

– Je vous raccompagne, dit-il.

Je soupire. Je ne sais vraiment pas comment je vais me débarrasser de lui.

– Faites ce que vous voulez. C'est ce que vous faites toujours, de toute manière.

– Vous ne me connaissez pas – pas vraiment. L'homme que je suis, pas le chef d'entreprise. Je vous l'ai dit, je suis en train de changer. Vraiment. J'aimerais beaucoup rencontrer vos parents pour qu'ils me donnent leur avis sur ce que je pourrais faire différemment, pour arranger les choses.

Je m'arrête et le regarde, très surprise.

– Oh, vraiment ? Vous aimeriez aller dans la jolie maison avec trois chambres qu'ils possédaient avant que vous ne les ruiniez ? Parce qu'ils n'y habitent plus. Ils ont été expulsés lorsqu'ils ne pouvaient plus payer les charges. À présent, ils vivent dans un petit logement social miteux. Je suis sûre qu'ils adoreraient vous rencontrer. Ma mère pourra vous faire un sandwich avec les vivres qu'ils reçoivent du gouvernement tous les mois, et vous offrir de l'eau du robinet dans un pot de confiture vide. Vous savez pourquoi ?

– Non, pourquoi ? demande-t-il en haussant les épaules, semblant réellement l'ignorer.

– Parce qu'ils sont sur la paille, à cause de vous !

Je décampe, et il ne bouge pas. En m'éloignant, je lui fais un doigt d'honneur. J'espère que cette fois, il a bien compris ce que je pense de lui.

CHAPITRE 7

Blaine

— Ensuite, elle m'a fait un doigt d'honneur et elle est partie, j'explique à Kent en payant pour le repas des Peterson.

La caissière nous regarde et dit :

— Pourtant, c'est une femme adorable d'habitude. Je ne comprends pas ce qui arrive à l'infirmière Richards. C'est peut-être parce qu'elle a enchaîné deux services et qu'elle manque de sommeil. Il lui reste encore trois heures avant de pouvoir enfin se reposer.

— Je suis sûr que mon frère n'a pas su lui parler, avance Kent. Il n'est pas exactement le gars le plus agréable au monde.

— Vous devriez lui montrer à quel point vous pouvez être gentil, déclare la caissière en me montrant un flyer accroché sur le mur derrière elle, représentant le père Noël. Les fêtes approchent, et nous accueillons toujours volontiers les personnes qui souhaitent faire un geste pour les enfants à l'hôpital. Peut-être qu'ainsi, elle vous verrait sous un meilleur jour.

– Vous êtes un génie, dis-je en regardant son nom sur son badge. Mildred.

Elle baisse les yeux sur son badge et éclate de rire.

– J'ai emprunté cette tenue. Je m'appelle Shirley. Mais merci, M. ... ?

– Appelez-moi Blaine. Blaine Vanderbilt, je réponds, et son sourire disparaît immédiatement.

– Le propriétaire des Bargain Bin, hein ? demande-t-elle.

J'acquiesce, et je ne m'en sens pas aussi fier que d'habitude.

– Oui. Avez-vous eu une mauvaise expérience avec un de mes magasins ?

– Oh, juste que tout ce que j'y ai acheté était de très mauvaise qualité et s'est cassé presque tout de suite, répond-elle. La dernière fois, j'ai acheté une table de télévision, qui s'est cassée dès que j'y ai posé mon téléviseur tout neuf dessus. Il est tombé par terre et a fini en morceaux aussi, m'informe-t-elle.

Je fouille dans ma poche, en sort une liasse de billet et pose environ mille dollars sur le comptoir.

– Je suis navré, dis-je.

Elle fixe les billets en secouant la tête.

– Gardez votre argent. Si vous voulez vraiment me faire plaisir, changez la politique de retours de vos magasins. Je n'ai jamais vu des règles aussi strictes. Vous n'acceptez presque aucun retour, seulement le jour même et pour quelques rares articles.

Je me sens un peu sous le choc avec toute cette hostilité dirigée contre moi en aussi peu de temps. J'acquiesce et tourne les talons en répétant :

– Je suis vraiment désolé.

Kent passe son bras autour de mes épaules en sortant de la cafétéria avec moi.

– Je suis désolé pour toi, dit-il. Tu essaies de faire une bonne action, et tout le monde te fait des reproches.

– Ça m'ennuie de l'admettre, mais je pense que je le mérite. Je dois vraiment faire une tonne de changements, Kent. Et j'ai besoin de ton aide, ainsi que de celle de Kate, pour arranger les choses. Que penserais-tu de travailler pour moi, au lieu de conduire un camion ? Tu aurais ton bureau au siège de l'entreprise, et tu te ferais beaucoup plus d'argent que maintenant.

– Beaucoup plus ? demande-t-il, semblant réfléchir à mon offre. On parle d'un salaire de combien de chiffres ?

– Au moins six ou sept. Plus des bonus lorsque les ventes augmentent – ce que reçoivent tous les consultants dans la distribution. Alors, tu as l'air sur le point d'accepter ?

– Si tu es vraiment sincère lorsque tu dis que tu veux changer les choses, alors oui. Je pourrais accepter. Il est grand temps que tu changes, Blaine. Tu es sur une mauvaise pente depuis bien trop longtemps. Tu as fait souffrir beaucoup de personnes. Il est temps de réparer tout ça. C'est ce que papa a toujours voulu. Il voulait te voir revenir sur le bon chemin.

– Je sais. Chaque fois que je restais assez longtemps pour qu'il aborde le sujet, il me passait un savon. Pour être sincère, ça me gonflait. Mais maintenant, je donnerais n'importe quoi pour qu'il soit encore avec nous et pour l'entendre me remonter les bretelles.

Nous ouvrons la porte de la chambre de Sammy, je remarque que Delaney tourne la tête dans notre direction, puis se retourne immédiatement vers son patient.

– Les visites sont terminées, dit-elle d'un ton sec.

– Il est temps de partir, dit Kate en traversant la chambre pour nous rejoindre.

– Je reviendrai demain, dis-je à Danny en m'approchant de lui et en déposant un billet de cent dollars dans sa main. Prends soin d'eux, fiston. Ton petit frère a besoin de toi, tout comme tes parents, j'ajoute en regardant son père. À demain. J'espère rencontrer ta mère. Je lui apporterai des fleurs.

– Merci, M. Vanderbilt, dit-il avec un grand sourire. Je ferai de mon mieux. Et si j'entends la moindre personne dire du mal à votre sujet, je leur donnerai des raisons de se plaindre !

Delaney fait une grimace, et j'éclate de rire en passant ma main dans les cheveux blonds de Danny.

– Merci, mon pote, dis-je. Tu es le meilleur.

Je me retourne, et me retrouve nez à nez avec la belle infirmière.

– Et c'était un plaisir de vous rencontrer, infirmière Richards. On se revoit bientôt. Je compte aider cette famille autant que possible.

– Quel beau discours, c'est extraordinaire, dit-elle, la voix lourde de sarcasme.

Elle me fixe d'un air sinistre. Et on dit de moi que je suis horrible !

Je la contourne et suis mon frère et ma sœur hors de la chambre. J'entends un bruit de pas derrière moi. Une main se pose sur mon bras, et je me retourne avec le sourire.

– Oui, infirmière Richards ?

Elle ferme la porte derrière elle, puis remue son index devant mon nez.

– Écoutez-moi bien, Blaine Vanderbilt. Si vous pensez que vous obtiendrez un rendez-vous avec moi en continuant à venir voir ce petit, vous vous fourrez le doigt dans l'œil. Ce n'est pas une bonne action qui me fera changer d'avis. Je sais très bien quel genre de personne vous êtes réellement. Vous n'obtiendrez pas ce que vous voulez même en couvrant cette famille de cadeaux.

Mon frère et ma sœur semblent très surpris en l'entendant me remettre à ma place. J'attrape son doigt désapprobateur.

– Je ne fais pas ça pour vous impressionner, Delaney. Mais je trouve ça très mignon que vous puissiez croire que j'utilise mon précieux temps juste pour vous séduire. Ça me fait penser que vous n'êtes peut-être pas en accord avec vos sentiments. Peut-être qu'en me voyant beaucoup, vous allez connaître l'homme que je vais vraiment devenir, et qu'il vous plaira. Peut-être que ça vous fait un peu peur.

– La seule chose qui me fasse peur, c'est de penser que vous puissiez laisser de pauvres gens croire que vous vous souciez d'eux alors que vous voulez juste tirer un coup ! s'emporte-t-elle.

– Oh, ma belle, ce n'est pas baiser qui m'intéresse. Si c'était le cas, je ne prendrais pas la peine de vous parler. Vous seriez dans une de ces chambres vides d'hôpital, les pieds au-dessus de votre tête, en train de crier mon nom, si c'était ce que je voulais. Croyez-moi, c'est sûr, dis-je en lâchant son doigt. Je vous verrai demain. J'espère que vous aurez une meilleure attitude. Je ne vous en tiens pas rigueur, parce que j'ai entendu vos collègues dire que vous avez enchaîné deux services, que vous n'avez pas encore dormi et que vous ne pourrez pas vous reposer avant encore trois heures donc je vous lâche la grappe. Si vous acceptez de me donner votre adresse, je vous ferai livrer votre dîner, comme ça vous n'aurez qu'à rentrer et vous détendre.

– Je ne veux rien de vous, Vanderbilt, réplique-t-elle, mais son ton s'est adouci.

– Comme vous voulez. Je vous apporterai le petit-déjeuner demain matin, alors, dis-je en me tournant pour partir.

– Ne vous donnez pas cette peine, dit-elle.

– Ça ne me dérange pas, infirmière Richards. Pas du tout.

J'aime son cran. Je pense que c'est exactement ce dont j'ai besoin dans ma vie !

CHAPITRE 8

Delaney

Ce taré égocentrique s'éloigne enfin de moi, et ses larges épaules se balancent au rythme de ses pas. Je ne sais pas pourquoi je n'arrive pas à détacher mon regard de sa silhouette. Son jean lui va vraiment trop bien, et met en valeur ses jambes musclées, épaisses comme des troncs d'arbre.

Lorsqu'il m'a dit que s'il voulait juste baiser, il aurait pu, je pense que je l'ai cru. Une étincelle est passée dans ses yeux brun clair, d'une telle manière qui m'a confirmé qu'il était sincère. Il s'est tendu, et j'ai presque pu sentir des ondes de testostérone jaillir de lui. Je suis sûre que de nombreuses femmes sont tombées dans ses filets.

D'après ce que j'ai lu dans la presse, il n'a jamais eu de copine sérieuse. J'ai vu des photos de lui sur lesquelles il était sur son trente et un, rien à voir avec aujourd'hui, et avec de sublimes créatures à son bras. Mais aucune de ses femmes n'avait été décrite comme étant plus qu'une escorte pour la soirée.

Je dois bien avouer qu'il est magnifique. Je me surprends en train de tendre le cou pour suivre sa silhouette avant qu'il ne disparaisse au coin du couloir. Il tourne la tête dans ma direction, et je baisse rapidement les yeux. Merde !

– À demain, je l'entends dire, mais lorsque je lève la tête, il a disparu.

Dieu merci ! Maintenant, je dois trouver quelqu'un pour me remplacer demain. Ça veut dire que je devrai travailler deux fois plus le lendemain, mais je demanderai à être transférée dans un autre service, pour ne plus avoir à le croiser.

Je m'approche du bureau et je regarde l'emploi du temps.

– De quoi as-tu besoin, Delaney ? me demande Beth en s'approchant.

– J'ai besoin d'être affectée à un autre service pour la semaine qui vient. Est-ce que tu peux m'aider ? je lui demande, puisqu'elle gère nos emplois du temps.

– Dans un autre service ? Pourquoi ça ? demande-t-elle en se penchant sur le planning.

– Un mec a le béguin pour moi. Il sera probablement là tous les jours pour visiter un patient dans ce service. Je sais que c'est juste pour me voir, donc je veux dégager d'ici.

En regardant par-dessus son épaule, je vois que Rhonda travaille dans le service de cancérologie.

– Tu peux lui demander si elle veut bien échanger avec moi ? je demande. Je dois vraiment m'éloigner de cet homme.

– Tu as l'air inquiète, me dit-elle, l'air préoccupé. Il t'embête ?

– Non, en tout cas rien d'illégal, je réponds en me demandant quel est vraiment mon problème, et j'entends les mots suivants sortir de ma bouche : Il est beau comme un dieu, c'est l'homme le plus sexy que j'ai jamais rencontré, et il est riche. J'ai peur de voir mes convictions s'envoler si je le vois trop. Comme en plus, il est gentil avec moi, je crois que je ne peux pas me faire confiance.

– Tout ça m'a l'air merveilleux, dit-elle, en me regardant comme si j'étais folle. Pourquoi cherches-tu à éviter un homme pareil dans ce grand hôpital ?

– C'est le propriétaire de Bargain Bin, la chaîne qui a ruiné ma famille. C'est l'ennemi. Tu comprends mieux, maintenant ?

Je tape sur l'écran de l'ordinateur pour voir où se trouve Rhonda.

– Je vais aller lui demander si elle veut bien changer de service avec moi, si tu es d'accord ?

– Ton ennemi, hein ? Peu de gens ont des ennemis, Delaney.

– Alors, c'est oui ? je demande en m'éloignant.

– Oui, je suppose. Mais je pense que tu devrais revenir sur ta décision et prendre le temps de connaître ce mec canon et riche, même si c'est l'ennemi de ta famille, répond-elle.

Je m'éloigne en secouant la tête et vais voir Rhonda pour ne plus croiser le chemin de Blaine Vanderbilt.

La salle de repos est pleine ; je la traverse pour me rendre dans la pièce où se trouvent les lits pour dormir. Je remarque un festin qui a été assemblé sur la table centrale, dont nous nous servons lorsqu'il y a un anniversaire ou une occasion spéciale.

– Ouah, qui fête son anniversaire ? je demande. Et où est le gâteau ?

– Regarde Delaney, de la bisque de homard, me montre Billy, le gardien. Et il y a aussi un gros morceau de homard au beau milieu. Et c'est à toi que nous devons ce festin.

Un interne s'approche et me tend une carte. Lorsque je l'ouvre, je vois que la nourriture est un cadeau de Blaine Vanderbilt, pour nous remercier de notre dur labeur à l'hôpital. Il n'y a que mon nom sur la carte, et il a marqué que j'étais une infirmière dévouée qui aidait la famille de son ami dans cette terrible épreuve.

– Quel amas de conneries ! je m'exclame, et tout le monde me dévisage, bouche bée.

Paul s'approche et lit la carte par-dessus mon épaule.

– Oh-oh. On dirait que quelqu'un en pince pour toi, Delaney. Comment est-ce arrivé si vite ? demande-t-il en faisant danser ses sourcils.

– Je n'en suis pas sûre. Je pense que c'est parce que je le déteste. Profitez-en. Je ne mangerai pas une seule bouchée de la nourriture envoyée par ce démon qui possède les Bargain Bin. Mais si vous voulez manger ce que le diable a envoyé, faites-vous plaisir. Mais rappelez-vous ce qui est arrivé à Eve lorsqu'elle a croqué la pomme.

– Halloween, c'était le mois dernier, Delaney, remarque une autre infirmière en me montrant un minuscule gâteau qui semble délicieux. Diable, démon, ce sont des mots qui n'ont pas leur place en novembre. C'est presque Thanksgiving. C'est le moment d'être reconnaissant. Allez, goûte. Tout est délicieux.

Je me dirige dans la pièce vers la femme que je cherchais assise contre le mur, en train de manger une énorme assiette.

– Salut, Rhonda. Je voulais te demander si tu voulais bien échanger tes heures avec les miennes pour les quelques jours à venir.

– Et pourquoi ça ? demande-t-elle en fourrant un énorme morceau de sandwich à la dinde dans sa bouche.

– J'ai besoin de changer de service jusqu'à ce qu'on laisse sortir le petit Peterson. Alors, tu veux bien m'aider ? je lui demande en la regardant mâcher.

Elle hoche la tête, et avale avant de répondre :

– D'accord, mais à une condition. Je ne veux pas travailler dans ce service après le nouvel an. J'ai horreur de cette période. On doit faire des courbettes à toutes les personnes qui viennent visiter les patients atteints de cancer pendant les fêtes. Ça me déprime, et l'infirmière en charge du service peut décider arbitrairement de te coller les célébrités tarées qui viennent rendre visite aux enfants. J'ai horreur de ça.

– C'est d'accord, je réponds sans hésiter. Je préfère ça, plutôt que devoir supporter Vanderbilt tous les jours.

– Je dois te dire que je pense que tu es folle, Delaney. Si ce canon en pinçait pour moi, je me précipiterai vers lui et je n'essayerai pas de lui résister.

Des effluves de viande grillée parviennent à mes narines alors que Paul s'approche de nous, une cuisse de poulet à la main.

– À moins que ce mec ne se mette à genoux et ne jure son adoration éternelle à Delaney Richards, il n'a pas la moindre chance. Vanderbilt a perdu ses chances en lui proposant un simple rencard. Oui, Delaney, je suis au courant.

Super. Maintenant, tout l'hôpital va se moquer de moi !

LIVRE DEUX : LA DÉGRINGOLADE

Intrigue. Désir. Passion

Même avec tout le charme du monde dont il fait preuve, Blaine ne parvient pas à rentrer dans les bonnes grâces de la jolie rousse, Delaney Richards. Il la trouve si intrigante qu'elle occupe constamment ses pensées.

Delaney lutte contre son attirance pour cet homme séduisant, car c'est à cause de lui que sa famille a été ruinée.

Lorsque le supérieur de Delaney lui apprend qu'elle devra accompagner Blaine pour rendre visite aux enfants de l'hôpital, elle est obligée de passer la journée à ses côtés alors qu'il vient rencontrer des enfants malades.

Leur attirance mutuelle est difficile à ignorer, mais elle a une volonté de fer. Blaine pourra-t-il lui prouver qu'il est un autre homme, et réussira-t-il à la séduire ?

CHAPITRE 9

Blaine

15 novembre :
— Nous venons de recevoir les autorisations, Blaine. Vous pouvez commencer votre action caritative à l'hôpital des enfants dès aujourd'hui, m'informe Blanche, ma secrétaire.

— Super, je lui réponds à travers l'interphone de mon bureau. Vous pouvez appeler les bureaux de Kate et Kent et leur demander de venir, s'il vous plaît ?

— Tout de suite, M. Vanderbilt. Souhaitez-vous que je prépare du café pour votre réunion ?

— Ce serait parfait. Oui, s'il vous plaît.

Je fais l'effort de dire merci et s'il vous plaît aussi souvent que possible. Devenir un autre homme implique aussi de changer la manière dont je parle aux gens. Jusqu'alors, je trouvais inutile d'être agréable ou poli avec mes employés.

C'est Kate qui s'occupe de l'abandon de mes mauvaises habitudes sur ce point. Kent, lui, est en charge de trouver des solutions pour que mon entreprise soit plus juste avec les commerces locaux. Pour l'instant, il reste encore beaucoup de travail.

La porte de mon bureau s'ouvre et mon frère et ma sœur entrent, suivis de ma secrétaire, qui porte un plateau avec une cafetière et des pâtisseries pour notre réunion matinale.

– Bonjour, je les salue, assis derrière mon bureau.

– C'est plus poli quand tu te lèves pour accueillir les personnes qui entrent dans ton bureau, Blaine, me dit Kate.

– J'essaierai de m'en souvenir, dis-je en hochant la tête.

Elle secoue la tête et prend Kent par le bras avant qu'il ne se serve une tasse de café.

– Attends ! Blaine, tu dois t'entraîner. Comme ça, ça deviendra une habitude et tu le feras automatiquement. Lève-toi, viens nous serrer la main et dis quelque chose de gentil en souriant pour nous saluer.

Je me lève en soupirant et m'approche d'eux, la main tendue. Je serre la main de Kate en premier.

– Bonjour. Mais, tu es très belle aujourd'hui ! Dis-moi, as-tu passé une bonne nuit ?

Elle répond en secouant à nouveau la tête, faisant voler ses boucles blondes dans toutes les directions.

– Blaine, c'est trop personnel. Et un commentaire sur la beauté d'une femme peut paraître séducteur ou sexiste. Choisis plutôt une formule classique, comme « Bonjour, c'est un plaisir de vous voir. » Bon. Maintenant, essaie de faire mieux avec Kent.

Je me tourne vers Kent, qui attend, les lèvres serrées.

– Comment allez-vous, monsieur ? je demande en lui serrant la main.

– Pas très bien, M. Vanderbilt, répond-il, et nous le regardons d'un air perplexe, Kate et moi. Je te donne l'occasion d'interagir avec quelqu'un qui passe une mauvaise journée, Blaine, explique-t-il.

– Oh, je comprends. D'accord, dis-je en faisant un pas en arrière. Quel est le problème, mon vieux ?

– Ne dis pas « mon vieux », me corrige Kate.

– D'accord. Qu'est-ce qui ne va pas, abruti ?

Je ris, mais je suis le seul.

– Allez, gémit Kate. Sois sérieux. Regarde.

Elle serre la main de Kent.

– Bonjour, M. Vanderbilt. Comment se passe votre journée ? demande-t-elle.

– Très mal, répond-il en faisant mine de froncer les sourcils. J'ai acheté une boîte à outils dans un de vos magasins aujourd'hui, et en l'ouvrant, il manquait trois outils qui étaient pourtant marqués sur la boîte. Et lorsque je suis retourné au magasin pour me faire rembourser, on m'a dit que la boutique n'acceptait pas les retours pour les produits électroniques. Je leur ai dit qu'il s'agissait d'outils, pas de matériel électronique. L'employée m'a montré le seul outil électrique dans la boîte – un tournevis électrique – et a souri sans rien dire.

Je commence à rire, et Kent me regarde d'un air vraiment contrarié.

– C'est dingue, je m'exclame en me servant un café.

– Et pourtant ça m'est vraiment arrivé hier, Blaine. Ça m'est arrivé dans la boutique ici même, au centre-ville. Nous avons un vrai problème, ajoute-t-il en se servant un café à son tour.

– Vous pouvez laisser le plateau, Blanche. Apparemment, la réunion va durer un moment.

Elle acquiesce et sort du bureau sans un mot, en refermant la porte derrière elle. Kate se sert un jus de fruit et mord dans un pain au raisin en s'asseyant.

– Mon conseil, c'est de changer la politique des retours. Copie celle d'une autre grande enseigne. Ensuite, lorsqu'elle sera modifiée, j'organiserai une formation pour les employés du service à la clientèle.

– C'est une bonne idée, dis-je en me rasseyant. Et l'hôpital a donné son autorisation pour que nous puissions y faire du bénévolat pendant les fêtes. Je commence aujourd'hui. Je peux compter sur vous deux pour travailler sur la politique concernant les retours ?

– Je pense surtout qu'il ne faut plus acheter des produits à si bas prix, Blaine, me dit Kent en se penchant vers moi.

– Mais c'est le concept de base de mon entreprise. J'achète des produits pas chers pour pouvoir les vendre à des prix qui défient toute concurrence, dis-je en secouant la tête.

– Oui, mais du coup, les produits en magasin sont cassés ou en morceaux ou sans toutes les pièces. Je sais que ton entreprise se porte bien et que tu as toujours des clients, mais ce n'est pas juste de prendre l'argent des clients si difficilement gagné pour des produits médiocres, m'explique-t-il, souriant un peu sur la fin. Et si c'était à toi que ça arrivait ?

– À moi ?

Je noue mes doigts derrière ma tête. Papa continue d'apparaître dans mes rêves toutes les nuits. Je me rappelle de ses paroles de plus en plus facilement au réveil. La question de Kent me les rappelle. Et si c'était à toi que ça arrivait ?

– Tu n'utilises même pas les produits que tu vends, Blaine, remarque Kate en mordant dans sa pâtisserie.

– J'ai les moyens d'acheter de la meilleure qualité, je réponds en me tournant vers elle. Et je travaille dur pour ça.

– Comme tout le monde, Blaine, me dit Kent, et ses paroles me touchent.

– Je dois vous dire quelque chose à tous les deux. Je ne crois pas vous l'avoir déjà dit. Je suis fier de vous. Je sais que vous travaillez dur. Peut-être même encore plus depuis que vous avez accepté d'être consultants pour mon entreprise. Je voulais que vous le sachiez.

Leurs expressions font battre mon cœur un peu plus vite. C'est vraiment génial d'être gentil !

CHAPARE 10

Delaney

— Tu préfères la gelée verte ou la rouge ? Je demande à une jeune fille de treize ans, épuisée après sa séance quotidienne de chimiothérapie.

Les cercles sombres sous ses yeux bleus montrent à quel point elle est fatiguée, et ça me brise le cœur. Je fais tout mon possible pour détourner ses pensées. Lorsque des patients ont des moments d'absence, comme c'est son cas depuis une semaine, en général, ça signifie qu'ils sont sur le point d'abandonner le combat.

— Ça m'est égal, marmonne-t-elle tandis que je la borde avec la couverture.

— Je vais t'en apporter de deux couleurs. Je les ai faites sur le thème de Thanksgiving – des dindes, des citrouilles. Je vais t'en apporter une de chaque, je répète en tapant sur son oreiller et l'aidant à s'allonger. Qu'en penses-tu, Tammy ?

— Je pense que j'aimerais qu'on me laisse seule.

La pauvre petite n'a que sa mère pour la soutenir, et j'ai peur que ça ne suffise pas. Elle est la première patiente sur ma liste, si une célébrité mignonne décide de nous rendre visite.

Elle n'est plus que l'ombre d'elle-même depuis qu'elle a perdu ses cheveux. Alors, je décide de lui trouver une perruque qui rappelle son ancienne coupe et de la lui apporter cet après-midi. Peut-être que ça lui remontera le moral.

– Je vais te laisser faire la sieste, et je reviendrai à midi avec une surprise pour toi, Tammy.

– Pourquoi ? demande-t-elle d'une voix monocorde.

– Parce que je tiens à toi. Tu es ma patiente préférée. Tu es gentille et calme. Je pense que tu as juste besoin de quelque chose qui te motive. Alors je vais te faire des surprises tous les jours.

Je me penche pour éteindre sa lampe de chevet, et je l'entends murmurer :

– Je veux juste ma maman.

Sa mère travaille d'arrache-pied, pour essayer de gagner assez pour couvrir les lourds frais médicaux de sa fille, et elle n'a que peu de temps libre pour être avec Tammy.

– Je sais, ma douce, je murmure.

Je sors de sa chambre, le cœur lourd. J'aimerais tant pouvoir l'aider.

Je dois essuyer une larme en me dirigeant vers le bureau des infirmières pour savoir où je dois aller ensuite. J'entends une voix masculine familière :

– J'irai là où vous aurez le plus besoin de moi.

Je tourne dans le couloir. C'est lui.

– Vous ! je m'exclame.

– Hé, salut !

Blaine Vanderbilt me fait un grand sourire. Il porte une tenue d'hôpital brun foncé, comme s'il faisait partie de l'équipe médicale, et un chapeau de pèlerin. Je ne sais pas comment il arrive à être aussi séduisant avec ce chapeau stupide, mais sur lui, c'est craquant.

Il vient immédiatement poser sa main dans le creux de mon dos et nous éloigne du bureau des infirmières.

– Qu'est-ce que vous faites ?

– Je la suivrai aujourd'hui, dit-il à l'infirmière en charge par-dessus son épaule.

– Non, pas du tout ! je m'écrie en essayant de me dégager, mais il attrape mon coude et continue à avancer.

– La prochaine visite est la chambre 536, Delaney. Et cesse de faire ta mauvaise tête. M. Vanderbilt est là pour rendre le sourire aux enfants. Alors, fais un effort. C'est pour les enfants, pas pour toi ! me dit Sheila, ma supérieure.

– Oui, c'est pour les enfants, Delaney, dit-il de sa voix grave si séduisante. Pas pour toi. Alors c'est ici que tu te cachais. J'ai rendu visite à Sammy et sa famille tous les jours, et tu m'as manqué. Il va beaucoup mieux, tu sais.

– Oui, je sais. J'ai demandé de ses nouvelles. Et j'ai aussi appris que tu demandes où je suis tous les jours. Qui m'a balancée ?

– C'est mignon que tu penses que je te suis partout, dit-il en riant. Personne ne t'a balancée. Je ne savais pas que tu travaillais avec les patients atteints de cancer. J'imagine que j'ai simplement eu de la chance. J'ai rempli un dossier pour rendre visite aux enfants malades et égayer leurs fêtes de Noël. J'ai reçu l'autorisation de l'hôpital, et je viens de commencer à l'instant. Je pense que c'est vraiment une heureuse coïncidence de te retrouver ici.

– Je ne te crois pas, je l'informe. Je trouverai qui t'a dit que j'étais ici.

– Un peu parano, hein ? demande-t-il en ouvrant la porte de la chambre de mon prochain patient.

Je lui lance un regard assassin, puis entre tandis qu'il me tient la porte.

– Bonjour Terry, comment vas-tu aujourd'hui ? je demande au jeune garçon d'une quinzaine d'années atteint d'un cancer de stade avancé à la jambe.

Il me répond en fixant Blaine :

– Pas terrible. J'ai vraiment mal aujourd'hui. Je peux avoir des antidouleurs, doc ?

– Bonjour Terry, dit Blaine en s'approchant pour le saluer. Je suis Blaine. Je suis là pour vous mettre dans l'esprit de Noël.

Il fouille dans l'une des poches de sa blouse et en sort une sucette en forme de citrouille.

– Miam, merci, dit Terry en souriant. Alors, pour les antidouleurs ?

Blaine se tourne vers moi, et je pense qu'il remarque mon air inquiet. Le gosse demande des antidouleurs tous les jours. Il s'installe sur la chaise près du lit.

– Alors, raconte-moi pourquoi tu es ici, dit-il.

Pendant que l'attention de Terry est occupée avec Blaine, j'en profite pour vérifier sa tension et consulter son dossier.

– Vers la fin de l'été, j'étais en train de nager et j'ai commencé à avoir mal à la jambe. Je pensais que c'était une crampe, mais ce n'est pas parti. Quatre jours plus tard, j'avais vraiment trop mal, alors j'en ai parlé à mes parents.

– Tu as gardé ça pour toi tout ce temps ? demande Blaine.

– Ouais. Je ne suis pas un bébé. Je suis fort. Je joue au foot, je fais du motocross. J'ai même déjà fait un saut en parachute. Je ne suis pas un pleurnichard.

– C'est clair ! confirme Blaine. Alors, tu as quelque chose à la jambe, c'est ça ?

– Ouais, une grosse tumeur qui continue à grossir. Et ça fait mal, je te jure. Les radiations ne marchent pas. Et la chimio, c'est horrible, explique Terry.

Je dois intervenir.

– Terry, les radiations fonctionnent, et la tumeur est en train de rétrécir. La chimio permet aux radiations de mieux fonctionner. Ça prend du temps, mais c'est normal.

Terry lève son pouce dans ma direction et sourit à Blaine en souriant :

– La belle infirmière rousse est une éternelle optimiste.

– C'est vrai que c'est une belle rousse, hein ? demande Blaine en me faisant un clin d'œil. Mais à mon avis, elle a raison à propos de ta tumeur. Le traitement fonctionne. Je ne vois aucune console ici, dit Blaine en regardant autour de lui. Tu n'aimes pas les jeux vidéo ?

– Je préfère vraiment les activités de plein air. Je n'ai même pas de console chez moi, dit Terry en ouvrant l'emballage de la sucette et en la fourrant dans sa bouche.

– C'est pas encore le moment, dis-je en la sortant de sa bouche et en la lui rendant. Je dois d'abord prendre ta température.

Il hoche la tête et semble un peu déprimé pendant que je prends sa température.

– Et si je te trouvais un jeu sympa, comme du football ou de moto-cross, ça te plairait ? demande Blaine, ce à quoi Terry hoche la tête avec enthousiasme. Je pourrais jouer avec toi ?

Il acquiesce à nouveau, et je sors le thermomètre de sa bouche.

– Ce serait trop génial ! s'écrie le garçon. Mais en fait, vous êtes riche ?

– J'ai quelques économies. Je vais inviter la belle rousse à déjeuner pour qu'elle puisse m'aider à choisir des cadeaux, alors prépare-toi à jouer au foot avec moi après manger. Qu'en penses-tu ?

Je suis furieuse. S'il pense que je vais aller déjeuner avec lui, il se fourre le doigt dans l'œil !

CHAPITRE 11

Blaine

— Tu t'es déjà regardée dans un miroir quand tu es agacée ? je demande à Delaney.

Elle est furieuse de devoir aller déjeuner avec moi. Sa supérieure lui a dit de le faire, pour m'aider à acheter des cadeaux aux patients.

— Tes joues sont toutes roses, et tes beaux yeux verts étincellent comme des pierres précieuses, je continue. Et la manière dont ta lèvre inférieure tremble, c'est trop craquant.

— Tu es insupportable ! s'exclame-t-elle en appuyant sur le bouton de l'ascenseur.

Je sors mon téléphone et appelle mon chauffeur.

— Attendez-nous à l'entrée. Nous sommes en train d'arriver.

— Qui doit nous attendre ? demande-t-elle en croisant les bras.

— Mon chauffeur, je réponds en la regardant de haut en bas. J'aime vraiment cette couleur sur toi. Pourtant, je ne pensais pas que le rose irait avec la couleur de tes cheveux. À mon avis, c'est le rose de tes joues qui fait que ça te va si bien.

– Arrête de me regarder ! dit-elle en fronçant les sourcils, ce qui la rend encore plus belle. Et je ne veux pas être baladée en limousine avec toi ! Je prendrai ma voiture.

– D'abord, ce n'est pas une limousine. Je n'ai pas quatre-vingts ans. C'est un fourgon. Je l'ai acheté aujourd'hui pour avoir la place de mettre tous les cadeaux pour les enfants. Malin, non ? je lui demande.

– Je prendrai quand même ma voiture.

Elle sort de l'ascenseur la première et sort ses clés de son sac.

Avec désinvolture, je passe le bras devant elle, prends tranquillement ses clés et les mets dans ma poche.

– Non, tu montes avec moi. Je n'ai pas envie de perdre du temps en demandant à mon chauffeur de rouler plus lentement pour que tu puisses nous suivre.

– Donne-moi les clés, réclame-t-elle, les dents serrées.

– Non, je réponds en secouant la tête. Et arrête de grincer des dents. C'est très mauvais. Maintenant, dis-moi où tu aimerais aller déjeuner.

– Chez moi. Je comptais rentrer déjeuner et manger un sandwich au thon.

Je l'attrape par le coude tandis que nous passons la porte. J'aperçois mon chauffeur à l'entrée, et il tient la portière ouverte pour nous.

– Je te présente M. Green. M. Green, voici Delaney Richards.

– C'est un plaisir de vous rencontrer, m'dame, dit-il, et elle monte dans la voiture.

– Nous allons déjeuner au restaurant chinois que j'aime bien, j'informe le chauffeur en montant derrière Delaney. Ils ont du thon.

L'expression sur son visage manque de me faire éclater de rire.

– Je suis allergique au gluten, finit-elle par dire.

– Très bien, je réponds en tapant sur l'interrupteur qui fait descendre la vitre entre M. Green et l'arrière de la voiture. Emmenez-nous plutôt au Café Dillon.

– Bien sûr, répond-il.

J'étire mes jambes et mes bras.

– La journée a déjà été longue pour toi ? je demande.

– Je me suis levée à quatre heures ce matin, répond-elle en se frottant les tempes. Mais j'ai l'habitude.

– Je me suis levé à six heures. Seulement deux heures plus tard. Bon, j'aimerais savoir qui sont les enfants qui ont vraiment besoin qu'on leur remonte le moral aujourd'hui. Je n'en ai rencontré que quatre. Je me suis dit que je rendrai quelques enfants heureux tous les jours, je lui explique en jouant avec sa queue de cheval.

Ses cheveux sont doux comme de la soie. Je suis certain qu'elle est magnifique les cheveux lâchés, tombant sur ses épaules avec sa peau de porcelaine.

Elle repousse ma main vivement.

– Il y a cette petite fille. Je prévoyais de lui acheter une perruque blonde aux cheveux longs. Elle est vraiment déprimée. Elle n'a que sa mère, et la pauvre femme travaille tellement pour couvrir les frais médicaux... pourtant, elle est quand même criblée de dettes. Cette petite n'a qu'un souhait, c'est être avec sa mère.

– Sais-tu où travaille sa mère ? je demande, car une idée me vient.

– Elle est serveuse au Hasselbeck. Elle travaille tout le temps, répond-elle.

Je reprends l'interphone.

– Pardon, M. Green. Encore un changement de programme. Emmenez-nous au Hasselbeck, s'il vous plaît.

– Très bien, monsieur.

– Et qu'est-ce que tu comptes faire là-bas ? me demande-t-elle, les sourcils froncés. Je n'aurais pas dû te dire où elle travaille. Je pourrais avoir des ennuis. C'est une information confidentielle.

– Ne t'en fais pas, dis-je en glissant à nouveau mes doigts dans sa queue de cheval. Ça m'étonnerait qu'elle se plaigne une fois que je lui aurai proposé quelque chose.

Elle lève les yeux au ciel.

– Et c'est quoi, cette proposition ?

– Tu verras.

Elle retire ses cheveux de ses doigts en soupirant.

– Je trouve tes cheveux vraiment doux, je remarque. Quelle marque de shampoing utilises-tu ?

– La moins chère, répond-elle. J'envoie tout l'argent que je peux à mes parents pour qu'ils puissent se nourrir.

À ces mots, j'ai l'impression de recevoir un coup dans le ventre.

– Aïe ! À propos. Je suis en train de faire d'énormes changements à mes magasins. Je pense intégrer certaines boutiques qui ont dû fermer à cause de ceux-ci. J'aimerais inviter tes parents à une réunion, avec plusieurs autres propriétaires qui ont dû fermer leurs boutiques. Mon entreprise paiera tous les frais. Le vol jusqu'à Houston, l'hôtel, les repas. Tout.

– Tu te fous de moi ! s'exclame-t-elle. C'est hors de question !

– C'est la vérité. Nous pensons organiser ça pour la première semaine de janvier. Les invitations seront envoyées dès que tout sera en place. J'ai décidé de changer ma manière de faire des affaires. Je change beaucoup de choses en moi, Delaney.

Son regard redevient suspicieux.

– Et bien, peut-être que je te croirai un peu plus quand tout sera mis en place. Pour le moment, c'est du vent pour moi.

Un petit sourire flotte sur ses lèvres, et j'ai impulsivement envie de coller mes lèvres contre les siennes et de les posséder.

Je soupire. J'aimerais lui plaire autant qu'elle me plaît. Mais elle reste froide et distante.

– Tu verras. Et, sache-le, je le fais pour moi autant que pour les autres. C'est moi qui ai décidé de faire tous ces changements. Je crois que la mort de mon père a fait revivre quelque chose en moi. Quelque chose qui était mort depuis longtemps. Depuis la mort de ma mère, je m'étais vraiment endurci.

– Ta mère est morte aussi ? demande-t-elle, et je remarque qu'elle semble touchée.

– Elle est morte il y a vingt-cinq ans, en donnant naissance à mon frère. Je n'avais que cinq ans. Ça n'a pas été facile pour moi de comprendre pourquoi elle n'est pas revenue à la maison, après que mon père nous ait laissés chez ma grand-mère quand ma mère est partie accoucher. Papa est rentré sans elle, avec Kent. Il a expliqué à Kate, qui avait trois ans, et à moi que le Seigneur avait rappelé notre mère à Ses côtés. Du coup, j'ai plus ou moins haï ce mec.

– Ton père ? demande-t-elle.

– Non. Le Seigneur.

CHAPITRE 12

Delaney

J e dois tourner la tête pour que Blaine ne se rende pas compte
que son histoire m'a mis les larmes aux yeux. Je ravale la
boule qui s'est formée dans ma gorge et je parviens à
demander :

– Tu ne détestes plus Dieu aujourd'hui, si ?

– Je ne sais pas bien ce que je ressens, répond-il en haussant les
épaules. Je veux dire, papa aussi est là-haut maintenant. Si le Paradis
existe vraiment. Tu sais, il vient me voir dans mes rêves.

– Dieu ? je demande en me reculant un peu.

S'il croit que Dieu vient le visiter en rêve, il n'est peut-être pas tout
à fait net dans sa tête.

– Non, mon père, dit-il avec un petit rire. Il vient me parler, du
Bien et du Mal. Il s'y évertuait déjà de son vivant, mais je ne voulais
pas l'écouter. Maintenant, il a toute mon attention quand je dors. Il
parle et parle... Et ça commence à rentrer.

– Peut-être que tu es réellement en train de changer, dis-je en regardant par la fenêtre. Mais il est tout aussi possible que, dans un an, tu redeviennes exactement comme tu étais. C'est classique dans une période de deuil quand on perd brutalement un proche. Peut-être que d'ici un an, tu seras redevenu le requin sans cœur que tu as toujours été.

– Wow, quel enthousiasme ! s'exclame-t-il, un ton sarcastique dans sa voix. Merci de ton soutien.

– Je ne fais pas partie de tes fans, donc n'attends aucun soutien de ma part, je réponds tandis que la voiture s'arrête devant l'entrée du restaurant. Désolée si je ne te plais pas.

– En fait, tu me plais beaucoup. Ta franchise est rafraîchissante, dit-il en souriant.

– Elle est bonne, celle-là.

Le chauffeur ouvre la portière. Blaine sort du véhicule et me tend la main. Je la prends, mais uniquement parce que le fourgon est élevé et que j'ai peur de tomber en descendant. Il glisse son bras autour de ma taille et nous commençons à marcher.

– Je vous apporterai quelque chose de bon, M. Green, et un thé, dit-il par-dessus son épaule.

– Oh, merci monsieur ! répond son chauffeur, qui semble vraiment ravi de recevoir un plat froid alors qu'il doit attendre dans la voiture pendant que nous dînons.

– Invite-le à l'intérieur, dis-je.

– Hein ? demande-t-il en s'arrêtant.

– Tu devrais l'inviter à manger avec nous, j'explique, et il me sourit.

– M. Green, appelle-t-il en se retournant. Garez la voiture, et venez déjeuner avec nous. Nous vous attendrons ici.

– Oh, c'est trop, monsieur, proteste le vieil homme. Le repas est déjà bien assez.

– Insiste, je murmure.

– Permettez-moi d'insister, M. Green. S'il vous plaît.

– Très bien, monsieur. Je vais aller garer la voiture et je vous rejoins.

– Ça, c'est une bonne action, dis-je en lui faisant un grand sourire.

– Tu vois, tu me fais du bien, Delaney, dit-il en remettant sa main dans le creux de mon dos. J'ai besoin de bonnes influences dans ma vie en ce moment. J'en ai toujours eu autour de moi, mais je les ai ignorées. Je ne compte pas t'ignorer.

Je le regarde dans ses yeux marron clair, et j'ai envie de le croire.

– J'ai besoin de le voir pour le croire, Blaine. Les mots ne suffisent pas.

Sa main remonte le long de mon dos et vient se placer sur mon épaule. Il m'attire à lui et murmure :

– J'aimerais beaucoup te montrer, Delaney. Je suis bien content que les mots ne suffisent pas. Tu es le genre de femme dont un homme a besoin dans sa vie, pour le maintenir sur le droit chemin.

Et tout à coup, il veut que je tienne le rôle de sa mère – et c'est hors de question. Mais il vient à peine de perdre son père, donc je veux quand même le ménager. Je me retiens et je ne lui dis rien tout de suite.

M. Green nous rejoint en boitant légèrement, et je remarque qu'il utilise surtout son genou droit.

– Des problèmes de genou, M. Green ? je demande.

– Le gauche me fait mal depuis le mois dernier, répond-il. Je vais probablement devoir faire un remplacement. Mon grand frère a dû le faire il y a deux ans, lorsqu'il avait mon âge.

Nous entrons dans le restaurant. Blaine a toujours son bras autour de mes épaules, et je dois faire un effort pour ne pas succomber au charme de cet homme séduisant à l'âme torturée.

Je repère tout de suite la mère de Tammy en train de débarrasser une table, empilant des assiettes sur son plateau. L'hôtesse s'approche et nous demande si voulons une table ou une banquette.

– Une banquette, répond tout de suite Blaine. Et j'aimerais qu'elle soit dans la section de... comment s'appelle-t-elle ? me demande-t-il.

– Nous voulons une table dans la section de Patsy, dis-je.

– Oh, vous êtes des amis, dit l'hôtesse en nous menant vers une banquette.

– Pas encore, explique Blaine. Mais j'espère le devenir bientôt. En fait, je vais lui demander quelque chose qui pourrait changer sa vie.

– Comme c'est romantique, répond l'hôtesse, avant de nous regarder et de remarquer que le bras de Blaine est autour de moi. Oh, pardon. Je vous ai mal compris.

Blaine éclate de rire, et je manque de perdre connaissance lorsque ses lèvres effleurent mon front.

– Non, pas une proposition romantique. Je vais lui proposer un poste dans mon entreprise.

– Je comprends mieux. En tout cas, elle travaille dur et bien, dit-elle en nous installant à la table.

Blaine me fait signe de m'asseoir et il s'installe à côté de moi, si proche que nos jambes se touchent. Je me décale vers le mur pour m'éloigner, mais il le fait aussi, et nos corps restent en contact.

– Un petit cocktail avec ton déjeuner ? Je ne le dirai à personne, Delaney.

– Non, je réponds immédiatement. Je ne bois pas quand j'ai sous ma responsabilité la santé de mes patients. C'est une règle stricte à laquelle je me tiens.

– Je te testais, dit-il en riant. Tu as réussi, bravo.

Patsy s'approche de notre table et me reconnaît.

– Bonjour infirmière Richards, comment va ma petite aujourd'hui ?

– Elle déprime, je lui réponds. Mais je pense que j'ai trouvé quelqu'un qui va pouvoir nous aider.

Blaine lui tend la main, et elle la serre, un peu perplexe.

– Hum, bonjour ?

– Bonjour, je suis Blaine Vanderbilt, et je pense que ma proposition peut vous rendre la vie beaucoup plus facile. Quand pouvez-vous prendre une pause pour en discuter ?

– Blaine Vanderbilt ? L'homme qui dirige la chaîne de magasins Bargain Bin ? demande-t-elle.

– C'est moi, dit-il avec un grand sourire.

– Pardonnez-moi, monsieur, mais je ne vois pas comment vous pouvez m'aider, dit-elle. Que souhaitez-vous boire ?

– Du thé glacé pour tout le monde, répond Blaine. S'il vous plaît, donnez-moi une chance de vous faire mon offre. Je pense qu'elle vous plaira beaucoup.

Elle le regarde sans répondre, puis se tourne vers moi.

– Je peux lui faire confiance ? me demande-t-elle.

Je n'ai pas envie de me porter garante pour lui. En plus, il ne m'a pas expliqué ce qu'il comptait lui proposer. Mais j'acquiesce tout de même.

– Oui, je réponds.

– D'accord, dit-elle. Je vais revenir avec vos boissons, je prendrai votre commande et ensuite je prendrai ma pause pour discuter.

– Parfait ! répond Blaine. Vous ne serez pas déçue.

Lorsqu'elle s'éloigne, je me tourne vers Blaine et demande :

– Que vas-tu lui proposer ?

Il pose sa main sur ma jambe, et je m'apprête à la repousser d'un geste lorsque je remarque qu'il tient mes clés de voiture. Je dois me mordre la lèvre en sentant ce que la chaleur de sa main provoque chez moi.

– Oh, mes clés, merci, je parviens à articuler.

– Je me suis dit que tu en aurais besoin. J'ai oublié qu'elles étaient dans ma poche, mais elles me gênaient.

Lorsque je prends mes clés, nos mains se touchent, et je déteste la façon dont mon cœur se met à battre plus vite et plus fort. J'espère qu'il ne l'entend pas !

CHAPITRE 13

Blaine

E lle sent le désinfectant et la menthe, et ça me rend dingue.

– Pourquoi es-tu devenue infirmière, Delaney ?

– Hum, j'avais besoin d'argent. La formation pour obtenir le diplôme était courte, et je savais que je trouverais facilement du travail à la sortie de l'école, répond-elle en consultant le menu. Tu crois que le steak de poulet est bon ?

– Je n'en ai aucune idée. Tu devrais demander à notre serveuse, Patsy, dis-je en regardant le menu par-dessus son épaule. J'adore ce shampoing, je remarque en inspirant profondément l'odeur de pommes qui émane de ses cheveux.

Elle soupire, comme si je l'embêtais. Mais je pense que je la perturbe plus que je ne l'agace. Lorsque nos mains se sont touchées, la sienne a tremblé. Et ça montre bien que je lui fais de l'effet. Son corps me donne des indices sans qu'elle ne s'en rende compte.

– La photo sur le menu me donne envie, je vais prendre ça, dit-elle en me tendant son menu. Apparemment, tu préfères regarder celui-ci plutôt que le tien.

– Je vais prendre la même chose que toi. Tu as raison, ça a l'air bon.

– Moi aussi, dit M. Green. Merci pour votre invitation. Ce restaurant est agréable, et les prix sont raisonnables. Je pense que je vais y inviter Mme Green à dîner.

– Quelle bonne idée, dit Delaney avec un grand sourire. Depuis combien de temps êtes-vous mariés ?

– Trente-sept ans. Nous avons trois enfants, et cinq petits-enfants. La vie n'a pas toujours été facile pour moi. Lorsque j'ai rencontré ma femme, j'avais dix-neuf ans et j'étais en prison. Elle est venue nous rendre visite dans le cadre d'une action de charité avec son église. Je suis tombé amoureux d'elle dès que je l'ai vue.

– Aww, fait Delaney, émue. Tu le savais ? me demande-t-elle.

– Je n'ai jamais pris le temps de demander, je réponds en secouant la tête. Je suis navré, dis-je en me tournant vers M. Green, l'homme qui est mon chauffeur depuis toujours. J'ai toujours considéré mes employés comme faisant partie de ma vie professionnelle. Je me suis toujours empêché d'y admettre les émotions.

– Vous ne m'entendrez jamais m'en plaindre, M. Vanderbilt. Je connais beaucoup de chauffeurs qui se retrouvent embarqués dans les problèmes personnels de leurs employeurs. Avec vous, ça n'a jamais été un problème.

– Quoi qu'il en soit, je suis navré. J'espère que vous savez que vous pouvez venir me trouver si vous avez un problème. Je sais que je n'étais pas très accessible par le passé, mais j'essaie de changer ça. Si vous avez besoin de quelque chose, venez m'en parler.

Patsy revient à notre table en souriant.

– Voilà vos boissons. Vous avez choisi ce que vous voulez manger ?

– Nous vous avons facilité les choses. Et profitez-en, parce que c'est probablement la dernière commande que vous prendrez dans votre vie si vous acceptez mon offre, Patsy, je réponds. Nous allons tous prendre le steak de poulet.

– En effet, c'est facile, dit-elle en s'éloignant.

– Faites vite, dis-je. J'ai hâte de vous faire mon offre.

Elle acquiesce simplement en partant. J'ai du mal à croire qu'elle ne soit pas excitée le moins du monde.

– Tu ne comprends pas pourquoi elle est si calme, c'est ça ? me demande Delaney, qui m'observait en silence.

– Pas du tout, je réponds en continuant à la suivre des yeux. Si j'étais à sa place, je voudrais tout de suite savoir quelle est cette proposition. Elle semble juste un peu distraite.

– Elle a du mal à croire que tu puisses lui offrir quoi que ce soit qui l'aidera vraiment. Sa fille est en train de mourir, Blaine. La seule bonne nouvelle que tu puisses lui apporter, c'est que tu vas guérir sa petite de son cancer.

– Oh.

Je prends conscience que je ne peux pas comprendre ce qu'elle ressent. J'ai perdu mes parents, mais la perte d'un enfant doit être une toute autre tragédie.

– Je vois. J'imagine qu'elle n'aura pas vraiment de réaction. Mais tu sais quoi ?

– Quoi ? demande-t-elle en secouant la tête.

– Ce n'est pas grave. Je ne fais pas ça pour qu'on me remercie. Je fais juste ça pour aider. C'est tout. Je n'ai pas besoin d'en retirer quoi que ce soit. J'ai juste besoin d'apporter mon aide où je peux. Merci de m'avoir fait comprendre ça, Delaney. Tu es vraiment un don du ciel.

Elle détourne le regard, et je prends sa main sous la table. Lorsqu'elle lève les yeux vers moi, je vois qu'elle est émue.

– Je ne suis rien de tout ça, murmure-t-elle.

– Bien sûr que si, je réponds en embrassant sa main.

Patsy revient vers nous et s'assied dans la chaise libre à la table.

– D'accord. Je vous écoute, M. Vanderbilt.

Je n'ai pas envie de lâcher la main de Delaney, mais je veux donner toute mon attention à cette femme qui doit surmonter une terrible épreuve. Elle doit travailler d'arrache-pied, alors que sa fille vit peut-être ses derniers instants. Elle doit avoir besoin d'elle, plus que jamais depuis qu'elle est bébé.

Je sens mon âme s'emplir d'une émotion intense, que je n'avais

jamais ressentie auparavant. Je ne sais même pas comment ça s'appelle. Peut-être est-ce de l'empathie, je n'en suis pas sûr. Je sais juste
que ça fait mal.

– Patsy, je veux que vous sachiez que j'ignore à quel point votre
situation actuelle est difficile. Je sais que je ne peux pas soigner votre
fille. Mais en revanche, je peux vous donner la possibilité de passer
plus de temps auprès d'elle. Je peux vous donner l'argent nécessaire.
Je peux vous proposer un emploi, et vous payer jusqu'à ce que vous
puissiez venir travailler. Je vous propose un emploi dans mon entreprise, une position de consultante. Vous recevrez un salaire annuel à
six chiffres, et des versements immédiats d'assurance santé. Je paierai
moi-même les versements. Vous n'avez à vous occuper de rien, sinon
d'être auprès de votre fille. Elle a besoin de vous, dis-je en sortant une
liasse de billets de ma poche, environ trois mille dollars, et en les
posant devant elle sur la table. Voici votre première prime. Si vous
acceptez mon offre, vous serez payée tous les vendredis, à partir de
vendredi prochain. Souhaitez-vous réfléchir une minute pour vous
décider ?

– Une minute ? répète-t-elle. Non, je n'ai pas besoin d'une minute.

Des larmes commencent à rouler sur ses joues. Ses mèches de
cheveux d'un blond cendré encadrent son visage, qui, je suppose,
devait être beau avant cette tragédie.

Je lui tends une serviette et elle essuie ses larmes, puis elle se met
à sangloter.

– Prends-la dans tes bras, me souffle Delaney en me donnant un
petit coup de coude.

Je me lève et prends la pauvre femme dans mes bras. Je tente de
l'apaiser et je murmure :

– Je prendrai ça pour un oui.

Elle ne peut que hocher la tête tout en continuant à pleurer, et je
berce doucement le corps qui tremble dans mes bras. Je ne m'attendais pas du tout à cette réaction. Je m'attendais à de la joie, du
bonheur, à ce qu'elle saute au plafond. Mais pas à ça.

Je ne sais pas sur quel chemin je me dirige, mais il est pavé de
beaucoup plus d'émotions que je ne le pensais.

CHAPITRE 14

Delaney

Depuis que j'ai appris que j'allais passer la journée avec Blaine Vanderbilt, rien ne s'est passé comme je m'y attendais. Le voir distribuer les cadeaux qu'il a achetés pour les quatre enfants qu'il a rencontré aujourd'hui me fait chaud au cœur.

Le plus extraordinaire est de regarder Blaine, car quelque chose en lui semble grandir à chaque interaction. Il semble mieux comprendre l'âme humaine. C'est un peu comme regarder un bébé apprendre à marcher ; il est tout aussi ébahi et effrayé.

– Je vais te laisser t'entraîner aujourd'hui, mais demain, je ne te ferai plus de cadeaux, Terry, le prévient Blaine en se levant et en lui tendant une autre sucette en forme de citrouille. Hé, mon pote, tu veux que je t'apporte quelque chose demain matin ? demande-t-il avant de quitter la chambre.

– Pas besoin, répond l'adolescent. Mon pote, tu en as assez fait. Mais je vais te dire. Il y a un jeune, un peu plus âgé que moi. Il est vraiment déprimé d'avoir perdu ses longs cheveux blonds. Va le voir demain, tu veux bien ? Il s'appelle Colby.

– Ça marche, répond Blaine. Laisse-moi te dire que je pense que tu es un gars en or. Tu iras loin dans la vie.

– Si je survis, remarque-t-il.

Blaine me lance un regard, et je vois qu'il est triste à cause du commentaire du petit. Je secoue la tête et lui tends la main.

– Il est temps d'aller voir Tammy, dis-je.

Il acquiesce et salue le petit patient :

– Salut, Terry. À demain matin.

Dès que nous sommes sortis, Blaine s'appuie contre le mur.

– Merde ! C'est dur !

Je le tiens toujours par la main, et je le sens tirer dessus.

– Allons, Blaine. Ici, on reste forts. Si tu veux craquer, tu le feras loin d'ici. Mais entre ces murs, on doit donner de la force aux autres.

Il se reprend et se relève.

– Tu as raison. Allez, allons voir Tammy. J'espère que la perruque que tu as choisie lui plaira. Est-ce que sa maman est déjà arrivée ?

– J'en doute. Tu l'as envoyée au salon se refaire une beauté. Mais je pense qu'elle ne va pas tarder.

Nous arrivons devant la porte, et Delaney frappe deux petits coups.

– Tammy, je peux entrer ? J'ai un visiteur avec moi.

– Attendez ! crie-t-elle.

Nous attendons une minute, puis Delaney lève une main :

– Attends ici, dit-elle.

Elle entre dans la chambre, et je m'appuie à nouveau contre le mur pour essayer de rassembler mes forces. Je pensais que ce serait un jeu d'enfant. Venir à l'hôpital... distribuer des cadeaux. Je pensais être content de voir les gosses sourire. Je ne m'attendais pas aux énormes vagues d'émotions qui me submergent depuis ce matin.

La porte s'ouvre, et Delaney passe la tête à l'extérieur. Elle comprend ce qui se passe en un coup d'œil.

– Encore ? Allez, viens, dit-elle en me tendant la main.

Je prends sa main et la tire dans le couloir.

– Tu veux bien me rendre un service et me faire un câlin purement platonique ?

Son regard s'adoucit, et elle me prend dans ses bras.

– Je sais à quel point ça peut être dur, dit-elle. Mais je vois qu'il se passe des choses en toi, Blaine. N'attrape pas la grosse tête ou quoi, mais je commence à être fière de toi.

Sa façon de m'étreindre me fait penser qu'elle doit être forte à rendre les autres se sentir mieux, et je me sens déjà mieux.

– Tu as un don, Delaney. Tu sais vraiment comment aider les gens.

Elle recule avec un sourire.

– Humm. Voilà peut-être pourquoi je suis devenue infirmière. Peut-être que c'est dû à une intervention divine.

– Peut-être bien.

J'entends des talons claquer sur le carrelage se rapprocher de nous. Cela attire mon attention et je vois une grande dame très élégante marcher dans notre direction dans le couloir.

– Incroyable ! s'exclame Delaney avec un petit sifflement admiratif.

– C'est Patsy ? je demande, incrédule, en regardant à nouveau.

– Oui, c'est moi, dit-elle en nous rejoignant. Merci pour cette mise en beauté, M. Vanderbilt. J'en avais besoin. Et pour la proposition de travail. Je me sens bien, pour la première fois depuis très longtemps.

– Avec plaisir, je réponds. Et si je puis me permettre, vous êtes méconnaissable.

– Merci, dit-elle avec un sourire radieux. Et maintenant, je vais aller voir ma fille et essayer de lui transmettre un peu de mon espoir qui est revenu.

– Je pense que vous avez l'énergie pour le faire, dis-je en la suivant dans la petite chambre plongée dans une demi obscurité.

– Maman ? appelle la petite fille dans son lit.

Ses yeux sont cerclés de cernes sombres. Elle porte une écharpe bleue enroulée autour de la tête pour couvrir son petit crâne nu. J'ai envie de pleurer, mais je sais que je ne peux pas me le permettre. Alors je regarde Delaney et lui prends la main.

Elle me regarde sans rien dire, mais elle comprend ce que je ressens. Elle serre ma main, et nous restons en retrait alors que la mère et la fille se retrouvent.

Patsy caresse la joue de sa fille. Elle s'est fait faire une manucure, et elle a de beaux ongles roses.

– Coucou toi, dit-elle. J'ai une excellente nouvelle. Je vais pouvoir rester ici tout le temps avec toi, à présent.

– Comment ça se fait ? demande la petite fille. Tu ne t'es pas fait virer, au moins ?

– Non, répond Patsy en éclatant de rire. Je ne travaille plus au restaurant. À présent, je suis consultante pour la chaîne de magasins Bargain Bin.

– Quoi ? demande la petite.

– Expliquez-lui, M. Vanderbilt, me presse Patsy.

– J'ai proposé un emploi à ta mère pour qu'elle ne se fasse plus de souci pour ses factures. Elle n'a pas besoin de venir au bureau tant que tu ne seras pas guérie. Elle est toute à toi, Tammy.

Tammy tourne ses yeux bleu clair vers Delaney.

– Infirmière Richards, avez-vous quelque chose à voir là-dedans ?

– Peut-être, répond-elle. Tu vois, quand on dit ce qu'on souhaite vraiment, parfois ça arrive. Tu as eu raison de le faire.

Les yeux de Tammy se remplissent de larmes, et je sens mon ventre se serrer lorsqu'elle dit :

– Alors, je ferais mieux de dire ça. Je veux aller mieux. Je veux retrouver la santé. Je veux rentrer à la maison. Et je veux retrouver mes cheveux !

Delaney éclate de rire et sort la perruque blonde aux cheveux longs qu'elle dissimulait dans un grand sac.

– Bon, ce ne sont pas tes cheveux, mais est-ce que ça conviendrait en attendant ?

Tammy hoche la tête en se mettant à pleurer. Je fais de mon mieux pour ne pas me mettre à verser des larmes à mon tour. Je ne peux pas me permettre de partir en courant en pleurant comme un enfant. Mais je n'ose pas dire un mot, j'ai peur de craquer en ouvrant la bouche.

Une infirmière entre en poussant un lit, et je me pousse pour lui faire de la place.

– Et voilà. On m'a dit que ta maman sera à tes côtés à plein temps. Infirmière Richards, vous êtes officiellement libérée de votre fonction pour aujourd'hui. On se voit demain matin. Je les garde à l'œil pour cette nuit.

– Je vous vois demain matin. Passez une bonne nuit, Tammy et Patsy.

– C'est sûr qu'on sera bien maintenant, répond Patsy. Et merci encore, M. Vanderbilt.

Je hoche la tête et j'ouvre la porte, laissant Delaney passer devant moi. Au lieu de partir rapidement, comme je m'y attendais à moitié, elle reste à mes côtés dans le couloir.

– Blaine, est-ce que ça va ?

Je secoue la tête, et garde les yeux baissés en marchant vers l'ascenseur. Je n'arrive toujours pas à parler à cause de la boule qui s'est formée dans ma gorge. C'est terrible !

– Tu veux aller boire un verre ? propose-t-elle, à ma grande surprise.

15

CHAPITRE 15

Delaney

Blaine acquiesce et prend ma main. Nous allons jusqu'au bureau des infirmières, où je récupère mon sac, et nous marchons vers l'ascenseur. Je vois bien qu'il est perturbé et fait de son mieux pour ne pas s'effondrer.

Nous entrons dans l'ascenseur, et j'attends que les portes se ferment pour lui dire :

– J'ai pleuré tous les jours lorsque j'ai fait mon stage pratique en maison de retraite. Pendant trois semaines, je fondais en larmes chaque fois que je rentrais chez moi. Je pleurais pendant une heure les premiers jours, puis de moins en moins, jusqu'à ce que je ne pleure plus. Non pas que mon cœur se soit endurci. Mais je pense que j'ai mieux compris la vie.

Sa pomme d'Adam se soulève alors qu'il déglutit. Les portes de l'ascenseur s'ouvrent quand nous atteignons le rez-de-chaussée.

– Monte en voiture avec moi. Je passerai te chercher demain matin. Tu peux laisser ta voiture ici.

– Je peux boire quelques verres et être toujours capable de conduire, dis-je, mais il s'arrête net.

– Non. J'ai un chauffeur. Si tu veux aller boire un verre avec moi, on fait les choses de cette façon.

Je reste bouchée bée. Je pensais sincèrement qu'il était prêt à tout pour aller boire un verre avec moi. Je le teste un peu :

– Non. Je veux conduire, sinon je ne viens pas.

– Très bien, répond-il en lâchant ma main et en commençant à s'éloigner. Je serai dans ma voiture, si tu changes d'avis dans les cinq prochaines minutes.

Je suis abasourdie et un peu choquée. Mais je suis surtout très surprise de me voir marcher le plus vite possible pour le rattraper.

– Attends !

Il s'arrête, mais ne se retourne pas.

– Oui ?

– C'est quoi, le problème ? je demande en me mettant en face de lui.

– Le problème, c'est que je ne laisse pas mes amis prendre le volant en ayant bu. Et après ce que nous avons partagé aujourd'hui, je te considère comme une amie.

– Ah oui ? je demande, marchant à reculons alors qu'il recommence à marcher.

– Oui. Alors, tu veux aller boire un verre ou non ? demande-t-il, et je me rends compte que les rôles se sont inversés.

Je croyais que c'était moi qu'il fallait convaincre !

Son chauffeur arrive et sort de la voiture pour nous ouvrir la portière. Je fixe Blaine, en me demandant où j'en suis avec lui. Je pensais qu'il me voulait, et qu'il était prêt à tout pour m'avoir. Peut-être que je me trompais lourdement.

Il me fait signe de monter, et je me glisse dans la voiture sans dire un mot. J'attache ma ceinture et il me rejoint sur la banquette.

– Merci, dit-il en attachant sa ceinture. Je suis content de ne pas rester seul après cette journée difficile. Et je n'imagine pas meilleure compagnie que la tienne après tout ce que j'ai vu et entendu aujourd'hui.

– Heureuse de pouvoir t'aider, dis-je.

Il se tient très droit, tendu, et ses yeux semblent fatigués. Je me souviens de ce regard. Nous l'avions tous lors de nos études d'infirmière. Ma première visite auprès de patients en phase terminale m'avait presque tuée.

– Ça devient plus facile avec le temps. Je sais que c'est dur à croire, mais c'est vrai. Tu ne comptes pas laisser tomber, au moins ? je lui demande, alors qu'il fixe la route qui défile par la fenêtre.

– Je ne laisserai pas tomber. Je me suis engagé, et je compte bien aller jusqu'au bout. Je tiens toujours parole. Je pense qu'il faut juste que j'apprenne à contrôler mes émotions. J'y arrive dans mon travail. Il faut juste que j'arrive à faire la même chose devant ces pauvres enfants malades.

– Je pense qu'il est important de ressentir ces émotions. Et cela devient plus facile avec le temps. Tu ressentiras toujours de l'empathie, mais tu sauras contrôler ta tristesse. Même si je sais que les hommes ne pleurent pas, j'ajoute en riant.

– Bien sûr que les hommes pleurent, dit-il. En fait, j'ai envie de pleurer tout de suite.

Mon cœur manque un battement lorsqu'il l'admet. Je n'ai jamais rencontré un homme qui laisse autant voir sa vulnérabilité en ma présence. Je ne suis pas sûre de réussir à rester de marbre s'il se met à pleurer.

Il détache sa ceinture et se met à genoux devant moi. Il pose ses mains le long de mes cuisses et lève les yeux vers moi. Je caresse ses cheveux blonds en lui rendant son regard.

– Ou je pourrais t'embrasser, dis-je sans réfléchir.

– Ça pourrait m'aider aussi, dit-il en se rapprochant de ma bouche jusqu'à ce que nos lèvres soient si proches que je sente la chaleur de son souffle.

Il attend, immobile, et je réalise que j'ai dit que j'allais l'embrasser. Il attend que je vienne vers lui !

Je n'arrive pas à croire ce que je m'apprête à faire !

Je mets mes mains autour de son visage sans réfléchir, et je l'attire vers moi pour supprimer la distance entre nous. Je presse mes lèvres contre les siennes. Sa bouche est douce, et j'ai envie de plus.

Je sens ses mains caresser mes cuisses, et une chaleur inonde mon bas-ventre. Au point où nous en sommes, autant continuer.

Du bout de la langue, je caresse sa lèvre inférieure, et il ouvre la bouche. Je trouve sa langue et la caresse lentement. Sa main remonte le long de mes flancs et vient agripper ma taille, tandis que sa bouche se referme sur la mienne.

Je n'arrive pas à croire que j'ai fait le premier pas. Mais mince, je suis bien contente de l'avoir fait !

Lorsqu'il se détache de moi, mettant fin à notre baiser, je suis un peu essoufflée.

– Merci, murmure-t-il d'une voix rauque.

– Merci, je répète.

J'ai l'impression d'avoir bu tant je suis sur un nuage. Mais qui a besoin d'alcool quand un baiser de cet homme suffit à enivrer. Et aucun risque d'avoir la gueule de bois le lendemain !

– Ça t'a aidé ? je demande en lui caressant la joue.

Il hoche la tête, puis demande :

– Tu veux m'aider encore ?

J'acquiesce, et sa bouche se retrouve contre la mienne. Cette fois, il prend le contrôle, et détache ma ceinture pour m'attirer contre lui. Nous nous retrouvons bientôt sur le sol, moi au-dessus de lui. Je sens son sexe appuyé contre le mien, ce qui me fait mouiller.

Aucun homme ne m'avait fait un effet pareil si rapidement !

En roulant sur le côté, il me place sous lui, il détache légèrement sa bouche de la mienne un instant pour me dire :

– Et si on allait boire ce verre chez moi ? On pourrait faire un plongeon dans ma piscine ensuite. Mon cuisinier nous préparera un bon dîner.

– C'est probablement une mauvaise idée, dis-je d'une voix rauque que je n'ai jamais entendue auparavant.

– Pourquoi une mauvaise idée ? demande-t-il en se mettant à embrasser mon cou et en se collant contre moi.

– Je pense qu'on sait tous les deux pourquoi c'est une mauvaise idée.

– Je ne ferai rien dont tu n'as pas envie, Delaney, dit-il avant de prendre mon lobe d'oreille entre ses dents, ce qui provoque un frisson intense dans tout mon corps.

Le seul problème, c'est que je sens qu'il est très difficile de dire non à cet homme. Et je ne veux pas être ce genre de fille – une fille qui couche avec un mec alors qu'elle vient de le rencontrer. Je le connais à peine !

Et c'est l'ennemi juré de ma famille. Que suis-je en train de faire ?

CHAPITRE 16

Blaine

J e savais qu'il y avait peu de chances qu'elle accepte de venir chez moi, mais je n'ai pas pu m'empêcher de lui demander. Je me relève et la fais s'asseoir à côté de moi. Elle semble assez chamboulée.

– Désolé. Il fallait que je te le propose, dis-je en lui remettant sa ceinture.

Sa queue de cheval est toute défaite, alors je tire sur son élastique et glisse mes doigts dans ses cheveux pour la recoiffer un peu. Ça lui va à ravir, comme je m'y attendais.

– Pardon, ça ne me ressemble pas, murmure-t-elle en clignant rapidement des yeux.

– Ne sois pas désolée. Je vois bien que tu n'es pas une fille facile. Alors, dans quel bar souhaites-tu aller ? je lui demande en remettant ma ceinture.

Je vois que je lui fais énormément d'effet, et je suis sur un petit nuage.

Si elle n'était pas en face de moi, je sauterais de joie !

Elle pose sa tête contre le dossier et me regarde.Ses yeux verts brillent.

– Ça ne me ressemble vraiment pas, Blaine. Je tiens à ce que tu le saches, et je veux que tu saches que ça n'arrivera plus.

– Et bien, c'est une terrible nouvelle. Ça m'a beaucoup plu, et j'espère que nous aurons de nombreuses autres occasions de le refaire, dis-je en ajustant son T-shirt, qui révèle à moitié son soutien-gorge. Quel beau soutien-gorge !

Elle redresse brutalement la tête en remarquant ce que je fais et tape ma main.

– Je peux le faire moi-même ! crie-t-elle.

– Où l'as-tu acheté ?

– Quoi ? demande-t-elle.

– Ton soutien-gorge rose en dentelle ? Chez Fredrick ? C'est très sexy, dis-je en attrapant ses mains pour qu'elle cesse de tirer sur son T-shirt. Tu es très sexy.

– Ha ! J'ai vraiment fait n'importe quoi ! dit-elle en me lançant un regard apeuré de lapin dans les phares d'une voiture.

– Je vois bien que tu as peur.

Elle éclate de rire avant que je puisse finir.

– Je n'ai pas peur, dit-elle, je suis maline ! Tu es un homme très, très riche, et tu es l'ennemi juré de ma famille ! Je ne peux pas coucher avec toi !

– L'ennemi juré ? Ce n'est pas génial ça, hein ? Mais j'ai un plan pour arranger ça. Je n'aime pas être l'ennemi juré de qui que ce soit. Ça n'a jamais été mon intention quand j'ai monté mon entreprise. Et pourquoi parles-tu de coucher ensemble ? je demande avec un petit sourire, et ma question la fait rougir.

– Ne fais pas comme si ce n'était pas ton intention, dit-elle. Tu m'as invitée à venir chez toi. Tu sais ce que tu voulais. Je le dis juste à voix haute.

– Il me semble aussi avoir dit que je ne ferai rien si tu n'en as pas envie. Je ne me souviens pas t'avoir invitée à dormir chez moi. J'ai plutôt l'impression que c'est ce que tu as envie de faire au fond. Dans ce cas, je tiens à te dire que j'en ai très envie aussi. Tu peux dormir chez moi, si tu veux. Je te prêterai un T-shirt, ou encore mieux, tu peux dormir nue. Je pense que c'est une meilleure idée. Alors, dois-je demander à M. Green de nous amener chez moi ?

– Tu es en train d'essayer de m'embrouiller, Blaine. Allons dans ce club, là-bas. Il semble animé. On ne va pas aller chez toi pour manger, se baigner dans ta piscine et finir dans ton lit, dit-elle.

Je m'empare de l'interphone et appelle mon chauffeur :

– Vous voulez bien nous déposer à ce club, M. Green ? Nous allons passer la soirée ici pendant que vous irez dîner au restaurant avec votre femme. C'est moi qui invite.

Je viens d'élaborer ce plan brillant. Comme ça, j'aurais Delaney tout à moi pendant quelques heures.

– Oh ! Quelle gentillesse, monsieur. Merci infiniment ! s'exclame M. Green.

– Ça va prendre des heures, Blaine. J'ai accepté de boire un verre ou deux, proteste Delaney.

– Je ne te mets pas le couteau sous la gorge, Delaney. Nous pourrons danser, discuter et nous embrasser encore. Il y a d'autres choses à faire que boire des cocktails dans ce genre d'endroits.

– Nous ne nous embrasserons plus. C'était une erreur, murmure-t-elle alors que la voiture s'arrête devant le club.

Je lui prends la main et sors de la voiture. Je glisse une liasse de billets dans la main de mon chauffeur et lui demande :

– Laissez-nous une heure ou deux, je vous prie.

Il acquiesce en souriant.

– Je trouve que vous allez bien ensemble, tous les deux. Vous êtes complémentaires en énergie. Mme Green sera ravie de vous rencontrer, infirmière Richards. Elle sera là quand je viendrai vous chercher.

– Je serai heureuse de la rencontrer aussi, dit Delaney.

J'ouvre la porte du club, et une musique assourdissante nous accueille aussitôt.

– Je ne suis pas à l'aise, dans ma blouse de travail, dit-elle en entrant.

– Demain, tu pourras rentrer chez toi pour te changer avant de sortir, si tu veux.

Elle me lance un regard perplexe alors que je paie nos entrées. On nous tamponne le poignet, et nous avançons dans une marée humaine. Elle serre ma main pour rester à côté de moi dans la foule. Nous avançons lentement et traversons la piste de danse pour atteindre le bar. Je la pousse devant moi et la serre contre moi tout en dansant sur la piste en la gardant dans mes bras.

Elle semble très surprise un instant, puis elle comprend ce que je suis en train de faire. Elle passe son bras autour de mon cou et murmure :

– Tu es très malin.

– Je sais, dis-je en déposant un baiser sur le bout de son nez. Et toi, tu es très belle.

– Je sais, répond-elle sans hésitation.

Elle semble avoir conscience de sa beauté. Elle sait aussi qu'elle est intelligente et talentueuse. Elle est très sûre d'elle, et ses côtés doux et généreux complètent le tout pour former une adorable personnalité.

Lorsque nous avons enfin atteint le bout de la piste de danse, je la prends par la main et la mène jusqu'au bar.

– Que veux-tu boire, ma douce ?

– La même chose que toi, répond-elle.

– Ce dont j'ai vraiment envie, ils ne le servent pas ici, dis-je en collant ma bouche contre son oreille.

– Je vois, dit-elle en secouant la tête et en riant. Je prendrai un gin-tonic.

Je fais signe à la jeune barmaid qui me dévore des yeux et demande :

– Vous savez faire un bon gin-tonic ?

– Je peux te faire n'importe quoi de bon, mon joli, répond-elle, ce qui fait rougir la belle rousse qui m'accompagne.

Elle ne dit rien, et ça me donne envie de la taquiner un peu plus.

– Dis-moi, ma belle, quelle est ta spécialité ? je demande.

Je me doute que la barmaid est une fille facile, et en effet, elle me répond sans hésiter :

– La gorge profonde. Je peux faire grimper un homme au rideau en un rien de temps.

Elle éclate d'un rire aigu et met deux doigts sur sa bouche.

– Oh, tu parlais de cocktails, en fait ?

Je n'ai pas le temps de réagir, et je vois Delaney se pencher sur le comptoir pour l'engueuler :

– Hé, salope ! On se calme. Je crois que tu n'as pas bien vu – il est avec moi !

– Et alors ? demande effrontément la barmaid.

J'ai à peine le temps de réagir, que Delaney s'empare d'un verre à shooter vide sur le bar et le lance à la tête de la femme.

– Oh là ! je m'exclame en attrapant la main de Delaney. Qu'est-ce qui t'a pris ?

– Viens, on va chez toi. Je n'aime pas cet endroit ! s'exclame-t-elle.

J'accélère le pas en la tenant serrée contre moi alors que nous traversons la salle en sens inverse.

– Je vais appeler un taxi, et je préviendrai mon chauffeur qu'il a sa soirée de libre.

– Oui, t'as qu'à faire ça, dit-elle en me regardant dans les yeux. Je veux dormir chez toi.

Et ben putain !

LIVRE TROIS : UN REPAS D'AUTOMNE

Secrets. Désir. Passion

Delaney et Blaine passent une nuit torride ensemble, et ils se mettent d'accord sur un petit arrangement. Elle accepte d'être à lui, mais seulement sexuellement, et leur relation doit rester secrète pour que le personnel de l'hôpital ne l'apprenne pas.
Ils réalisent tous les deux que de garder leur relation secrète éveille leur jalousie.
Après une semaine à dormir ensemble toutes les nuits, Thanksgiving arrive, et ils organisent une fête pour les petits patients atteints de cancer.
Un des parents met des bâtons dans les roues de Blaine, lui rappelant que la vie n'est pas toujours rose. Les nouvelles bonnes habitudes qu'ils avait prises commencent à disparaître, et Delaney l'observe redevenir l'homme qu'il était.
Pourra-t-elle l'empêcher de reprendre ce chemin ?

CHAPITRE 17

Delaney

1 5 novembre :

Le trajet en taxi jusqu'à chez Blaine passe en un clin d'œil. Tout est flou, à part ses mains sur mon corps, sa bouche sur la mienne, et une telle chaleur que je dois me retenir de jeter à terre mes vêtements.

Je ne sais pas ce qui m'a pris. Cette pétasse de barmaid m'a fait voir rouge, avec son attitude et ses commentaires à Blaine.

Je n'arrive pas à croire que je lui ai jeté un verre à la figure !

Ça paraît dur à croire, mais encore je me suis retenue de ne balancer qu'un verre sur cette brune vulgaire. En fait, j'avais envie de passer derrière le bar et de lui botter les fesses.

Et ça ne me ressemble vraiment pas !

Pas du tout. Et puis, j'ai décidé sur un coup de tête de coucher avec Blaine Vanderbilt. À mon avis, si j'ai eu une réaction pareille en voyant une autre femme le draguer, c'est parce qu'il y a trop de tension sexuelle entre nous. Et le meilleur moyen pour s'en débarrasser, évidemment, c'est de coucher ensemble.

Ensuite, je pourrais passer à autre chose et revenir à la normale. Il risque de passer toute la période des fêtes à l'hôpital, et je ne peux pas être jalouse dès qu'une femme lui parle. Ce n'est pas une attitude professionnelle !

Alors, au nom du professionnalisme, je m'apprête à sortir de cette très élégante salle de bains et dans la chambre à coucher de Blaine Vanderbilt, qui m'attend sur son lit king-size.

Mon cœur bat la chamade tandis que je jette un dernier regard dans le miroir pour m'assurer que c'est vraiment ce que j'ai envie de faire. J'ai les yeux brillants et un sourire collé aux lèvres.

Oui, c'est clairement quelque chose que j'ai envie de faire !

Que j'ai besoin de faire, pour être honnête. Cela fait plus d'un mois que je n'ai pas eu de rapports sexuels. La dernière fois, c'était avec Paul et ce n'était pas spectaculaire – à cause de moi, selon lui. Il me trouvait autoritaire au lit.

Pourtant, j'essayais seulement de lui montrer ce qui me plaît. Je ne pense pas que ce soit vraiment autoritaire. Plutôt nécessaire, en fait.

Je fais un pas en arrière et je secoue un peu mes cheveux pour qu'ils aient l'air un peu sauvage. Je veux vraiment que cette nuit soit la plus torride possible.

J'en ai bien besoin !

Blaine est juste un coup d'un soir. Je vais en profiter au maximum, parce que je ne peux pas me permettre plus. Il est l'ennemi de ma famille, et je suis certaine qu'il reprendra ses vieilles habitudes dès qu'il se sera remis du décès de son père.

Je prends une gorgée de bain de bouche et me gargarise pour être sûre d'avoir l'haleine fraîche. Je recrache, nettoie le lavabo, et...

– Hé, tout va bien là-dedans ? appelle Blaine.

Je suis tétanisée, sans comprendre pourquoi. Je n'arrive ni à bouger ni à parler. On frappe à la porte, et je manque de m'évanouir.

– Tout va bien, je parviens à articuler.

– Tu veux parler ? demande-t-il.

Sa question me fait fondre. Il serait prêt à me parler au lieu de baiser – waw !

J'ouvre la porte. Il se tient derrière, uniquement vêtu de son bas de pyjama. Il est noir, avec des motifs de fleur-de-lis.

– Joli pyjama, je commente en fixant son pantalon plutôt que son torse sculpté.

Du coin de l'œil, je discerne des reliefs impressionnants, et j'ai peur de le regarder bien en face. Sa musculature est vraiment impressionnante.

– Très joli ensemble, dit-il en passant son doigt sous la bretelle de mon soutien-gorge. Mais je crois déjà t'avoir dit que je trouvais ton soutien-gorge sexy. Tu te sens nerveuse ?

– Moi ? je demande d'une voix de fausset.

– Oui, toi, Delaney, dit-il en souriant.

Du moins, je pense qu'il sourit, parce que je n'ose toujours pas lever les yeux. Il pose la main sur mon menton et me fait lever la tête. Mon regard se pose sur ses abdos, qui semblent durs comme de la pierre. Je lève les yeux, et découvre ses pectoraux qui bougent au rythme de sa respiration. Puis je regarde son irrésistible visage. Ses yeux marrons brillent.

– Je suppose que tu penses que je suis nerveuse parce que je mets un peu de temps à me préparer pour la suite des évènements.

– Pour moi, corrige-t-il, sa main quittant mon menton pour tracer le contour de mes lèvres du bout de ses doigts. Tu mets du temps à te préparer pour moi. C'est ça que tu voulais dire ?

– Plus ou moins, j'imagine. Ça fait plus d'un mois pour moi. Je voulais m'assurer que tout était bien net et propre, dis-je, et il en profite pour faire rentrer son doigt dans ma bouche, et je me mets à le sucer involontairement.

– Je veux que tu saches que je pense que tu es très spéciale pour moi. Une femme unique. Je veux que tu comprennes que tu es importante pour moi. Tu peux me faire confiance, Delaney.

Il retire son doigt de ma bouche et caresse mon épaule. Tout à coup, il me soulève dans ses bras et me porte.

– Je peux marcher.

– J'ai envie de te porter. Je veux que tu saches que je te respecte. Que tu es en sécurité avec moi. Est-ce que tu comprends ? demande-t-il en me posant sur son lit, les draps ouverts pour m'accueillir.

Ma tête se pose sur un oreiller noir moelleux, et je vois qu'il regarde mes cheveux éparpillés autour de moi.

– Tu comptes me rejoindre dans le lit, Blaine ?

Il acquiesce, mais ne bouge pas.

– J'adore voir tes cheveux sur cet oreiller noir. Et j'adore voir ton corps allongé dans mon lit. Je crois que je pourrais vraiment m'y faire.

Et voilà, il fallait qu'il rende la situation encore plus étrange !

CHAPITRE 18

Blaine

L e contraste entre sa chevelure et la parure de lit noire fait battre mon cœur plus vite. Elle est magnifique, et elle est là, chez moi et dans mon lit.

Je n'arrive pas à y croire !

– Tu peux éteindre la lumière ? demande-t-elle en indiquant la lampe de chevet.

– Si ça ne te dérange pas, j'aimerais te regarder encore un peu.

– Blaine, ne rend pas la situation plus étrange qu'elle ne l'est déjà, dit-elle avant de pousser un soupir. Est-ce qu'on pourrait plutôt recommencer à s'embrasser et à se tripoter, comme dans le taxi ? Je pense que tout s'enchaînera naturellement.

Je m'allonge près d'elle, me mets sur le côté et pose ma tête sur une main tandis que de l'autre je caresse son ventre tout en la regardant.

– Pas besoin de se presser. Dis-m'en plus sur toi, Delaney Richards. Dis-moi quelle est ta couleur préférée.

– Le vert, répond-elle en levant les yeux au ciel. Alors comme ça, on va apprendre à mieux se connaître, hein ? Alors, dis-moi quelle est ta couleur préférée, Blaine.

– Le bleu. J'aime le bleu profond, le bleu marine. Quel genre de voiture conduis-tu ?

– Une Honda.

– Quel genre de voiture aimerais-tu conduire ? je demande en effleurant du bout des doigts la peau nue du haut de ses seins dans son soutien-gorge rose.

– J'aimerais conduire une Mercedes. Mais je n'aurais probablement jamais les moyens d'en avoir une. Je suppose que tu possèdes tous les modèles de voitures, dit-elle en posant la main sur mon biceps.

– Oui, je réponds en laissant mes doigts descendre plus bas entre ses seins rebondis. Quel est ton plat préféré ? Genre, si tu étais dans le couloir de la mort et que tu devais choisir ton dernier repas, ce serait quoi ?

– Facile, de la pizza. De chez Dominick – une pâte fine avec de la saucisse, des champignons, des poivrons et une tonne de mozzarella. Et toi ? demande-t-elle en serrant mon biceps entre ses doigts indiquant qu'elle aime cette sensation dans ses mains.

– Tu promets de ne pas rire ?

– Promis, sauf si c'est vraiment dingue, dit-elle.

– Au moins tu es sincère ! je m'exclame en lui embrassant le front. Mon plat préféré, c'est la soupe aux nouilles et au poulet avec des croûtons.

– À mon avis, il y a une bonne raison derrière ça, dit-elle en caressant ma joue et en scrutant mon regard comme si elle pouvait sonder mon âme.

– C'est le seul plat que ma mère m'a préparé dont je me souvienne. J'imagine que c'est la dernière chose qu'elle a cuisiné avant de partir à l'hôpital. Je me rappelle qu'une de mes premières pensées lorsque papa m'a dit que maman ne reviendrait plus à la maison, c'était que je ne mangerai plus jamais sa soupe.

– Je t'en ferai, dit-elle avant de m'étreindre dans ses bras.

J'entends son cœur battre contre mon oreille, et je me sens

craquer pour elle. Je suis en train de tomber amoureux d'elle à une vitesse, c'est dingue !

Je caresse ses bras et glisse la main dans son dos pour défaire son soutien-gorge. Je sens son cœur battre encore plus fort, ce qui me fait sourire. Je recule pour libérer sa poitrine, et me trouve en train de regarder une très belle paire de seins.

– Ils sont magnifiques.

– Merci, répond-elle avant de tirer sur mon pyjama. Et si tu enlevais ça ?

Je me lève et commence à lui enlever sa culotte. Ma queue devient encore plus dure à la vue de son corps nu sur mon lit, et je réalise que je risque vraiment de m'attacher à elle.

– Je dois te le dire encore : Delaney, tu es magnifique.

Je me tourne pour éteindre la lumière, comme elle me l'a demandé un peu plus tôt, mais elle m'arrête :

– Laisse-la allumée. J'aimerais voir ton engin.

– Ha oui, hein ? dis-je en retirant mon pantalon et en observant ses yeux s'agrandir comme des soucoupes en découvrant mon sexe.

Elle mordille sa lèvre inférieure et me fait signe de me retourner. J'obéis.

– Oh mon Dieu, Blaine, gémit-elle. Je dois te dire que tu es une véritable œuvre d'art.

– Ah, allons. Je ne suis pas si beau, dis-je en me laissant tomber sur le lit près d'elle.

– Tu sais bien que si, dit-elle en souriant. Je peux le voir dans tes yeux. Tu es beau comme un dieu, et tu en es tout à fait conscient.

– Il se peut que je sois un peu au courant, je murmure avant de me pencher pour l'embrasser, comme je meurs d'envie de le faire depuis un moment.

Je sens ses mains douces comme de la soie sur mes bras, puis autour de mon cou lorsqu'elle m'attire au-dessus d'elle. Je la prends dans mes bras et je l'embrasse encore et encore, comme si elle était la personne qui compte le plus sur terre.

Son corps s'accorde parfaitement au mien. Nos lèvres sont unies, et c'est comme si elle avait été créée pour me rencontrer. Tout chez elle m'intrigue et m'excite. De la courbe délicieuse de ses fesses rebondies à la courbure de sa lèvre supérieure. Tout en elle m'attire et provoque mon admiration.

Une de ses mains vient frôler mon ventre, et je ressens des picotements d'excitation dans toute ma colonne vertébrale. Elle continue de descendre jusqu'à tenir ma queue dans sa main. Elle gémit en commençant à me branler.

Elle n'imagine pas à quel point j'ai envie d'être en elle. Mais je veux qu'elle comprenne qu'elle est vraiment précieuse à mes yeux. Elle est du genre à se souvenir de chaque mot prononcé. Je vais lui montrer que je suis sincère – pas seulement par les mots.

Elle continue son mouvement de va-et-vient avec sa main le long de mon membre, qui continue de durcir et grossir. Je plonge mon doigt en elle, pour l'humidifier, puis je remonte entre ses lèvres et trouve son petit bouton.

Elle se cambre légèrement en gémissant, et je sens la vibration dans ma bouche, ce qui fait frémir ma langue. C'est la fille la plus sexy que j'aie jamais eu dans mon lit. Et pourtant, beaucoup de filles sont passées dans ces draps.

Des femmes qui ne représentaient rien pour moi. Des filles dont je me suis servi pour prendre du plaisir, rien de plus. Elles ne comptaient pas du tout à mes yeux.

Delaney Richards est la première femme pour laquelle je ressens quelque chose. Dès l'instant où je l'ai vue, j'ai su que je l'aurais un jour. Mais je veux plus qu'une nuit torride avec elle.

Alors, je vais lui donner des raisons de vouloir rentrer avec moi tous les jours après le travail. Je vais la faire jouir jusqu'à ce qu'elle demande grâce, et je vais lui donner du plaisir de toutes les manières possibles et imaginables.

Je sens ses tétons durs contre mon torse. Elle est déjà prête pour la suite, mais je ne compte pas lui donner ce qu'elle attend tout de suite. J'éloigne ma bouche de la sienne et descends dans son cou. Sa main s'accélère autour de ma queue, mais je l'attrape pour qu'elle s'éloigne de mon sexe. Je vais lui montrer ce que ça signifie d'être à moi.

Elle va bientôt me supplier d'être à moi, et à moi seul.

CHAPITRE 19

Delaney

Je sais bien que je ne devrais pas être en train de faire ça !

Je frissonne dès qu'il me touche. Et il est en train de me couvrir de baisers partout sur le corps, et je me sens plus. Vu l'effet que sa bouche me fait partout, je sens que ça va être incroyable entre mes jambes.

– Ah !

Un cri s'échappe de ma bouche lorsque ses lèvres touchent mon clito gonflé. J'agrippe le drap et m'y accroche pour ne pas tomber du lit, tout en me cambrant vers lui au maximum.

Je suis vraiment en chaleur !

Il pousse un grognement terriblement sexy lorsqu'il embrasse la zone la plus intime de mon corps. On dirait qu'il prend énormément de plaisir à m'en donner. La plupart de mes partenaires voyaient ça comme une corvée, et se dépêchaient de s'en débarrasser. Rien à voir avec lui.

Ses doigts s'accrochent à mes fesses et me soulèvent tout en continuant à m'embrasser profondément. Sa langue glisse le long de ma fente, et tous les trois ou quatre passages, il la fait entrer en moi.

Mes jambes tremblent déjà. Je n'ai jamais rien senti de pareil. Rien du tout !

Je commence à penser qu'aucun des hommes que j'ai connus avant lui ne savait y faire. Je n'ai jamais eu l'impression de quitter mon corps comme maintenant.

Il m'effleure de ses dents, et un cri s'échappe de mes lèvres.

– Blaine ! Mon Dieu !

Il continue de me dévorer, et je ne peux retenir mes cris de plaisir. On ne m'avait encore jamais fait ça. C'est dommage que ça ne puisse arriver qu'une seule fois.

Merde ! Pourquoi faut-il qu'il soit l'ennemi ?

Je sens ses dents sur mon clitoris, puis sa langue passe dessus, encore et encore. Je me sens partir, sur le fil, et je sens quelque chose de nouveau. Une sensation étrange. Quelque chose va et vient dans mon cul, et je comprends que c'est son doigt qui me fait ça.

Une vague de chaleur me traverse, comme une éruption violente, et je hurle ma jouissance :

– Oui ! Mon Dieu, Blaine, oui !

Je n'arrive pas à croire à quel point c'est bon. C'est comme dans un rêve. Un rêve merveilleux, et je veux qu'il ne se termine jamais !

Il ralentit ses gestes, son doigt se retire alors que mon corps tremble encore après cet orgasme incroyable. Il souffle de l'air chaud sur mon sexe, et je frémis. Cela le fait trembler un peu plus, et je me retrouve au bord des larmes.

Je sens ses doux baisers, puis sa bouche s'éloigne. J'ouvre les yeux. Il me regarde. Ses cheveux sont humides, et il me fait un sourire radieux.

– Ça t'a plu, hein ?

Je hoche la tête et ouvre les bras pour qu'il vienne contre moi. Il secoue la tête et se lève, puis se tient près du lit.

– À genoux. Ton cul par-là, dit-il en pointant du doigt l'espace devant lui.

J'obéis en souriant. Je n'avais jamais connu de partenaire autoritaire au lit. Ou autoritaire tout court, d'ailleurs. C'est plutôt excitant !

Sa main frappe mes fesses dès que je me retourne, me laissant hébétée. Pas parce que ça me fait mal, mais plutôt à cause de la sensation inédite que cela me procure.

Il recommence, et je mouille encore plus que la première fois. Il me donne encore une fessée, puis j'entends le son d'un vibro.

– Non ! je m'écrie en me retournant, le découvrant avec un jouet rose à la main. Je te veux toi !

– Ah oui ? demande-t-il avant de secouer la tête. Tourne ta jolie tête, et laisse-moi m'occuper de toi. Tu m'auras, ne t'inquiète pas. Quand ce sera le bon moment.

– Merde, Blaine ! J'ai envie de toi ! Je veux te sentir en moi !

Il éclate de rire, et ça m'énerve. Puis je sens l'extrémité du vibro rose toucher le bout de mon anus, et je suis choquée d'avoir envie qu'il me pénètre. Je me cambre un peu plus pour écarter les fesses et le prendre en moi.

Je gémis lorsque le vibro entre en moi. Je n'arrive pas à croire que ce soit si bon. Personne n'avait jamais essayé de me faire une chose pareille. S'il m'avait demandé, je lui aurais répondu « pas question ». Jamais de la vie. Mais il ne m'a rien demandé. Il l'a juste fait.

Et putain, je suis bien contente qu'il l'ait fait !

Il le fait bouger lentement tout en caressant ma fesse de l'autre main. Je gémis en rythme avec le vibro qui provoque chez moi des sensations incroyables.

Je ferme les yeux et m'abandonne à ses nouvelles caresses qui me font partir vers de nouveaux horizons – inexplorés jusqu'alors. Je me laisse entraîner par cette vague de désir, et je sens une nouvelle claque sur mes fesses, puis il penche sa tête et me les mord.

Je vais avoir une marque !

La vibration s'intensifie, et je comprends qu'il a augmenté la puissance du jouet entre mes fesses. La température monte en moi et ça secoue. Je le sens bouger et glisser sa tête entre mes jambes. Sa langue entre en moi et me pénètre fermement, alors que les vibrations s'intensifient encore d'un cran.

– Ah ! Blaine, putain ! je crie alors qu'un nouvel orgasme m'emporte.

Il ne ralentit pas. Il augmente encore la puissance du vibro tandis que sa langue s'occupe de lécher tous les fluides qui s'échappent de moi. C'est animal, et je n'ai jamais connu une telle expérience auparavant.

L'orgasme ne s'arrête pas. Il se prolonge, jusqu'à ce qu'il éteigne la machine. Il continue de me dévorer, comme si j'étais son plat préféré, en poussant des gémissements terriblement sexy.

Profonds et gutturaux, et diablement sexy !

Soudain, sa bouche me quitte, il n'est plus sous moi et je suis sur le dos. Je suis à bout de souffle comme un coureur à la fin d'un marathon.

Il se tient au pied du lit, tout aussi essoufflé.

– Tu as encore besoin que je te montre comment je peux te rendre heureuse ?

Je remonte sur le lit jusqu'à ce que ma tête trouve un oreiller. Je lève le doigt et essaie de trouver un peu de salive, ma voix sort de ma bouche éraillée :

– Je te veux, Blaine. Je te veux en moi. Tout de suite.

Je retiens ma respiration en le voyant branler son sexe, devenu encore plus gros que la première fois que je l'ai découvert, une véritable œuvre d'art d'anatomie. Il devrait être en photo dans un musée. Il est si gros, si large et si puissant.

Et juteux. Des petites gouttes crémeuses perlent à son bout, et à l'idée de les goûter, ma bouche salive. Je me lève en faisant des efforts et m'approche de lui à quatre pattes.

– Bon, je veux bien te goûter un peu d'abord, mais ensuite je te veux en moi. Je veux sentir ton énorme bite m'écarteler, Blaine.

Je pose ma bouche sur sa queue, et ses mains se posent immédiatement sur ma tête, pour s'assurer que je le mette entièrement dans ma bouche. Il pousse un grognement, qui sonne comme une musique à mes oreilles.

CHAPITRE 20

Blaine

Regarder la tête de Delaney bouger de haut en bas en avalant mon membre est une des plus belles choses qui m'ait été donné de voir. Et sa bouche est parfaite. Elle couvre ses dents avec ses lèvres et elle a une maîtrise du rythme inégalée, tout en douceur.

Je bouge légèrement les hanches pour l'aider. Je n'en reviens pas qu'elle soit en train de me faire ça. J'avais prévu de me concentrer entièrement sur elle ce soir, pour lui donner un aperçu de ce que je pouvais faire pour rendre sa vie sexuelle, bien mieux qu'elle ne l'aurait pas cru possible.

Mais elle semblait vraiment avoir envie de faire ça, alors pourquoi l'en aurais-je empêchée ?

J'ai l'impression d'être un enfoiré lorsque je lâche un peu de jus, puis je tire gentiment ses cheveux pour qu'elle arrête avant que je ne lâche tout. Mais elle ne veut pas arrêter. Elle agrippe mes jambes et continue de plus belle.

– Bébé, je vais te noyer.

Elle gémit et continue. Bon, j'imagine qu'elle veut la totale, et ça me fait très plaisir. Je ferme les yeux, et je la laisse faire jusqu'à ce que je grogne bruyamment, sous l'effet d'un des orgasmes les plus intenses de ma vie.

Je sens qu'elle avale tout jusqu'à la dernière goutte, et je trouve ça putain de sexy. Lorsque les vibrations de ma queue se calment, je la tire en arrière et la soulève. Je l'embrasse à pleine bouche, et je sens mon goût sur sa langue.

Elle place ses mains sur ma nuque pour me garder contre elle, et nous nous mangeons les lèvres l'un l'autre. C'est animal, et je dois admettre que c'est foutrement excitant.

Je l'allonge sur le lit et je colle ma queue toujours raide contre l'entrée de sa chatte. Elle enroule ses jambes autour de ma taille et s'agite pour faire entrer mon sexe en elle.

Mais je ne compte pas céder avant d'être sûr qu'elle est à moi. Je la plaque contre le lit, éloigne ma bouche de la sienne et ignore ses protestations.

– Blaine, qu'est-ce que tu fais ? Je n'en peux plus.

– Vraiment ? Tu es prête à savoir ce que ça fait de m'appartenir ?

– Être à toi ? Arrête ton délire de mâle dominant. Je n'appartiendrai jamais à personne, dit-elle en levant les yeux au ciel, et je réalise que je suis loin de mon objectif.

– Tu es déjà à moi. Ton corps le sait. Laisse ta bouche me le dire.

Je presse ma queue contre elle, mais sans rentrer. Elle continue ses mouvements de bassin pour me prendre en elle, mais je l'en empêche.

– Non ! Allez !

– J'ai besoin d'entendre que tu ne seras à personne d'autre. C'est pour les protéger, vraiment, parce que je me battrai pour te garder, Delaney. C'est important que tu le saches avant qu'on aille plus loin, tous les deux. Le toubib, Paul, par exemple. S'il touche un seul de tes cheveux, il faudra que je le démolisse. Et après t'avoir vue jeter ce verre sur la barmaid, je sais déjà que tu ressens la même chose. Alors facilite-nous les choses, et dis-moi ce que je veux entendre. Dis-moi à qui tu appartiens.

– Non ! Hors de question ! répond-elle d'une fierté têtue.

– Alors, moi aussi, hors de question. Je vais rester comme ça et t'embrasser jusqu'à ce que tu sois tellement frustrée que tu vas craquer, je réplique en me penchant pour mettre ma menace à exécution.

Sa bouche est ouverte pour m'accueillir, tout comme son corps. C'est son esprit qui la retient. Mais je pense que son corps va bientôt la faire capituler, et que nous pourrons faire avancer cette relation.

Après quelques minutes d'une torture de baisers, je me relève pour la regarder. Elle a les yeux fermés, la bouche ouverte.

– Merde, Blaine.

Je donne un petit coup de rein, et ma queue entre en elle de quelques centimètres. Elle gémit, et honnêtement, c'est de plus en plus dur de me retenir. Mais je suis têtu aussi.

– Je veux être le seul à faire ça avec toi. Est-ce trop demander, Delaney ? Je te veux pour moi tout seul. Et toi, tu m'auras pour toi toute seule aussi. On y gagne tous les deux.

Elle ouvre les yeux, et elle semble inquiète.

– J'aimerais ça, je crois. Je suis d'accord. Si je voyais une femme te toucher, je crois que je lui arracherais les yeux. Alors, ouais. On peut être exclusifs.

– Alors dis-le.

– Allons, ne fais pas l'homme des cavernes. J'ai dit qu'on pouvait être exclusifs. Je ne dirai pas que je t'appartiens.

Je soupire. Je sens qu'elle est aussi bornée que moi.

– Est-ce que tu peux au moins dire que ta chatte m'appartient ?

Ma question provoque un grand sourire sur son visage.

– Je pense que je peux dire ça facilement. Elle est très impressionnée par tes performances, jusque-là.

– Alors, dis-moi, bébé. À qui appartient cette chatte ?

– Elle est à toi, répond-elle, et je suis aux anges.

– Exactement. Elle est à moi. Maintenant, laisse-moi te montrer pourquoi. Après ça, tu ne voudras plus aucun autre homme. Personne ne vaudra la peine comparé à moi.

Elle écarquille les yeux et j'enfonce ma queue en elle. Une larme roule sur sa joue.

– Blaine, c'est incroyable. Je n'ai jamais ressenti une chose pareille.

– Oui, n'est-ce pas ?

Je suis d'accord avec elle. Je donne un coup de rein pour entrer entièrement en elle, et elle me va comme un gant. Elle lève les jambes et plie les genoux, posant ses talons dans le creux de mon dos tandis que je continue mes mouvements de bassin. Je ne m'étais encore jamais autant senti en phase avec une personne.

Nous nous regardons dans les yeux. Tout en bougeant en elle, je découvre une lueur qui n'y était pas auparavant. J'ai réussi à percer sa solide coquille qu'elle avait érigée pour ne pas être proche de moi.

J'ai réussi à entrer dans son cœur !

Je bouge lentement, en prenant mon temps, comme elle le mérite. Elle tremble, et une nouvelle larme roule sur sa joue. Elle ouvre la bouche, comme si elle allait dire quelque chose, mais elle se mord la lèvre et se tait.

Je n'arrive pas à me retenir.

– Je crois que je suis en train de tomber amoureux de toi, Delaney Richards.

Trois autres larmes roulent sur ses joues, l'une après l'autre. Mais elle ne répond rien. Je donne un puissant coup de rein, et elle pousse un soupir satisfait. Puis je l'embrasse doucement et lentement.

Elle me rend mon baiser en passant sa main dans mes cheveux. Je ne sais pas ce que va donner notre histoire, mais je compte bien déclarer ma flamme à cette femme tous les jours.

Absolument tous les jours !

Je fais une pluie de baisers sur sa joue et goûte le sel de ses larmes. Je lèche son lobe, si doux contre ma langue. Je lui murmure à l'oreille :

– J'ai l'impression d'être à ma place auprès de toi.

– Oh, Blaine, gémit-elle. Je ressens la même chose.

Génial, on dirait qu'on est vraiment sur la même longueur d'onde !

CHAPITRE 21

Delaney

16 novembre :
Je ne m'étais jamais sentie autant en sécurité qu'en m'endormant dans les bras de Blaine. Et ça va être vraiment difficile de lui expliquer que même si mon corps lui appartient, parce qu'il faut bien avouer que je n'avais jamais connu d'amant aussi doué, et à mon avis, je n'en rencontrerai jamais un plus doué que lui, je dois par contre protéger mon cœur. Il reprendra les mêmes habitudes qu'auparavant. J'en suis absolument certaine.

Pour le moment, on peut continuer à s'amuser sous la couette. Mais rien de plus. Juste du sexe !

L'alarme de mon téléphone se déclenche. Il est dans mon sac, resté dans la salle de bains avec mes vêtements. Le bruit fait bouger Blaine, et j'en profite pour me libérer de son bras puissant et sortir du lit.

Au premier pas, je comprends qu'il m'a baisé comme un sauvage hier soir. J'arrive à peine à marcher !

J'avance à petits pas en grimaçant jusqu'à la salle de bains. Je sors le téléphone de mon sac et éteins la sonnerie qui me réveille chaque jour.

Mes sous-vêtements sont dans la chambre, et j'ai besoin de rentrer chez moi pour me préparer avant ma journée de travail. Mais ma voiture n'est pas là, et je n'ai pas la moindre idée d'où je me trouve. Blaine a occupé toute mon attention lors du trajet en taxi jusqu'ici.

Je ne sais même pas vraiment à quoi ressemble sa maison, parce qu'il m'a portée et embrassée jusqu'à son lit. Je parie qu'il a une immense maison, comme tous les gens super friqués.

– Merde ! Il va falloir que je le réveille.

J'ouvre le robinet de la douche, décidant de me laver, comme ça je n'aurai qu'à attraper une blouse de travail chez moi et trouver un élastique pour attacher mes cheveux, puisqu'il a perdu le mien hier.

L'eau chaude soulage mes courbatures. Lorsque je verse du shampoing dans ma paume, je sens une odeur délicieuse, bien meilleure que les produits que j'utilise.

– Je crois que je suis passée à côté de quelque chose en achetant les moins chers.

– Ça, tu peux le dire, répond Blaine.

J'essuie la buée sur la vitre de la douche, et le vois qui s'apprête à me rejoindre. Je lui souris en rinçant mes cheveux.

– Je t'emmènerai chez toi pour que tu puisses te préparer, puis on ira à l'hôpital. On peut y aller ensemble ce matin. Je vais appeler mon bureau pour les prévenir, dit-il.

– Ça m'ennuie un peu, Blaine. Tu ne veux pas y aller un peu plus tard ? Je ne veux pas déjà démarrer des rumeurs, lui dis-je en attrapant l'après-shampoing.

Il me prend la bouteille des mains, en verse dans sa paume et l'applique sur mes cheveux.

– Dois-je comprendre que tu ne souhaites pas dire que nous sommes ensemble ?

– C'est juste si rapide... je ne voudrais pas qu'on me prenne pour une croqueuse de diamants. Rien de personnel – c'est juste qu'il s'agit de mon lieu de travail, dis-je, et son visage s'adoucit.

– Bah, je passe quand même la journée avec toi. J'imagine que je comprends. Mais tu restes toujours intouchable, n'est-ce pas ? demande-t-il.

– Intouchable ?

– Oui, dit-il en mettant sa main entre mes jambes. Ça, ça m'appartient toujours.

– Hum, ouais, si tu veux, je bégaie en me sentant rougir.

Il se rapproche et me colle contre le mur. Il approche ses lèvres de mon oreille :

– J'ai envie de toi. Alors dis-moi ce que je veux entendre, bébé.

Son souffle est chaud contre mon cou, et je suis surprise de constater à quel point mes entrailles sont fébriles. Je suis trempée à cause de lui.

– Ma chatte est à toi, Blaine, je murmure en passant mes bras autour de son cou.

Il m'embrasse, et je sens sa queue grossir contre mon ventre. Mon sexe vibre déjà pour lui. J'enroule mes jambes autour de sa taille et il me soulève pour me transpercer avec son énorme bite boursouflée.

Je suis tellement endolorie de la veille que je gémis de douleur. Mais après quelques va-et-vient, je ne ressens plus que du plaisir sous l'effet de ses coups de boutoir.

Il quitte ma bouche et se met à mordiller mon cou, à le lécher, à le sucer jusqu'à ce que je jouisse en criant son nom.

Les larmes reviennent. C'est la première fois qu'un homme m'émeut au point de me faire pleurer. Je ne sais même pas pourquoi ça arrive. Il continue à couvrir mon visage de doux baisers, en rythme avec ses coups de rein. Mon orgasme continue, et lorsqu'il me remplit enfin de sa semence, mon corps est envoyé dans de nouveaux séismes de plaisir et d'extase.

Le sexe est vraiment incroyable avec cet homme !

CHAPITRE 22

Blaine

J e suis subjugué par sa beauté, alors qu'elle peigne ses cheveux.

– Laisse-moi faire ta tresse, dis-je en venant me placer derrière elle, déjà vêtu de ma blouse d'hôpital. J'ai laissé quelques marques compromettantes de ce côté, et je pense pouvoir les camoufler avec une jolie tresse sur le côté.

Elle étire son cou gracile pour se regarder dans le miroir.

– Blaine ! Bordel ! s'écrie-t-elle en découvrant les suçons.

– Chut, je vais arranger ça. À côté des marques sur ton cul, ce n'est rien, je remarque en tirant sur la serviette enroulée autour de sa taille pour qu'elle puisse les voir dans le miroir. Tu ferais mieux de les laisser couvertes aussi si tu ne veux pas que tout le monde sache ce que nous avons fait hier soir.

– Espèce de sauvage ! dit-elle en me tapant sur l'épaule.

– Sauvage, hein ? je demande en lui caressant la fesse. Je ne t'ai pas entendue te plaindre quand j'étais en train de faire ces marques, ma belle.

– Arrête de me taquiner. Je dois me rendre à l'hôpital pour prendre le relais de l'infirmière de nuit. Et on doit encore passer chez moi pour que je puisse me changer, ajoute-t-elle en me repoussant et en attrapant ses vêtements de la veille.

– Non, attends. J'ai un survêtement que tu peux porter en attendant d'être chez toi. Laisse ces vêtements ici. Ma femme de ménage les lavera et les pendra dans l'armoire. Tu peux aussi laisser tes sous-vêtements. En fait, je pense que tu devrais apporter quelques affaires ici, pour qu'on n'ait pas à courir tous les matins.

– Je pense que tu crois que ça va se passer comme ça tous les soirs, mais ce n'est pas le cas. Disons, deux fois par semaine, dit-elle en s'habillant.

– On verra bien, je réponds, en sachant très bien qu'elle aura bien plus envie de moi qu'elle ne le soupçonne.

Je compte tout faire pour.

Lorsqu'elle est habillée, je lui prends la main et la conduis jusqu'au garage.

– Bon sang, Blaine, cet endroit est immense.

J'ouvre la porte donnant sur le garage, et je regarde sa réaction lorsque j'allume le plafonnier.

– Choisis ton carrosse, princesse.

– Blaine ! Je n'arrive même pas à compter le nombre de voitures là-dedans. C'est beaucoup trop de voitures ! Et ça, c'est quoi, la Batmobile ? demande-t-elle en montrant le véhicule garé trois rangées plus loin.

– Une d'entre elles, oui. Mais tu ne veux pas qu'on prenne celle-là, si ? On se fera remarquer à coup sûr. Mais si ça te tente, pourquoi pas.

– Non, je veux qu'on prenne la BMW noire, la plus discrète. Beaucoup de médecins conduisent ce genre de voitures. On ne se fera pas remarquer. Tu pourras me déposer discrètement sur le parking près de ma voiture, dit-elle en se dirigeant vers la voiture qu'elle a choisie.

– D'accord, je lui réponds en lui ouvrant sa portière. Personne ne veut que notre relation ne s'ébruite, dis-je en riant tout bas.

Ma réaction lui fait froncer les sourcils, et elle me dévisage, assise sur le siège.

– Tu vas être sage, n'est-ce pas ?

J'acquiesce sans un mot, et je me garde bien de lui parler de mon projet de l'allumer toute la journée. Ça promet d'être drôle !

CHAPITRE 23

Delaney

– **V**ous vous êtes blessée, infirmière Richards ? me demande l'infirmière en chef, Becky, après que j'ai poussé un cri de douleur en me penchant pour ranger mon sac sous le bureau.

– Oui, au dos, dis-je en mentant. En déplaçant des meubles dans mon appartement. Je ne sais pas ce qui m'a pris hier soir. J'ai changé la disposition de mon salon.

– Peut-être que vous avez essayé de vous débarrasser de votre frustration sexuelle, après avoir passé toute la journée d'hier avec un canon, dit-elle, me faisant monter le rouge aux joues. Il revient aujourd'hui, ou ça a été trop dur pour lui ?

– Je crois qu'il revient. C'est ce qu'il a dit, en tout cas.

Je me détourne d'elle et commence à m'éloigner, pour commencer ma ronde, mais elle m'arrête en demandant :

– Tu n'es pas partie avec lui ? C'est ce que m'a dit Matilda, qui travaille à la boutique cadeaux. Elle t'a vue partir avec lui et monter dans sa voiture.

Putain !

Je réfléchis à toute vitesse.

– Il a insisté pour que son chauffeur m'amène jusqu'au parking derrière l'hôpital où j'avais garé ma voiture. C'est un vrai gentleman.

Sauf dans la chambre à coucher, où c'est une bête sauvage !

J'ai un frisson en me remémorant la manière dont il a m'a donné une fessée. Mes fesses sont encore irritées aujourd'hui, et ce n'est pas désagréable.

– Oh, je comprends mieux. Je trouvais ça bizarre. Après tout, tu n'es pas ce genre de fille.

– Oh, non ! je réponds avant de m'éloigner rapidement pour que mes joues brûlantes ne me trahissent pas.

Je commence par rendre visite à Tammy, et je suis heureuse de les voir, sa mère et elle, m'accueillir avec un grand sourire quand je pousse la porte de la chambre. Ça faisait longtemps que je n'avais pas vu cette petite sourire.

– Bonjour, Tammy, tu as une excellente mine.

– Merci, infirmière Richards. Maman m'a aidée à me doucher ce matin, et elle m'a même un peu maquillée. Vous aimez mon nouveau pyjama ? Maman me l'a acheté. Je le trouve très mignon.

– Moi aussi. J'adore le rose. Tu es ravissante, Tammy. Je vais juste prendre ta tension et ta température avant qu'on t'apporte ton petit-déjeuner. Vous avez bien dormi, Patsy ? je demande en remarquant ses cernes.

– Il y a du bruit très tôt ici. Mais je vais m'y faire.

– Vous savez, je pense que c'est le bon moment pour rentrer chez vous vous doucher et vous changer. Comme ça, vous serez de retour avant le déjeuner. Je m'occuperai bien de votre petite pendant votre absence. Ne vous inquiétez pas.

Elle me lance un regard plein de gratitude et hoche la tête, avant de se tourner vers Tammy :

– Ça te convient si on fait comme ça, petite chérie ?

– Bien sûr, maman. Je t'en prie, va prendre une douche et fais une sieste si tu en as besoin. Je suis tellement heureuse maintenant que tu seras là beaucoup plus souvent, et que tu dors avec moi ici. Mais je comprends bien que tu aies besoin de temps tous les jours pour te préparer. Vas-y, ne t'inquiète pas. Tout ira bien.

– Tu es une petite merveilleuse, lui dit sa mère en lui caressant le dos. Je serai de retour dans quelques heures. Et merci pour tout, infirmière Richards. Vous êtes un vrai don du ciel.

– Non, c'est M. Vanderbilt. Je lui ai parlé de la situation de Tammy, et c'est lui qui a pris cette initiative. Je n'ai aucun mérite.

– Je compte bien le remercier. Quel homme gentil. Il est marié ? demande-t-elle, ce qui fait serrer ma mâchoire.

– Non, je réponds en faisant mine de me foutre qu'elle pose cette question, sauf que je ne m'en fous pas du tout. Pourquoi demandez-vous ça ?

– Oh, comme ça. Il est juste si gentil et charmant. Et en plus, très bel homme. C'est vraiment un bon parti.

– Oui, je suis sûre que c'est le cas. Mais vous travaillez pour lui maintenant. Si vous flirtez avec lui, ça pourrait être considéré comme du harcèlement sexuel, et ça pourrait vous faire perdre votre nouvel emploi. Pensez-y, je conclus, faisant de mon mieux pour maîtriser le ton de ma voix et qu'elle ne s'aperçoive pas de ma jalousie maladive.

– Je n'avais pas pensé à ça. Merci de m'en avoir parlé avant que je ne fasse une connerie. Bon, à plus tard. Je t'aime, ma chérie.

Une fois qu'elle est sortie de la chambre, Tammy se tourne vers moi.

– Vous savez, maman est seule depuis des années. Son ancien copain était très méchant. Il l'a frappée, au moins deux fois. Ça lui ferait du bien d'être avec un homme bien. Et M. Vanderbilt est vraiment très gentil.

Elle ne va pas s'y mettre aussi !

– Mais il faut que ta mère garde son nouvel emploi. Maintenant qu'elle travaille dans un autre domaine, je suis sûre qu'elle va trouver quelqu'un de super. Tu vas voir. Elle va reprendre confiance en elle et elle va attirer de nombreux prétendants. Ne t'en fais pas.

– M. Vanderbilt, je peux vous laisser m'accompagner aujourd'hui, dit une voix féminine dans le couloir.

– Je dois y aller, dis-je en me ruant hors de la chambre pour savoir qui essaie de mettre le grappin sur lui, encore une fois.

Une fois dans le couloir, je vois Blaine dos tourné, et l'infirmière Amanda Jones alias « la salope de l'enfer » en train de marcher vers lui en roulant des hanches.

– J'ai entendu dire que vous aviez besoin d'une accompagnatrice, continue-t-elle. L'infirmière Richards a fait savoir qu'elle n'était pas intéressée par ce rôle. Alors aujourd'hui, c'est moi qui ferai les visites avec vous.

– Putain, qui a bien pu dire ça ? je demande en m'approchant d'eux.

Blaine se retourne, l'air très surpris.

– Tu as dit que tu ne voulais pas m'accompagner ? demande-t-il.

– Pas du tout, je réponds avant de me tourner vers Amanda. Je m'en occupe, infirmière Jones. Nous avons parlé hier des enfants qu'il allait rencontrer aujourd'hui. Je l'accompagnerai tout le long de son séjour parmi nous.

– C'est vraiment ce que vous voulez ? demande-t-elle à Blaine.

– Bien sûr. Pourquoi pas ? demande-t-il, surpris.

– Parce qu'elle râle beaucoup, dit-elle en secouant la tête.

– Hé ! je proteste, en essayant de contourner Blaine, qui me retient par le bras.

– Et ben, c'est vrai, dit-elle en reculant. Je t'ai entendue râler hier toute la journée parce que tu devais l'accompagner hier. Je pensais vous rendre service à tous les deux. Excusez-moi, conclut-elle en commençant à s'éloigner.

– Et bien, tu t'es trompée. C'est moi son accompagnatrice, je crie derrière elle.

Blaine m'observe avec un grand sourire.

– Il faut te détendre, infirmière Richards. Les gens vont commencer à se poser des questions sur nous.

Fichu caractère ! Il a raison.

– C'est vrai, dis-je en prenant une grande inspiration. Commençons par aller voir Colby, puisque Terry te l'a demandé.

Nous marchons côte à côte dans le couloir, et il sort quelque chose de sa poche qu'il glisse dans ma main.

– Tiens, je me suis dit que ça pourrait t'être utile. Tu marches un peu bizarrement.

J'ouvre la main et découvre deux pilules pour les crampes menstruelles.

– Tu as été m'en acheter ?

– Oui, comme ça tu seras moins courbaturée. On peut faire une pause rapide à la cafétéria le temps que tu prennes un donut et un jus de pomme pour les prendre avec.

Je ravale un ah, parce que c'est la chose la plus gentille qu'un homme ait faite pour moi.

– C'est gentil de ta part.

– Je sais. Je suis en train d'apprendre à devenir quelqu'un de bien. Avec toi, c'est facile.

Ses doigts se posent sur ma cuisse juste un instant, et dès qu'il les retire, son toucher me manque instantanément.

Ça ne sera pas si simple de garder notre relation secrète aujourd'hui !

CHAPITRE 24

Blaine

J e quitte la chambre de Colby une fois que je sais ce qui l'aiderait à mieux supporter et lutter contre sa leucémie. J'ai le premier cadeau sur ma liste de la journée. C'est une guitare électrique, et je compte aussi lui acheter un casque pour qu'il ne se fasse pas virer de l'hôpital à cause du bruit.

Delaney me précède dans le couloir, tandis que nous nous diri-geons vers la chambre de l'enfant suivant. Je regarde sur mon télé-phone où je peux me procurer la guitare, quand j'entends un homme dire :

– J'ai besoin de toi, Delaney.

Je lève la tête et je vois le Dr Paul qui prend ma femme par le bras, lui coupant la route.

Je m'arrête également, curieux d'entendre ce qu'ils vont se dire. Delaney regarde dans ma direction par-dessus son épaule avec un regard de biche prise au piège, ce que je trouve plutôt amusant.

Voyons comment elle va gérer ce petit problème !

– Pourquoi ? demande-t-elle.

– J'ai besoin d'amener quelqu'un pour Thanksgiving. Mes parents insistent pour que j'amène quelqu'un, et ma mère t'apprécie, dit-il avant de me saluer d'un signe de tête. Comment allez-vous aujourd'-hui, M. Vanderbilt ?

– Très bien. J'ai passé une très bonne journée hier, et une excellente nuit. Je ne peux vraiment pas me plaindre, je réponds tout en attendant de voir comment Delaney va l'éconduire.

– C'est en après-midi ou en soirée ? demande-t-elle.

Sa question me dérange. Si elle s'imagine que je vais la laisser l'accompagner pour la soirée chez sa famille, elle se fourre le doigt dans l'œil !

– En soirée, répond-il en levant la main et en effleurant la joue de Delaney, ce qui me fait serrer les poings.

Elle recule et secoue la tête.

– Dans ce cas je ne peux pas, je suis désolée. En fait, j'ai accepté d'aider M. Vanderbilt, et il souhaite organiser un repas pour les enfants le soir de Thanksgiving. Dans la journée, il mangera avec son frère et sa sœur.

– Vous ne pouvez pas échanger, M. Vanderbilt ? demande-t-il en se tournant vers moi. Vous pourriez déjeuner avec les enfants, et dîner en famille le soir. Comme ça, elle pourrait m'accompagner.

Hors de question, mon pote !

– Impossible. Ma sœur reçoit un invité, et ils doivent travailler le soir. Navré. Peut-être l'année prochaine, je réponds, ce à quoi il fronce les sourcils.

– Une autre infirmière pourrait sûrement l'aider ce soir-là. Trouve-lui quelqu'un d'autre, Delaney, dit-il en prenant sa main. J'ai besoin de toi. Tu sais bien que je n'insisterais pas comme ça si ce n'était pas le cas.

Elle fait un autre pas en arrière pour éviter son contact.

– Paul, je ne peux pas. Fin de la discussion. Nous avons une tonne de choses à faire aujourd'hui, et tu vas nous mettre en retard.

Demande à quelqu'un d'autre de t'accompagner. De toute façon, je t'ai déjà dit que c'était fini entre nous, dit-elle avant de se tourner vers moi pour me prendre la main. Allons-y, M. Vanderbilt. Nous avons trois autres patients à visiter avant le déjeuner.

Elle me tire pour que je la suive, et Paul nous regarde partir, les lèvres serrées.

– Il n'est pas content, je murmure dès qu'il est loin derrière.

– Je sais. Il s'en remettra. J'en suis sûre, dit-elle en tournant brusquement pour frapper à une autre porte. Megan, est-ce nous pouvons entrer ?

– Oui m'dame, répond une jeune fille.

Lorsque nous entrons, je suis surpris par le nombre de tubes reliés à la petite fille.

– Bonjour, dis-je en m'approchant du lit duquel elle ne peut manifestement pas sortir. Je suis Blaine. Je suis ici pour réaliser tes rêves, petite princesse.

Il y a un petit nœud rose attaché au sommet de son crâne chauve. Ses yeux verts sont si clairs qu'ils sont presque transparents. Elle doit avoir au maximum six ans, à mon avis.

– Mes rêves ? répète-t-elle en levant les yeux vers moi.

– Oui, tes rêves, je réponds en m'asseyant près d'elle, puis en passant ma main sur son épaule et sur son front. Comment te sens-tu ?

Sa tête est chaude et elle a les joues rouges. Le reste est si pâle qu'elle semble irréelle.

– Pas bien, murmure-t-elle.

Je me tourne vers Delaney qui vérifie les machines :

– Elle est un peu chaude, infirmière Richards.

– Je vais prendre sa température, dit-elle avant de venir placer un thermomètre dans sa bouche.

Il se met à sonner après quelques instants.

– Tu as de la fièvre, ma jolie, je lui dis en voyant le résultat lorsque Delaney le retire de sa bouche.

– Trente-huit degrés, annonce-t-elle. Laisse-moi prévenir le Dr Jensen. Elle est là aujourd'hui.

Elle appuie sur le bouton d'appel près du lit pour prévenir le médecin de faire de la jeune patiente sa priorité.

Assis sur le lit, je continue de monter et descendre ma main sur son bras maigre. Je n'ai jamais vu une personne aussi petite et frêle. Ça me fait mal de savoir que des enfants puissent être si malades.

Le souvenir des premières semaines après la mort de ma mère me trotte dans la tête. Je me rappelle avoir demandé à papa s'il y avait la moindre chance qu'elle revienne un jour à la maison. Je lui posais la question tous les jours, et je priais très souvent pour qu'elle passe la porte d'entrée.

C'est à cette époque que j'ai commencé à remettre l'existence de Dieu en cause. S'il existait, pourquoi enlèverait-il leur mère à trois petits enfants ? Nous avions besoin d'elle, et il nous l'avait enlevée.

Je regarde cette pauvre et mignonne petite fille, et je me demande, qu'a-t-elle fait pour mériter ça ? Pourquoi cette tragédie s'est-elle abattue sur ses petites épaules ? Quel genre de dieu ferait une chose pareille ?

Je finis par ravaler la boule dans ma gorge.

– J'aimerais t'apporter quelque chose qui te ferait plaisir, dis-je. Quel genre de jouet aimerais-tu ? Tu peux me demander absolument tout ce que tu veux.

– Je voudrais une tablette. Je ne peux pas m'asseoir pour regarder la télé. Je pourrais m'en servir pour regarder des dessins animés. J'en regardais souvent, avant de tomber malade et de devoir venir ici.

La porte s'ouvre, et son regard s'illumine.

– Bonjour papa !

– Salut, ma chérie. Comment va mon bébé ? demande-t-il à Delaney.

– Elle a un peu de fièvre. Un médecin va venir la voir.

– Papa, c'est Blaine, dit Megan en me montrant du doigt. Il va m'acheter une tablette.

– Et pourquoi ça ? me demande-t-il, les sourcils froncés.

– Bonjour, dis-je en me levant pour lui serrer la main. Je suis Blaine Vanderbilt. Je passe les fêtes ici, avec les enfants de ce service pour essayer d'améliorer leur séjour avec quelques cadeaux.

– Peut-être, mais nous n'autorisons pas nos enfants à avoir des appareils électroniques, déclare-t-il.

– Papa, s'il te plaît. J'en ai tellement marre d'être dans ce lit à rien faire, gémit la petite.

– J'ai dit non ! coupe-t-il.

Quel trouduc !

Delaney

2 4 novembre :
Dans le couloir, j'attends que Blaine me retrouve devant la cafétéria, où il a fait venir toute l'équipe d'un restaurant local pour préparer et servir un festin aux enfants et à leurs familles pour Thanksgiving. Et je me sens comme la dernière des imbéciles.

Il a décidé que nous devions porter des costumes à cette occasion. Il m'a trouvé un costume de dinde, et je suis ridicule. J'ignore en quoi il sera déguisé. C'est une surprise.

Nous avons passé toutes nos nuits ensemble, depuis la première. Chaque matin, je lui dis que je ne resterai pas le soir suivant. Mais à la fin de la journée, pourtant, je réalise que j'ai trop envie de lui.

Mais je vois bien qu'il commence à s'impatienter. Je continue de penser que c'est une mauvaise idée d'officialiser notre relation. J'entends déjà assez de rumeurs sur nous comme ça.

J'entends quelqu'un se racler la gorge dans mon dos, et lorsque je me retourne, je vois Blaine, habillé en pèlerin et à tomber à la renverse, alors que j'ai l'air d'une dinde, dans tous les sens du terme.

– Blaine ! Ce n'est pas juste ! J'ai l'air d'une idiote. Pourquoi toi, tu es ça si moi je suis une dinde ?

– Je te trouve adorable, répond-il. Allez, donne-moi ton aile et allons accueillir nos invités, ma poule.

Je m'éloigne de lui en soufflant. Je me dandine, plutôt !

Il me rattrape facilement en riant.

– La ferme ! je siffle.

– Bonsoir, mesdames et messieurs, dit-il en s'adressant à la salle. Je suis ravi de vous accueillir ici ce soir pour ce repas. Et sans plus attendre, que les plats soient servis !

Les invités applaudissent et les serveurs commencent à apporter la nourriture. Blaine et moi allons discuter avec les familles des patients. Je le regarde passer près de la table où s'est installée la famille de Megan. Il exècre son père, M. Sanders.

La pauvre petite ne peut même pas passer du temps avec eux : elle est clouée au lit. Blaine a proposé de faire installer une table dans sa chambre pour qu'ils puissent dîner avec elle. Mais son père a refusé. C'est un homme très sévère.

Lorsque le père a refusé son offre, j'ai dû faire sortir Blaine de la chambre. Cet homme pense qu'il ne faut pas trop gâter les enfants. Personne ne reçoit de traitement de faveur, à aucun moment. Si l'on change quelque chose pour Megan, pour lui, c'en est un.

J'ai remarqué que les progrès de Blaine ont commencé à ralentir. Son enthousiasme s'est calmé. Il m'a parlé plusieurs fois de ses questionnements, pourquoi des enfants se retrouvent dans des situations aussi dramatiques.

Je ne sais pas quoi lui dire. Ce genre d'événements de la vie est inexplicable. Je ne dis jamais que c'est la volonté de Dieu. J'ai bien compris qu'il avait déjà un problème avec cette notion.

D'ailleurs, on lui a demandé s'il voulait prononcer les grâces ce soir, et il a refusé. Je ne suis pas certaine qu'il soit en état d'affronter ce genre de tragédie. Cela semble juste le conforter dans son opinion. Il semble en déduire que nous vivons dans un monde complètement dénué de présence divine, ou dans un monde si cette présence existe, une dont il se fiche.

Je salue Tammy et sa mère, et en me retournant, je vois Blaine, une assiette à la main, se diriger vers la porte. Puis je vois le père de Megan se lever et le suivre. Je sens une dispute arriver, alors je vais les rejoindre, aussi vite que ce fichu déguisement me le permet.

– Où allez-vous avec ça ? crie le père.

Mince !

Blaine s'arrête et se retourne.

– Dans la chambre de votre fille.

– Non, je ne crois pas, répond le père.

Je croise le regard de Blaine, et il n'indique rien de bon.

J'arrive enfin à leur hauteur et les entraîne hors de la cafétéria, dans le couloir, avant qu'on ne les remarque.

– Chut ! je souffle, en continuant de les tirer par le bras jusqu'à ce que nous ayons tourné dans un coin. Quel est le problème ?

– Il apporte cette assiette à Megan. Je ne pense pas que cette nourriture soit bonne pour elle. Elle a un régime alimentaire strict. Et cet homme ne semble pas le comprendre.

– Cette assiette a été préparée spécialement pour elle par le nutritionniste, M. Sanders, explique Blaine.

Il soulève la cloche en métal. L'assiette contient une aile de dinde, des pois cassés et un peu de riz blanc.

– Ce repas est tout à fait adapté pour elle, dis-je, alors que Blaine recouvre l'assiette.

– Mais ça voudrait dire qu'elle reçoit un traitement de faveur. Je ne veux pas qu'elle s'imagine qu'elle est plus importante que l'un de nos quatre autres enfants. Donc, je vous l'ai dit, je ne veux pas qu'on lui donne ce repas. En fait, retirez-la de la liste des enfants que vous comptez gâter avec des cadeaux, M. Vanderbilt.

– Et si je me contentais de lui offrir ma compagnie ? demande Blaine.

– Je ne préfère pas. En fait, je vous demande de vous éloigner d'elle, déclare le père avant de se tourner vers moi. Assurez-vous-en, sinon je le ferai. Et dans ce cas, ça se passera mal.

Il tourne les talons et s'éloigne.

Blaine n'attend même pas qu'il soit parti pour déclarer :

– Ce mec est un enfoiré de première. Vu sa manière de faire, je suis sûr qu'il a l'habitude qu'on l'insulte. Après tout, c'est un enfoiré.

– Allez, Blaine. On ne peut rien faire. Contentons-nous de gâter les enfants qu'on nous laisse gâter.

J'essaie de lui prendre la main, mais les plumes de mon costume m'en empêchent.

– Viens. Bon sang, je déteste ce costume.

– Je déteste ce trou du cul. Je pense qu'il a besoin d'une correction, grommelle-t-il en me suivant. Je crois que je vais devoir m'en charger.

Je m'arrête tout net et me retourne pour voir s'il est sérieux.

– Blaine, qu'est-ce que ça veut dire ?

– Rien. Ne t'inquiète pas. Je devrais juste ne pas m'en mêler. Comme tu me l'as dit des milliers de fois depuis que je suis là, je ne peux rien faire pour changer certaines choses. Je ne sais même vraiment pas pourquoi je suis là, à continuer de prétendre que la vie est belle. Je suis sûr que la vie de certains l'est, mais ce n'est pas le cas de tout le monde.

Comme je le craignais, le Blaine d'avant semble remonter à la surface, avec son cœur froid et son absence de foi en l'humanité.

– Blaine, profitons de la soirée. Ensuite, on pourra aller chez toi et prendre du bon temps ensemble. Qu'en penses-tu ?

– Non, merci. Je crois que je préfère rester seul ce soir. Je n'ai pas envie d'avoir de la compagnie, dit-il en détournant le regard. Allez, finissons-en. Je crois que je n'arriverai plus très longtemps à garder ce faux sourire sur mon visage.

Ça c'est vraiment mauvais signe !

LIVRE QUATRE : UN ARBRE POUR TOUS

Confiance. Passion. Décisions.

Blaine refuse de retourner à l'hôpital. Il fuit les émotions négatives qu'il ressent en rendant visite à ses enfants malades en si mauvais état.

Il finit par demander à Delaney d'emménager avec lui, pour la voir davantage.

Elle hésite à franchir cette étape importante si tôt dans leur relation, mais elle réalise qu'il a vraiment besoin d'elle, et elle veut être là pour lui.

Lorsqu'elle le fait revenir à l'hôpital pour qu'il rende visite aux enfants et leur apporte des sapins de Noël, tout ne se passe pas bien.

Un seul homme peut-il vraiment gâcher le Noël de tous les enfants de l'hôpital, ainsi que celui de Blaine et Delaney ?

CHAPITRE 26

Delaney

2 décembre :
– Quand est-ce que M. Vanderbilt viendra nous voir ? demande Colby alors que je l'examine. J'ai composé une super mélodie. Je voudrais la lui faire écouter.

– Je le lui dirai, c'est promis, Colby. Il est très occupé à son travail avec les fêtes. Ses boutiques vendent beaucoup de choses. Je reviendrai après manger, lui dis-je avant de sortir de la chambre pour aller voir mon prochain patient.

Cela fait une semaine que Blaine n'est pas revenu, depuis le fameux repas de Thanksgiving. Chaque jour, il trouve une excuse pour ne pas venir à l'hôpital. Mais je sais bien quelle est la vraie raison. Il ne supporte pas cette tristesse – d'être totalement impuissant face aux personnes qui souffrent et ne rien pouvoir y faire. C'est juste trop dur pour lui.

Au lieu de l'inspirer à devenir une meilleure personne, ça n'a fait que le conforter dans sa vision initiale du monde – celle qui dit, peu importe qui on écrase pour se retrouver au sommet. Qu'il faut se débrouiller seul, parce que personne ne fera rien pour nous.

Je prends ma pause dans la salle de repos, et je sors mon téléphone portable. Je n'ai pas passé une seule nuit chez lui cette semaine. Il dit qu'il n'est pas en forme et qu'il serait de mauvaise compagnie.

Je pense qu'il est temps de le forcer à me voir. Peut-être que ça le fera réagir, et réveillera un peu de désir chez lui. Je compose son numéro, et sa secrétaire décroche.

– Bonjour mademoiselle Richards. M. Vanderbilt est en vidéo conférence. Peut-il vous rappeler plus tard ?

– Pouvez-vous me dire à quelle heure elle se termine, et s'il a des choses prévues ensuite ?

– En général, ces conférences durent une heure. Il a quelque chose de prévu à seize heures, mais d'ici trente minutes, il sera libre pour quelques heures. Vous devriez passer le voir. Je pense que ça lui ferait du bien, ajoute-t-elle en baissant la voix. Il est assez grincheux.

– Grincheux, hein ? Ça ne peut pas durer. Je vais passer le voir. Je serai bientôt là. Merci. Je crois qu'il m'a dit que vous vous appelez Blanche, c'est ça ?

– Oui, mademoiselle Richards, je suis Blanche. J'ai été à l'école avec sa mère. C'était une de mes meilleures amies. Et j'ai vu son fils changer pour devenir meilleur à mesure qu'il vous fréquentait et allait visiter les enfants à l'hôpital – je revoyais le jeune garçon que je connaissais avant la mort de sa mère. Il est en train de s'éteindre à nouveau, et je déteste ça. J'adore cet homme. J'aimerais pouvoir faire plus pour l'aider, mais il ne me laisse pas beaucoup l'approcher.

– Je vois. Merci de m'en avoir parlé. Je vais apporter le déjeuner. On va pique-niquer tous les deux dans son bureau, et peut-être parviendrons-nous à rallumer la flamme qui l'a quitté.

Je raccroche et pars à la recherche d'une personne pour me remplacer, pour pouvoir aller retrouver Blaine et voir s'il reste quelque chose de l'homme dont je suis tombée amoureuse.

CHAPITRE 27

Blaine

P ourquoi passer un accord avec cette entreprise pourrie, Blaine ? me demande mon frère lorsque je termine la conférence vidéo avec un constructeur de jouets taïwanais.

– Ces produits coûtent une bouchée de pain, Kent. Comment ne peux-tu pas comprendre ? Les jouets peuvent être en boutique d'ici la fin de la semaine. Il nous faut remplir de produits le rayon des jouets. Noël est bientôt là, et tout le monde s'arrache les jouets. Les producteurs savent qu'il y a une forte demande, et la plupart font monter leurs prix. C'est toujours comme ça que je fais à cette époque de l'année.

– Mais je croyais que tu avais décidé de trouver de meilleurs produits pour nos clients. Ces jouets ne dureront pas une journée. Pense à tous les enfants qui recevront cette camelote, dit Kent en me suivant hors du bureau.

Kate nous rejoint dans le couloir.

– Hé, Blaine, il faut qu'on parle, dit-elle en venant se mettre à côté de Kent. Tu n'as pas signé la nouvelle politique des retours. Tout est prêt pour commencer à former l'équipe du service client. J'ai même créé une vidéo pour éviter de devoir me déplacer en magasin.

– À ce sujet, dis-je en me remémorant le document qu'elle m'a fait passer. Cette nouvelle politique est totalement différente. Il est écrit que nous accepterons de reprendre et échanger, sans aucune exception. Comment sommes-nous censés gagner de l'argent si nous acceptons de reprendre des objets cassés que les fabricants refuseront ensuite ? Tu n'as pas assez de recul. Nous ne pouvons accepter les retours seulement sur les produits qui seront repris par les fabricants.

– Les fabricants avec qui nous travaillons ne font pas ça, remarque Kate alors que nous arrivons devant mon bureau.

Les mains sur les hanches, elle me regarde comme si je l'agaçais au plus haut point.

– Il faut que tu sortes la liste des entreprises avec lesquelles on travaille. Si tu en trouves qui acceptent de nous reprendre la marchandise, on pourra accepter de reprendre ces produits. Tu vas devoir revoir toute la nouvelle politique sur les retours. Désolé. Ce n'est que du business, Kate.

– Mais je croyais que nous essayions de rendre ton entreprise plus éthique, remarque Kent, qui semble également agacé envers moi.

– C'est le cas. Mais vous deux, vous devez comprendre comment fonctionnent mes boutiques. Nous proposons les produits à plus bas prix dont les clients ont besoin ou envie. Mais en payant un bas prix, on ne peut pas s'attendre à de la première qualité. S'ils veulent de la qualité, ils doivent aller ailleurs. Ce n'est pas si dur à comprendre, dis-je en posant la main sur la poignée de la porte.

– Mais les endroits où ils pourraient trouver des produits de qualité supérieure sont mis en faillite à cause de tes boutiques. Que sont-ils censés faire ? demande Kent.

– Ce n'est pas mon problème, je réponds en secouant la tête. Es-tu en train de me dire que ces gens ne peuvent pas se rendre dans une grande ville pour acheter des articles de meilleure qualité ? Parce que, ça non plus, ce n'est pas mon problème.

– Tu sais ce que c'est ton problème, Blaine ? me demande Kate, qui semble déçue par ma remarque. Tu ne penses pas aux autres.

– Si, j'y pense. J'y pense bien plus qu'avant. Et tu sais ce dont je me suis rendu compte ? Je ne peux pas vraiment leur venir en aide. Alors pourquoi essayer ? J'ai trouvé un moyen de gagner de l'argent. Beaucoup d'argent. Ce qui me permet de vous payer bien mieux que pour n'importe quel autre poste que vous pourriez trouver ailleurs. Essayez de vous en souvenir.

J'ouvre la porte de mon bureau, et j'y vois une nymphe à moitié nue allongée sur mon bureau.

CHAPITRE 28

Delaney

— Enfin ! je m'exclame lorsque Blaine entre.

— Delaney, mais qu'est-ce que tu fais ? demande-t-il, la surprise se lisant sur ses traits — et c'est la première émotion que j'y vois depuis un moment.

Je m'assieds sur le bureau tout en essayant de rester sexy et il s'approche de moi.

— Je suis venue te voir. Tu me manquais. Je ne t'ai pas manqué du tout, on dirait ?

— Maintenant que je te vois, je dois bien dire que si, dit-il en posant les mains sur mes épaules. Tu m'as beaucoup manqué. Et maintenant, je me demande bien pourquoi j'ai tant attendu avant de te revoir.

— Parce que je t'empêcherais de faire le grincheux, je réplique en le prenant dans mes bras. Je te trouve très beau en costume cravate. Tu ressembles vraiment à un milliardaire, comme ça. Très sexy !

Je presse mes lèvres dans son cou, et il pousse un petit gémissement de plaisir.

– Delaney, mon Dieu, ça m'a manqué de t'avoir dans mes bras. Ne me laisse plus sans te voir pendant si longtemps, dit-il en se penchant pour m'embrasser.

Mon cœur se remplit de désir en sentant sa bouche contre la mienne. Ça ne fait qu'une semaine, mais ça m'a paru bien plus long. Il se sépare de moi et pose son front contre le mien.

– Tu manques aussi à plusieurs enfants à l'hôpital.

Son corps devient tendu, et il me lâche.

– Je ne sais pas si je peux continuer à faire ça, Delaney.

– D'accord, je n'insisterai pas, dis-je en descendant du bureau et en le prenant à nouveau dans mes bras. Et si tu t'asseyais et que tu me laissais essayer de te détendre ?

Son rire fait vibrer sa cage thoracique. Il se retourne et me serre contre lui.

– D'abord, tu dois me dire où tu as trouvé ce costume de nymphe coquine, dit-il en montrant ma tenue.

– Sur Internet, je réponds. Je l'ai commandé il y a quelques semaines. Je me suis dit que ça pourrait servir pour un jeu de rôle marrant. Je pensais te déguiser en père Noël.

– Ho, ho, ho, dit-il avant de poser un nouveau baiser sur mes lèvres.

Je passe mes mains dans ses cheveux doux comme de la soie tandis qu'il m'amène vers son bureau et m'assied dessus. Il caresse mes épaules et descend vers ma taille. Ses doigts glissent sous l'élastique de ma tenue légère. Lorsqu'il découvre que je ne porte pas de culotte, il gémit.

Il m'allonge sur le bureau et me regarde d'un air coquin.

– Tu vas devoir être silencieuse, bébé. Il ne faudrait pas que du monde t'entende gémir.

La température de mon corps monte instantanément de plusieurs degrés alors que je le vois s'humecter les lèvres et entrouvrir ma tenue à l'entrejambe. Je m'accroche aux bords du bureau, tremblante d'anticipation et en attente de sa bouche.

Son grognement fait vibrer sa bouche lorsqu'elle entre en contact avec ma peau. J'ai tellement envie de gémir de plaisir que je dois me mordre les lèvres pour me retenir. Je sais bien que tout s'entend, dans ces bâtiments.

Je m'en suis rendue compte à l'hôpital, où je ne compte plus le nombre de fois où j'ai pu entendre un couple en plein ébat dans un placard ou une chambre vide. Et en effet, ça attire toujours les curieux.

Sa langue fait des merveilles, et je me tortille de plaisir en me délectant des sensations qu'il me procure. J'espère vraiment qu'il m'invitera à dormir chez lui cette nuit. J'ai besoin d'une nuit entière de passion partagée.

Sa langue passe sur mon bouton de plaisir plusieurs fois, manquant de me faire jouir. Alors que je sens l'orgasme monter, il se redresse, et je l'entends ouvrir la fermeture éclair de son pantalon.

Il me soulève et me positionne devant lui, puis il me retourne et presse mes épaules jusqu'à ce que ma poitrine soit posée contre le bureau. Je tremble encore sous la puissance de l'orgasme qui continue de faire vibrer mon bas-ventre lorsqu'il me pénètre brutalement par derrière.

Je me mords la lèvre pour ne pas crier de plaisir en le sentant enfin en moi. Il me remplit entièrement, il m'écartèle, et la sensation est délicieuse. Il pousse de petits gémissements étouffés et je trouve cela irrésistible.

Nos peaux claquent doucement l'une contre l'autre, car il mesure ses mouvements pour que le bruit que nous faisons n'alerte personne. Mais je meurs d'envie qu'il me pénètre plus profondément. Il se penche vers moi, son front contre mon dos, et plonge entièrement en moi, comme s'il en avait besoin, lui aussi.

– Bon Dieu, tu m'as manqué, bébé, me souffle-t-il à l'oreille.

Puis, il me mord soudain le cou, avant de lécher ma chair meurtrie.

Tout mon corps tremble sous l'effet de ses caresses. Il me pénètre profondément tout en léchant mon cou, et je me sens partir. Je gémis tout bas lorsque l'orgasme m'emporte.

– Bébé, putain, c'est trop bon. Jouis pour moi, ma belle, gémit-il.

Je halète et me retiens de crier son nom. Mes parties intimes vibrent, et je sens que mon corps attend avec impatience de recevoir sa semence. J'ai envie de le sentir se vider en moi, mais il continue ses coups de reins. Encore et encore, il plonge en moi, jusqu'à ce que je sente son membre se raidir, et sa chaleur me remplir enfin.

Je gémis à nouveau, aussi discrètement que possible alors qu'un nouvel orgasme me submerge. Il mord mon cou en jouissant, probablement pour s'empêcher de crier aussi.

Nos corps s'apaisent lentement, et il se met à m'embrasser autour du cou sur lequel je sais qu'il m'a laissé une marque.

– Désolé, je t'ai encore fait un suçon dans le cou.

Il se redresse et me relève en même temps. Il dépose de petits baisers dans mon cou, puis me retourne et me serre dans ses bras. Je le prends dans mes bras et le serre fort à mon tour.

– Tu sais, Blaine, tu m'as vraiment manqué.

– Je suis désolé, Delaney. Je suis vraiment navré de m'être éloigné. Je ne sais pas bien comment m'expliquer, mais je ne peux pas être cet homme – celui que je sais que tu voudrais me voir devenir. Je vois bien comment tourne le monde. Et je ne vois plus l'intérêt de faire les choses différemment.

– Je pense que tu as essayé de faire trop de changements d'un coup, Blaine. Je pense que c'est là qu'est le problème. Tu as voulu en faire trop. J'ai une idée pour t'aider, dis-je en arrangeant ma tenue en place avant de me diriger vers la petite salle de bains rattachée à son bureau.

J'ai profité qu'il n'était pas là pour inspecter les lieux tout à l'heure. C'est un de mes passe-temps, de farfouiller. La première chose que je remarque dans le miroir, c'est la marque violette sur mon cou de la taille d'une pièce de monnaie.

Il arrive derrière moi et fait glisser son doigt sur le suçon en le regardant dans le miroir.

– Je vais te coiffer de manière à le camoufler. Ce n'est pas de ma faute, tu es vraiment délicieuse, dit-il en ouvrant un tiroir. Et, il faut que je sois honnête avec toi, ma belle. Je n'ai pas non plus envie qu'on me force à changer. J'ai gagné énormément d'argent en étant l'homme que je suis. Je ne vois aucune raison de changer ma manière de faire du commerce.

– Alors, tu ne vas pas organiser cette réunion avec toutes ces personnes que tu as mises sur la paille ? je demande avec appréhension.

Il sort un peigne et un élastique, et secoue la tête.

– Non, répond-il en commençant à peigner mes cheveux. Et je sais que ça ne va pas te plaire.

Pas me plaire ? C'est vraiment peu dire !

CHAPITRE 29

Blaine

À son expression, je vois bien qu'elle est contrariée.

– Je n'ai pas envie de me disputer, dis-je.

– Ah, ben c'est fichtrement dommage, rétorque-t-elle en posant les mains sur ses hanches, la position qu'elle a lorsqu'elle est en colère. Tu m'avais dit que tu allais le faire, Blaine. Tu m'as dit que tu avais déjà tout organisé, qu'il ne restait plus qu'à finaliser. Alors, que s'est-il passé ?

– J'ai changé d'avis. Je n'en vois plus l'intérêt. Je ne veux pas que tu sois fâchée. C'est...

Elle me coupe en levant la main, sa paume près de mon visage.

– Juste pour le business ! Je sais. Mais Blaine, voilà le problème. Tu m'avais dit que tu allais faire quelque chose, et bah, tout d'un coup, tu as changé d'avis sans même m'en parler. C'est pire que si tu n'avais jamais eu l'idée, en fait. Ne me dis jamais que tu vas faire quelque chose si c'est pour changer d'avis ensuite. J'ai horreur de ça !

– C'était une décision impulsive. Je ne fonctionne pas comme ça, d'habitude. À vrai dire, c'est bien la première fois que j'ai annoncé que j'allais faire quelque chose, et que je ne l'ai pas fait. Tu vois, je ne suis pas l'homme que j'étais devenu il y a encore quelques temps. C'était une illusion. Tu ne voudrais pas être en couple avec un imposteur, n'est-ce pas ?

Elle me regarde et ses yeux bougent de haut en bas.

– Blaine, je ne veux pas que tu fasses semblant d'être quelqu'un que tu n'es pas. Mais je dois pouvoir avoir du respect pour toi, pour que nous puissions rester ensemble.

– Il y a autre chose que je souhaite changer, dis-je, et elle lève ses sourcils parfaits.

– Quoi ? Tu veux arrêter ? Tu ne veux plus qu'on soit ensemble ? demande-t-elle, et son regard blessé me serre le cœur.

Je l'attire contre moi et lui fais un câlin, en posant mon menton sur sa tête.

– Non. Pas du tout. Je veux plus. Je veux qu'on soit ensemble, officiellement, et je veux que tu emménages avec moi. J'ai besoin de toi. J'ai besoin de t'avoir auprès de moi. Et je ne peux pas retourner à l'hôpital. Je ne savais pas comment te le demander. Et j'avais aussi peur que ce soit toi qui veuilles rompre, une fois que tu saurais que je ne vais pas faire tous ces gros changements.

Elle touche mon torse et me repousse doucement en me regardant dans les yeux.

– Blaine, je pense que c'est trop rapide. Tu es en train de me dire que tu n'es pas l'homme auquel j'ai commencé à m'attacher. Tu es en train de dire que tu veux redevenir un requin des affaires sans sentiments. Je te préviens, que je ne pourrais pas rester à tes côtés sans donner mon avis sur ta manière de faire.

– Je suis sûr que je peux le supporter, lui dis-je en l'embrassant, ce qui la fait sourire. Et je ne dis pas que je ne veux pas entendre ton avis. Je dis simplement qu'il y a des chances que je ne suive pas tes conseils.

Elle fronce les sourcils, et mon cœur tambourine dans ma poitrine de peur qu'elle refuse mon offre. C'est exactement ce dont j'avais peur en lui avouant que je préférais garder mes anciennes habitudes.

Elle tient mon cœur entre ses mains. Je savais que cela finirait par arriver. Je savais bien que si je me laissais aller aux sentiments, j'allais me faire avoir. Et maintenant, nous y voilà, je suis en train d'attendre qu'elle me donne ce que je désire, ou qu'elle m'enlève tout ce à quoi je tiens.

La balle est dans son camp, et je réalise que dans l'attente de sa réponse, j'ai l'impression de mourir à petit feu. Elle a éveillé des choses en moi dont j'ignorais l'existence. Et maintenant, elle est peut-être sur le point de mettre fin à notre histoire.

– Blaine, finalement je pense que c'est peut-être une bonne idée d'habiter ensemble. Je pensais que c'était trop rapide, mais en y réflé-chissant, c'est peut-être exactement ce dont tu as besoin. Tu as besoin de comprendre que le monde n'est pas si mauvais. Je sais que tu as vraiment aimé les moments que tu as passé avec Terry, Colby, le petit Adam et Tammy. Tu n'as eu qu'une seule expérience négative, avec le père de Megan, et cela a effacé tout le positif de cette expérience.

– Ce n'était pas seulement lui, dis-je en m'éloignant.

Je sens tout mon côté dur refaire surface en repensant à l'injustice créée par une entité divine qui fait souffrir des enfants. Aucun d'entre eux ne mérite une pareille épreuve. Dieu, s'il existe vraiment, laisse ce genre de choses arriver.

– Je sais simplement que j'étais plus heureux quand je ne pensais qu'au business, j'explique. Mais j'ai de la place pour toi dans ma vie. En fait, il y a tout un monde pour toi.

Elle ouvre les bras et me serre contre elle. Je la serre contre moi. J'adore cette sensation. Si elle pouvait juste arrêter de parler des enfants à l'hôpital et me laisser penser à autre chose !

– Je pense que je peux accepter cela, pour le moment, dit-elle, ce qui me rend nerveux à nouveau.

– Pour le moment ? je répète en lui jetant un regard lourd de sens. Tu dois savoir que je ne suis pas une personne qui aime recevoir des sermons.

– Des sermons ? demande-t-elle en fronçant les sourcils une nouvelle fois, ce qui m'ennuie.

– Pardon, dis-je en la reprenant dans mes bras. Je vais me taire pour le moment. Où aimerais-tu aller dîner ce soir ?

– Ça m'est égal. Je dois travailler jusqu'à vingt heures pour remplacer l'infirmière qui a pris ma place ce midi. Il sera trop tard pour aller dans un bon restaurant. Et puis, il faudrait que je me change, ce qui prendrait encore plus longtemps. Et j'aimerais me coucher tôt. J'enchaîne deux services demain.

Et soudain, je réalise que si nous allons passer plus de temps ensemble, il faudrait que j'aille à l'hôpital de temps en temps.

Et soudain, je réalise que ça ne marchera pas entre nous.

CHAPITRE 30

Delaney

Blaine alterne entre des moments de détente et de générosité et des périodes de stress intense. Il semble en proie à un combat intérieur, mais il ne m'en parle pas. Je pense qu'il a davantage besoin de moi qu'il ne l'admet.

– Voilà ce qu'on va faire, dis-je. Je vais appeler l'infirmière qui me remplace et m'arranger avec elle pour qu'elle prenne ma place aujourd'hui. Je ne retournerai au travail que demain. Je sais que tu as quelque chose de prévu à seize heures, mais ensuite, je suis tout à toi. Emmène-moi où tu veux, ou simplement chez toi. Ça m'est égal. Je te consacre le reste de la journée et cette nuit je serai exclusivement à toi, Blaine. Juste à toi et moi.

Je sens son corps se détendre. Il me sourit.

– Je savais bien que j'avais raison que tu me plaises. Tu n'as qu'à aller voir ton propriétaire pendant ma réunion. Ça ne devrait pas me prendre plus d'une heure, et j'aurais fini pour la journée.

– Mon proprio ? Pourquoi ? je demande.

– Pour rendre ton appartement. Et emménager avec moi.

Je réalise d'un coup qu'il attend que je m'engage vraiment.

– C'est un grand pas en avant.

Il se tend à nouveau, et je sens mon corps faire de même.

– Oui. Je pensais que tu avais compris. Je pensais que logiquement on passerait cette prochaine étape ensemble.

– Oui, j'ai compris. Mais peux-tu comprendre qu'on ne sait vraiment pas si ça va marcher, et que je ne veux pas avoir à tout recommencer de zéro ? Je vais garder mon appartement. Comme ça, si ça ne fonctionne pas entre nous, je ne serai pas totalement effondrée.

– Tu ne serais pas effondrée si ça s'arrêtait entre nous ? demande-t-il en me lâchant et en se détournant de moi. Je serais vraiment mal si on ne devait plus jamais se revoir.

– Wow ! Je n'ai pas dit ça, je m'exclame en levant les bras en l'air, exaspérée. J'ai l'impression d'être sur des montagnes russes avec toi aujourd'hui, Blaine. C'est dingue. Je veux dire, vraiment dingue. Je pense que tu as besoin de voir quelqu'un. Un psychologue, par exemple. Il se passe quelque chose en toi, qui a l'air de te mettre dans tous tes états.

Il me dépasse, sort de la salle de bains et se dirige vers son bureau d'un pas rapide.

– Je ne suis pas fou. Les fous ne peuvent pas faire le dixième de ce que j'ai accompli. Je me sens bizarre en ce moment. Pas équilibré. À côté de mes pompes. Tout ça à cause de papa. Sa mort m'a vraiment touché. Mais putain, je ne sais pas ce que tu attends de moi. Je fais mon deuil à ma manière, et je lutte contre moi-même pour régler certains soucis. Tu n'as pas la moindre idée de ce qui se passe dans ma tête. Dans mon cœur. Dans mon âme !

Mon Dieu, quelle idiote. J'ai complètement ignoré ce qu'il est en train de vivre. Je m'approche de lui, assis dans son fauteuil à haut dossier en cuir noir derrière son bureau en chêne.

– Chéri, je suis vraiment désolée. Écoute. Je vais arrêter tout ça dès maintenant. Je vais rendre mon appartement. Je comprends mieux à présent. Tu as besoin de te sentir en sécurité avec moi. Je comprends. Je peux faire ça pour toi. Je suis vraiment désolée, je ne pensais pas à ce que tu traverses.

– Non, garde l'appartement si c'est ce que tu souhaites. De toute façon, je ne devrais pas te demander de faire quoi que ce soit. Fais ce que tu veux faire. Ne me laisse pas te faire ça. Je suis désolé. Je suis perturbé, et mes pensées ne sont pas claires. Je ne suis pas en état de prendre des décisions importantes pour le moment. Je pense que je l'ai bien montré.

– Nous allons vivre au jour le jour. J'apporterai quelques affaires chez toi aujourd'hui. Je vais faire en sorte d'avoir de quoi me sentir aussi chez moi. Et nous verrons bien comment les choses évoluent, un jour après l'autre. Et pour partir du bon pied, je pense qu'il faut que je te dise que je t'aime, Blaine Vanderbilt. J'en suis certaine. Tu es gravé dans mon cœur, à tel point que ça me fait mal lorsque tu souffres, et surtout à cause de moi.

– Je ne vois pas pourquoi tu me ferais souffrir, murmure-t-il, la tête baissée.

– Je te vois. Je te ressens. Je veux être avec toi, et être là pour toi. Alors, que ressens-tu pour moi ? je lui demande, en le forçant à lever la tête et à soutenir mon regard.

Ses yeux brillent.

– Je t'aime, Delaney. Je te l'ai déjà dit. Tu te souviens, lorsque je t'ai dit que j'étais en train de tomber amoureux de toi ?

– Oui, mais tu n'as plus rien dit ensuite. Et je ne voudrais surtout pas que tu dises quelque chose que tu ne penses pas vraiment, et surtout ça. Bon, laisse-moi récupérer mon manteau pour cacher mon costume de nymphe cochonne, et je vais aller chez moi faire mes valises. Je te retrouve chez toi après ta réunion ? je demande, et il semble rasséréné.

– J'adorerais, dit-il en ouvrant un tiroir de son bureau pour en sortir une clé. Tiens, c'est celle de la porte d'entrée, indique-t-il, puis il prend un papier et inscrit un numéro dessus. Et ça, c'est le code du portail et celui de l'alarme en-dessous. Mes employés pourront t'ouvrir, mais je tiens à ce que tu les aies. Je vais les prévenir que tu arrives.

Le poids de la clé dans ma main me fait prendre conscience que tout ceci est bien réel. Je vais emménager avec Blaine Vanderbilt. L'ennemi de ma famille, qui ne tiendra aucune promesse qu'il a faites à leur égard. Et pourtant, je vais quand même vivre avec lui.

Je suis obligée de me demander, suis-je en train de vendre mon âme à un homme qui ne compte absolument pas changer ?

Puis, je regarde ses yeux marrons qui pétillent, et je suis obligée de sourire. Cet homme est dans mon cœur. Peut-être qu'avec le temps et mon influence positive, il prendra de meilleures décisions pour son travail. Il a certainement besoin de la bonne influence.

Il sort encore un objet du tiroir. Un petit cadre photo. Il le place sur le bureau et le tourne pour me le montrer.

– C'est maman.

Elle a des cheveux de couleur blond vénitien, les joues couvertes de taches de rousseur et des yeux verts qui pétillent comme des diamants.

– Elle a les yeux verts, comme moi. Mais les siens sont beaucoup plus clairs.

– Je trouve que tu as les yeux aussi clairs que les siens, personnellement. Tu me fais penser à elle. Je pense que c'est pour ça que je me suis attaché aussi vite à toi. Et c'est probablement aussi un peu pour ça que je t'ai donné plus de chance qu'à n'importe qui d'autre.

Je sais qu'il dit ça pour me rassurer, mais ses paroles m'effraient un peu.

Je ne veux pas être sa mère. Mais il semble avoir besoin que je comble le vide qu'elle a laissé lorsqu'elle est morte alors qu'il n'avait que cinq ans. J'espère avoir assez de force pour le rendre heureux.

Je pense que ce ne sera pas facile. Mais en général, il faut se battre un peu pour que les choses en valent la peine !

CHAPITRE 31

Blaine

L e soleil de l'après-midi passe à travers les rideaux foncés du bureau de Kate, et la lumière tombe pile dans mon œil droit. Je me décale pour l'éviter, et je surprends Kate me regardant avec la même expression que plus tôt – elle semble vraiment contrariée.

Elle ramasse une poupée qui ressemble à une Barbie sur son bureau, la secoue légèrement, et la tête se détache immédiatement.

– Tu vois ? De la camelote. Et je viens de la sortir de sa boîte, qui a probablement coûté plus cher que cette merde. J'ai acheté pour trente dollars de jouets au Bargain Bin du coin, ici à Houston, et sur les quinze jouets, il n'en reste que deux en bon état. Le reste s'est cassé en quelques minutes.

– Les enfants qui vont recevoir ces jouets vont être très malheureux, Blaine, ajoute Kent. Je nous ai trouvé un fabricant qui peut nous livrer tout ce qu'on veut dans toutes les boutiques, et d'ici la semaine prochaine. Il pratique des prix raisonnables et nous pouvons toujours proposer ces jouets quelques centimes moins chers que ceux de nos concurrents. Tu seras toujours le moins cher sur le marché.

Je fixe la pile de débris de jouets sur le bureau de Kate, ce qu'il en reste du moins. L'alarme de mon téléphone sonne, me prévenant qu'il est temps de mettre fin à cette réunion et de rentrer retrouver Delaney.

Son joli visage apparaît sur l'écran, comme je l'ai paramétré. Tandis que j'éteins l'alarme, j'entends une voix forte dans ma tête. Fais le bon choix.

Fais le bon choix a-t-elle dit très haut et de façon autoritaire. Je fixe à nouveau la pile de jouets cassés, puis je lève les yeux et croise les regards pleins d'espoir de mon petit frère et de ma petite sœur. Les mots sortent d'eux-mêmes de ma bouche.

– Allez-y.

– C'est vrai ? s'écrie Kate en se levant d'un bond pour venir me prendre dans ses bras. Oh, Blaine ! Tu verras – tu gagneras quand même de l'argent, et les enfants seront heureux. Je vais contacter les managers et leur dire de retirer ces jouets des magasins. J'ai trouvé un programme de recyclage, donc ce ne sera pas totalement du gâchis.

– Et puis, on peut les compter comme des pertes, et payer moins d'impôts cette année, ajoute Kent.

– Je n'avais même pas pensé à ça, dis-je en secouant la tête, en me demandant pourquoi je n'y ai pas pensé avant. On pourrait faire la même chose avec les retours dans nos boutiques. On enverrait la marchandise au recyclage, disons une fois par mois par exemple, et on la comptera comme une perte.

– Dans ce cas, la politique sur les retours que j'avais élaborée à la base peut être acceptée, dit Kate avec un énorme sourire.

Je hoche la tête, et elle me prend à nouveau dans ses bras.

– Blaine, ça va marcher ! Je suis si heureuse !

Pat me donne une tape dans le dos.

– Allons boire un verre pour fêter cet énorme changement, propose Kent.

– Je ne peux pas. Je dois aller faire quelque chose, dis-je en remettant ma veste et en tournant le dos pour sortir.

– Quoi donc ? me demande Kate en me retenant par le bras.

– Aujourd'hui, Delaney emménage avec moi, dis-je en me tournant vers eux.

– Quoi ? demande Kent, l'air ébahi.

– Sérieusement ? demande Kate, avec une expression similaire sur le visage. Mais pourquoi ne nous en as-tu pas parlé avant ? C'est une super nouvelle, Blaine !

– Je viens de lui faire la demande. Elle était dans mon bureau après notre dernière réunion. C'est là que je lui ai demandé, et elle a accepté. Je pense que ça ira mieux entre nous, si nous vivons ensemble. Je ne peux plus aller dans cet hôpital, dis-je en me tournant pour partir, mais ma sœur me retient toujours.

– Oh là, attends. Pourquoi ne peux-tu pas retourner à l'hôpital ?

– Ça me perturbe trop. Trop déprimant, dis-je en me dégageant.

– Imagine comment se sentent les enfants, remarque Kent. Pense à eux, pas à toi, Blaine.

– Ouais, ils sont malades et ils souffrent, et tu étais un rayon de soleil dans leur vie de malheur. Et soudain, tu n'es plus venu, dit Kate. Je pensais que tu y retournerais au moins pour Noël, mais tu sembles dire que non.

– Non, je n'irai pas. Je ne supporte pas de me prendre en pleine tête toute cette souffrance qui est injuste. Ça m'a rendu dingue, et je préférerais ne plus y penser. Et les enfants s'en fichent. Pourquoi en serait-il autrement ? Ils ne me connaissent même pas.

– Je t'ai vu avec ces enfants, Blaine, intervient Kent. Tu es devenu leur ami. Il faut que tu dépasses ton blocage et que tu y retournes. Vraiment. Ce serait méchant de ne pas le faire.

– Méchant ?

Je n'aurais jamais pensé qu'on puisse considérer que je sois méchant envers quiconque.

– Oui, renchérit Kate. C'est méchant. Tu leur as fait croire que tu te souciais d'eux, et tu as disparu du jour au lendemain. Ils ont si peu.

Mon cœur se serre, et je me demande bien pourquoi. Auraient-ils raison ? Est-ce que j'ai vraiment fait souffrir ces enfants ? Et dans ce cas, est-ce que ça m'importe réellement ?

– Je dois y aller. Delaney va m'attendre, dis-je en ouvrant la porte.

– Pense à ce que nous t'avons dit, dit Kate dans mon dos.

– Et salue Delaney de notre part, ajoute Kent.

Je les salue sans me retourner. Je ne sais pas pourquoi, mais mon cerveau tourbillonne, car je repense à ce dont nous venons de parler. Je n'ai jamais voulu faire de mal à personne. Jamais.

Peut-être suis-je vraiment égoïste. Peut-être suis-je faible de laisser mes doutes sur la justice et l'humanité dans ce monde se mettre en travers des bonnes actions que je pourrais accomplir. Peut-être est-il temps d'y remédier.

Avec l'aide de mon frère et de ma sœur, j'ai réussi à transformer le fonctionnement de mes magasins, en quelque chose d'un peu plus positif qu'auparavant. Peut-être qu'avec l'aide de Delaney, je saurai trouver un moyen de dépasser ce que je ressens pour me concentrer plutôt sur ce que les enfants ressentent.

En arrivant à la réception, je vois que Blanche s'apprête à partir, elle aussi.

– Vous avez quelque chose de prévu ce vendredi soir ? je demande.

– Non, dit-elle en souriant. Mais j'ai cru comprendre que vous, oui.

– Hein ? je demande, vraiment surpris qu'elle soit au courant.

– Delaney m'a dit que vous alliez emménager ensemble. C'est une jeune fille adorable, Blaine. Votre mère l'aurait adorée, dit-elle en me prenant le bras tandis que nous nous dirigeons vers l'ascenseur.

– Elle vous a parlé ? je demande, vraiment surpris qu'elle ne m'ait rien dit.

– Oui, en effet, répond-elle. Blaine, je vous connais et je sais comment vous êtes, donc ne prenez pas mal ce que je vais vous dire. Vous devez en faire votre priorité. Faites attention à votre tendance à l'égoïsme. Écoutez ce qu'elle vous dit. Elle me semble être une femme intelligente et pleine de compassion.

– Et une dure à cuire, aussi, dis-je en riant. Ne vous inquiétez pas pour Delaney. Elle sait se défendre. Ce n'est pas une femme qui se laissera marcher sur les pieds, c'est certain. À vrai dire, elle est parfaite pour moi. Elle n'hésitera jamais à me le dire quand je me comporte comme un égoïste. Et au lieu de me mettre en colère, je trouve cela adorable. Je ne sais vraiment pas pourquoi, mais c'est ainsi.

Blanche sourit et me serre contre elle.

– Blaine, je pense que vous avez trouvé la bonne. Je suis si heureuse.

J'ai peut-être trouvé la femme de ma vie !

CHAPITRE 32

Delaney

Ranger mes vêtements dans le placard de Blaine me procure une sensation vraiment très étrange. Je n'ai jamais vécu avec quelqu'un. Je vis seule depuis que j'ai quitté ma famille il y a cinq ans.

Étant fille unique de commerçants possédant un magasin de pneus, j'étais souvent seule aussi. Je ne sais pas du tout comment je vais supporter le fait de vivre constamment avec quelqu'un.

– Tu as l'air de te sentir déjà chez toi, remarque Blaine en entrant dans la chambre.

Je sors du grand placard, et il me prend immédiatement dans ses bras en déposant un baiser sur mon front puis me pince la fesse, ce qui me fait éclater de rire.

– Je ne me sens pas à ma place.

– Eh bien, cesse de penser ça, déclare-t-il en fronçant des sourcils. Considère cet appartement comme le tien. Mets-toi à l'aise, j'y tiens.

– Tu réalises que ça implique que je farfouille un peu partout ?
C'est comme ça que j'apprendrai à connaître ce lieu.

– Je vais te faire le tour du propriétaire ce soir. Je viens d'aller voir
mes employés pour leur donner leur week-end de libre, afin que tu
puisses prendre tes marques tranquillement. J'aimerais que tu t'occupes de la gestion de la propriété. Fais les changements que tu
souhaites. Je les ai prévenus qu'il risquait d'y en avoir d'ici lundi.

Il me serre à nouveau contre lui et soupire d'aise.

– Je suis tellement heureux que tu sois là. Tu n'as pas idée du
bonheur que je ressens grâce à toi.

C'est vrai que je ne l'ai jamais vu si heureux !

– Je suis très heureuse aussi, Blaine. Et j'ai hâte de me sentir chez
moi dans cette magnifique demeure. Elle est tellement grande que je
vais avoir besoin d'une carte pour me repérer, je crois, dis-je en riant,
mais il acquiesce.

– Je t'en ferai une. Tu vas vite t'habituer. J'en suis sûr. Si tu arrives
à te repérer dans cet immense hôpital, cette maison ne devrait pas
être trop difficile à apprivoiser.

Il me prend par la main et m'entraîne hors de la chambre, dans le
couloir menant au séjour principal.

– Je veux te donner quelque chose, dit-il.

– Blaine, s'il te plaît, ne commence pas à me distribuer des
cadeaux, je proteste en le suivant dans le séjour, puis dans la buanderie, jusqu'au garage plein de véhicules.

– Je t'ai acheté quelque chose, explique-t-il en ouvrant la porte.

Je vois une Mercedes vert sombre garée près de la porte, et je
devine que c'est ce dont il parle.

– Non, tu n'as pas fait ça, Blaine !

– Ben si, répond-il en me soulevant et en me faisant tourner
autour de lui, il me porte vers une vieille voiture d'occasion qui a été
retapée.

– Et voilà. C'est une Studebaker.

– Je ne te crois pas ! je m'écrie en riant. Amène-moi vers la vraie
voiture.

Il éclate de rire et me porte jusqu'à la Mercedes. Il ouvre la portière du conducteur et me dépose sur le siège en cuir crème, doux et confortable. En levant la tête, je remarque la présence d'une vitre sur le toit. Cette voiture semble équipée de tellement d'options que je crains d'avoir besoin d'un manuel pour apprendre à toutes les utiliser.

– Alors, elle te plaît ?

– Blaine, je l'adore, dis-je, tandis que mes yeux se remplissent de larmes. Je l'adore de tout mon cœur. Mais je ne peux pas accepter. C'est trop.

– Tu vas l'accepter, parce que je refuse qu'il en soit autrement. Je suis sûr que tu pourras donner ton ancienne voiture à quelqu'un. Tu n'en as plus besoin, ajoute-t-il en venant s'installer sur le siège passager. Allez, emmène-moi faire un tour dans ta nouvelle voiture, infirmière Richards.

– D'accord, mais à condition que tu me laisses payer l'assurance, dis-je en essayant de comprendre comment faire démarrer le véhicule.

– Trop tard. J'ai déjà réglé une année d'assurance. J'ai réussi à prendre ton permis en photo une nuit pendant que tu dormais. Et ta carte d'identité, aussi, pour pouvoir t'ajouter sur les assurances de mes voitures. Tu es désormais une personne extrêmement bien assurée.

– Wow ! Je ne suis pas sûre d'apprécier que tu aies fouillé dans mon sac, dis-je pensant au fait qu'il s'est introduit dans ma vie privée, mais en posant mes mains sur le volant, c'est déjà oublié. Cette voiture est si belle. Je sais déjà que je vais avoir peur de la conduire. Elle est trop luxueuse, trop belle.

– Et totalement couverte par l'assurance. Et puis, je sais que tu es une conductrice prudente. Je ne t'ai jamais vue conduire, mais il ne peut en être autrement. J'ai raison, hein ? Après tout, tu n'as jamais eu de contravention ni d'accident.

Je le fixe un instant. Encore une incursion dans ma vie privée. Mais son sourire est irrésistible.

– Blaine, c'est très gentil de ta part. Je suis sûre que je vais m'y faire. Et, oui, tu as raison : je suis une très bonne conductrice.

– Je te propose quelque chose, dit-il en ouvrant la portière. Allons nous changer et manger au restaurant. Tu pourras nous y conduire.

Je sors de la voiture et je le suis à l'intérieur, en jetant un dernier regard à la magnifique voiture.

– Je reviens, je lui murmure, comme si elle pouvait me comprendre.

Je l'adore déjà tellement !

Je m'accroche au bras de Blaine pour aller jusqu'à notre chambre.

– C'est trop beau pour être vrai.

– Non, c'est bien vrai, dit-il. C'est la réalité. Je suis ta réalité, Delaney Richards. Et tu es la mienne, ajoute-t-il avant de s'arrêter dans le couloir et de me plaquer contre le mur.

Il caresse ma joue du bout des doigts en me regardant droit dans les yeux.

– Blaine, j'ai l'impression d'être dans un rêve.

– C'est exactement ce que je ressens aussi. Je n'ai jamais ressenti ça avant. J'ai l'impression de me trouver au pied d'une immense montagne que je m'apprête à gravir. Au sommet se trouvent toutes les merveilles du monde. Tu es au sommet, dit-il avant d'effleurer mes lèvres.

Alors que nous nous embrassons, je réfléchis à ce que tout ça signifie. À ce que mes parents vont dire. Je ne leur ai jamais parlé de Blaine. Je ne sais pas du tout comment ils vont le prendre.

Il interrompt notre baiser et me caresse les cheveux.

– Tout va bien se passer entre nous, Delaney. Ce sera même beaucoup mieux que ce que nous avions imaginé.

J'espère vraiment que ce beau gosse a raison, parce que je ne suis pas sûre d'être capable de faire une croix sur lui !

CHAPITRE 33

Blaine

Mes phalanges sont blanches à force de m'accrocher à la portière côté passager. Delaney n'est pas une bonne conductrice !

– Attention, le prochain virage est serré, je la préviens.

Elle tourne quasiment sans ralentir.

– Je sais, mais regarde comme cette voiture prend bien les virages. J'ai l'impression d'être sur des rails. Je l'adore, Blaine !

Son enthousiasme me fait plaisir. Mais je préférerais qu'elle sache conduire.

– Je suis presque sûr que la vitesse est limitée à 110 sur cette portion de l'autoroute.

– Oui, mais grâce au détecteur de radar intégré, je peux filer à la vitesse de l'éclair. C'est incroyable, dit-elle en s'engageant sur la voie d'à côté sans avoir vérifié s'il y avait quelqu'un derrière elle.

– Il n'y a pas de détecteur de radar sur cette voiture, Delaney. Je ne pensais pas que tu en aurais l'utilité. Tu ferais mieux de ralentir et de rester sous la limite de vitesse autorisée. Ce serait dommage de prendre une amende le premier jour où tu conduis ta nouvelle voiture.

Je m'accroche au siège tandis qu'elle jette un œil à droite et change à nouveau de voie, pour une raison qui m'échappe.

– Mais alors, qu'est-ce que c'est ? demande-t-elle en montrant la petite boîte noire sous le rétroviseur.

– C'est la boîte qui contrôle l'ouverture de la porte du garage.

Elle éclate de rire et ralentit.

– Oh, tant pis. Je m'en achèterai un. Je pense que je vais rouler super vite dans ce petit bolide, dit-elle, ce qui me terrifie.

– Tu devrais vraiment envisager de suivre un cours de conduite préventif. J'irai avec toi. Ça fera baisser le prix de l'assurance, dis-je en la regardant en coin et en espérant qu'elle accepte, car elle en a bien besoin. Qui t'a appris à conduire ?

– Mon oncle Steve. C'est lui qui a lancé mes parents dans le commerce de pneus. Il est pilote de course, et leur entreprise fournissait ses pneus.

– Oh, je comprends mieux, dis-je en parlant de sa conduite.

– Ouais, c'est pour ça qu'ils ont ouvert un magasin de pneus, dit-elle en faisant un virage brutal pour prendre la sortie et en pilant derrière un gros camion.

Maintenant que nous sommes en ville, les feux rouges vont probablement la faire ralentir. Nous ne sommes plus très loin du restaurant qu'elle a choisi. Elle se tourne vers moi avec un grand sourire.

– J'aime vraiment cette voiture, mon chéri. Et je t'aime encore plus.

Je pose ma main sur la sienne, qui tient le volant, et une idée me vient :

– Ma belle, je peux conduire ta voiture au retour ?

Elle lève les sourcils très haut, et j'ai un peu peur de sa réponse. Mais elle dit en souriant :

– Bien sûr ! C'est un vrai plaisir à conduire. Mais tu ne l'as pas déjà essayée en revenant du concessionnaire ?

– Non, je l'ai commandée et ils me l'ont livrée. J'ai très envie de l'essayer. C'est la première fois que j'achète une Mercedes.

Le feu passe au vert et elle est obligée de rouler plus lentement coincée derrière le camion. Je sens sa frustration alors qu'elle regarde autour d'elle, trépignant pour le dépasser, mais d'autres voitures nous bloquent.

J'en suis très reconnaissant !

– J'imagine que c'est comme ça que font les riches. Ils achètent avant d'essayer, dit-elle en se tournant vers moi, à l'arrêt à un autre feu rouge. Blaine, que vais-je faire à propos de mes parents ? Comment pourrais-je leur dire que nous sommes ensemble ? Je ne sais pas du tout comment ils prendront la nouvelle. Pour eux, tu es un peu comme le diable en personne.

– Je l'étais aussi pour toi, et ça a changé, non ? je demande, tandis qu'elle aperçoit un créneau et s'y précipite. Putain ! je crie et m'agrippe au tableau de bord.

Je dois être trois fois plus pâle que quand je suis monté dans la voiture.

– Je sais ! Enfin un espace pour passer ! s'exclame-t-elle en accélérant jusqu'au prochain feu rouge.

Je suis ravi de distinguer l'enseigne du restaurant sur la droite devant nous. Je lui montre en criant :

– Regarde ! C'est là !

– Ça a l'air de te faire plaisir, Blaine, dit-elle avec un petit rire.

– Ah, ça oui !

– Blaine, tu sembles un peu tendu. Ma conduite te fait peur ? demande-t-elle.

À son regard, je comprends qu'elle appréhende ma réponse.

– Non, pas du tout ! Je trouve que tu conduis très bien. Mon seul problème, c'est que j'adore conduire. Ça doit être mon côté macho. J'aime bien avoir le contrôle. Pour la conduite, le sexe, le travail... tu vois, ce genre de choses.

Ce n'est pas vraiment un mensonge !

Elle se gare sur le parking, et je remercie le ciel que nous soyons arrivés à destination sans accident. Puis je réalise ce que je viens de faire. Je ne remercie jamais le ciel.

– Je comprends. Désormais, quand on ira quelque part ensemble, je te laisserai conduire. Je ne veux pas que tu te sentes émasculé. J'ai lu un texte sur les mâles dominants et comment les gérer afin de mieux te comprendre. L'article disait qu'il est important de les laisser être ce qu'ils doivent être. Tu es un homme, un vrai. Ça, c'est sûr.

Elle sort de la voiture, et voilà que je remercie à nouveau le ciel que ce soit la dernière fois que je sois passager quand elle conduit.

Merde, ça fait deux fois en quelques minutes !

Nous nous retrouvons à l'avant de la voiture, et je lui prends la main.

– Merci de le comprendre. C'est difficile d'être en couple de nos jours, avec toutes ces femmes qui ne comprennent pas ce que c'est d'être avec un mâle dominant, un vrai, dis-je en riant et en passant mon bras autour de sa taille. Je suis heureux que ce ne soit pas ton cas.

– Ouais, enfin, ce serait bien que tu te détendes sur certains points. Mais je peux te laisser quelques petites victoires, dit-elle en laissant sa main glisser pour me caresser les fesses.

– Alors, tu ne veux plus de fessée ? Je demande, étonné, parce qu'elle semble vraiment adorer ça.

– Non, ça ne veut rien dire de tel. J'aime que tu me domines dans la chambre à coucher. Je ne veux surtout pas que ça change, jamais !

Tant mieux, parce que moi non plus, alors je suis le plus heureux des hommes !

CHAPITRE 34

Delaney

1 5 décembre :
Après quelques semaines et beaucoup de discussions à essayer d'aider Blaine confronté à la souffrance des enfants, à dépasser ses blocages, j'ai eu une idée qui l'a fait revenir faire des visites à l'hôpital. Les enfants d'ailleurs demandent souvent de ses nouvelles.

Ils lui ont tous fait des cartes de vœux, et je les lui ai amenées l'autre jour. Ils l'ont tous remercié pour ses visites, et lui ont dit qu'ils seraient ravis de le revoir s'il trouvait le temps de revenir.

J'ai bien vu qu'il était ému en lisant les cartes. Lorsqu'il a terminé, il m'a demandé comment je faisais pour ne pas craquer. Je lui ai rappelé que j'avais versé beaucoup de larmes au début de ma carrière, car ce n'est pas un métier facile, et il a semblé un peu mieux comprendre.

Il est très sensible, alors je pense qu'il vaut mieux y aller douce-ment. Nous allons apporter des petits sapins lumineux et les installer dans les chambres des enfants avec lesquels il a sympathisé, puis il les décorera avec eux. Ça lui donnera l'occasion de passer du temps avec chacun.

Ça devrait être un moment agréable et joyeux. Nous ne nous approcherons pas de la chambre de Megan, puisque c'est la volonté de son père. Et Megan va de moins en moins bien de toute façon. Je préfère que Blaine ne la croise pas. Il va mieux, et la revoir, ou recroiser son père, pourrait ralentir tous les progrès qu'il a faits récemment. Et c'est pas du tout ce que je souhaite.

M. Green s'arrête devant l'entrée de l'hôpital. Je sors de la voiture et vais chercher quelques employés pour venir nous aider à porter les sapins. De tous les enfants présents au repas de Thanksgiving, quatre sont encore là. Ce sont à eux qu'il va rendre visite aujourd'hui. Je ne pense pas qu'il soit assez fort pour en rencontrer de nouveaux pour le moment. Quatre, c'est bien assez.

Blaine semble toujours à l'aise dans toutes les situations. À cause de ça, je pensais qu'il est très sûr de lui et ne doute jamais. Mais je me trompais.

Je pense que nous ne nous sommes pas rencontrés pour rien. Peut-être que lui aussi, il m'aide à comprendre certaines choses de moi-même, et à avoir plus de patience et de compréhension envers les autres. Tout le monde a ses petites peurs, ses insécurités. Personne n'a aucune épreuve ou aucun défaut à surmonter ou affronter.

Lorsque je suis de retour avec deux infirmiers pour nous aider à porter les arbres à l'intérieur, je prends la main de Blaine et il entre à ma suite dans l'hôpital, pour la première fois depuis Thanksgiving. Je sens bien qu'il est nerveux. Lorsque nous arrivons devant l'ascenseur, la mère de Megan en sort, et c'est moi qui suis nerveuse.

Ses yeux sont rouges, comme si elle venait de pleurer. Elle cligne des yeux en nous reconnaissant.

– Vous êtes en couple, maintenant ? demande-t-elle en regardant nos mains jointes.

– Oui, je réponds en faisant un pas de côté pour la laisser passer.

Elle nous regarde fixement, puis derrière nous, comme pour s'assurer que personne ne nous entend.

– Je peux vous parler une minute ? finit-elle par demander.

Ça ne me paraît pas une bonne idée.

– Mme Sanders, nous avons des choses à faire, et votre mari a été très clair. Il ne veut pas que M. Vanderbilt s'approche de votre fille.

– Oui, je suis au courant. Je sais aussi qu'il a demandé à vous faire retirer du personnel de soin de ma fille, infirmière Richards.

– C'est vrai ? demande Blaine en se tournant vers moi.

– Oui, je réponds en hochant la tête. Je ne voulais pas t'en parler. Je sais que ça va te contrarier.

– Megan demande des nouvelles de vous deux, dit-elle, ce qui me surprend. Tous les jours, elle me parle de vous. Elle m'a dit qu'elle avait quelque chose d'important à dire à M. Vanderbilt.

– Je ne sais pas comment ce serait possible de lui parler, dis-je. Nous n'avons pas le droit de venir dans sa chambre, et elle ne peut pas en sortir.

Elle regarde derrière nous, puis baisse les yeux.

– Il arrive. Je dois y aller. Je reviendrai vous parler dès que possible. Il faut qu'on trouve une parade.

Elle s'éloigne rapidement, et nous entrons dans l'ascenseur.

– Je déteste vraiment cet enfoiré, marmonne Blaine en regardant M. Sanders marcher vers sa femme tandis que les portes de l'ascenseur se referment.

– Ne pense pas à lui. Vraiment, n'y pense pas une minute. Colby, Terry, Tammy et le petit Adam sont les seules personnes à qui je veux que tu penses aujourd'hui, dis-je d'une voix ferme en lui prenant la main.

Les portes de l'ascenseur s'ouvrent, et je l'entraîne vers le bureau des infirmières.

– Regardez qui j'amène, dis-je à l'équipe avec un petit rire.

J'ai annoncé à tout le monde que nous avions emménagé ensemble, et apparemment, notre attirance l'un pour l'autre n'était un secret pour personne. La plupart se doutaient que cela deviendrait vite sérieux entre nous.

Paul sort de la chambre d'un patient et il nous aperçoit. Il s'approche de nous et tend la main vers Blaine.

– On dirait bien que vous avez réalisé les rêves de l'infirmière Richards, M. Vanderbilt. Elle n'a jamais eu l'air aussi heureuse, ni été aussi agréable. Félicitations.

– Merci, répond Blaine en lui serrant la main. Grâce à elle aussi, mes rêves sont devenus réalité.

Les infirmières poussent en chœur un petit soupir attendri.

– Oui, je sais, on est adorables, dis-je avec un petit geste de la main. Nous avons des arbres à installer, des décorations à accrocher, et nous devons répandre l'esprit de Noël pour les enfants. Allons nous mettre au travail.

L'attroupement autour de nous se disperse. Nous ramassons le premier carton contenant un arbre et un sac de décorations et nous nous dirigeons vers la chambre de Colby. Je pousse la porte, et je vois l'ado assis sur son lit en tailleur, ses écouteurs sur les oreilles, en train de jouer de la guitare électrique, comme je le trouve souvent.

– Il adore son cadeau, Blaine. Et il a composé une chanson. Il aimerait te la faire écouter. Pense à...

Il me coupe en posant ses doigts sur mes lèvres.

– Pas besoin de me dire de lui faire un compliment. Je ne suis pas débile.

Je lui souris et m'approche de Colby, qui finit par ouvrir les yeux et enlever ses écouteurs. Son visage s'illumine en voyant Blaine.

– M. Vanderbilt ! Mon pote ! s'exclame-t-il.

– M. Vanderbilt ? répète Blaine en lui tapant dans la main. Je croyais t'avoir dit de m'appeler Blaine.

– Ouais, Blaine, dit Colby en me faisant un petit signe de tête et en remarquant que je tiens la main de Blaine. Alors, vous deux, hein ? Je m'en doutais.

Blaine et moi partageons un petit rire. Colby tape une nouvelle fois dans la main de Blaine, et je rougis légèrement.

– Il paraît que tu as composé une chanson. Je peux mettre les écouteurs et l'écouter ? demande Blaine.

Colby lui tend immédiatement les écouteurs.

– Ouais, bien sûr ! Je travaille encore dessus, mais je pense qu'elle rend vraiment bien. Écoute, et surtout ne te gêne pas pour me donner ton avis. J'ai besoin d'un avis sincère. Je crois que ma famille et les infirmières me disent surtout ce que j'ai envie d'entendre.

– Ne t'inquiète pas, je ne sais pas mentir, déclare Blaine en s'asseyant à côté de lui et en mettant les écouteurs sur ses oreilles. Vas-y, balance la sauce quand tu veux.

Je sors et j'installe le petit sapin pendant qu'ils s'amusent ensemble. J'adore voir Blaine si bien s'entendre avec les enfants. Il serait un super papa... Je me demande s'il veut beaucoup d'enfants.

Je ris doucement en réalisant que je m'avance un peu, alors que nous sommes ensemble depuis peu. J'ignore si cela sera déjà suffisamment sérieux entre nous pour envisager de nous marier, sans parler d'avoir des enfants.

D'ailleurs, j'ignore s'il en veut, et si c'est le cas, je ne sais pas combien. En fait, j'ignore encore énormément de choses à son sujet.

Lorsqu'ils reposent la guitare, j'ai fini de décorer le sapin, et Colby semble impressionné par le résultat.

– Wow ! Un sapin de Noël. Merci, infirmière Richards, s'écrie-t-il avant de donner un petit coup de coude à Blaine. Alors, c'est pour quand le grand jour ?

Blaine me regarde en souriant, puis fait un clin d'œil.

– Je ne sais pas encore. Je dois d'abord m'assurer que l'infirmière Richards m'aime vraiment avant de lui poser ce genre de question. Si tu avais vu à quel point j'avais la trouille quand je lui ai demandé d'habiter avec moi, tu aurais été mort de rire.

– Je ne m'inquiéterais pas trop, à votre place. Elle est rayonnante à vos côtés. Beaucoup plus que quand vous n'êtes pas là, dit-il à Blaine, ce qui me fait rougir de nouveau.

– Bon, les garçons. Nous avons encore trois sapins à installer. Il va falloir qu'on aille s'en occuper, pour que tout le monde ait sa chambre décorée d'ici ce soir, dis-je en prenant Blaine par la main et en sortant de la chambre de son jeune ami.

– Tu rayonnes, hein ? Je trouve aussi. Mais je pensais que tu étais toujours comme ça, me murmure Blaine à l'oreille.

– Je ne savais pas que je le faisais. Je vais essayer d'arrêter.

Nous revenons vers le bureau des infirmières pour prendre un autre arbre et des décorations.

– Je ne pense pas que tu puisses l'arrêter, et je ferai tout mon possible pour que tu continues à rayonner toujours ainsi, infirmière Richards, dit-il en me prenant la boîte des mains tandis que nous nous dirigeons vers la chambre de Terry. Je me demande à quel point tu rayonneras quand tu seras enceinte. Je suis sûr que tu seras encore plus lumineuse.

Je réalise que nous avons pensé à la même chose, presque en même temps. Et je me demande si nous en serons là un jour, tous les deux. Si nous finirons par nous marier et fonder une famille.

J'imagine que ce n'est pas entièrement impossible.

Alors que nous nous approchons de la chambre de Terry, une voix retentit dans notre dos :

– Putain, qu'est-ce qu'il fout ici ?

Je reconnais cette voix. En regardant par-dessus mon épaule, je vois M. Sanders qui se tient dans le couloir devant la porte de la chambre de sa fille.

– Ne fais pas attention, Blaine, dis-je en l'entraînant à l'intérieur de la chambre de Terry.

– Je croyais vous avoir demander de laisser ma fille tranquille, Vanderbilt !

Blaine se fige, et j'ai des sueurs froides en entendant les pas de M. Sanders s'approcher rapidement de nous. Je ne sais vraiment pas ce que Blaine va lui faire.

Pourquoi faut-il que cet homme se comporte autant comme un enfoiré ?

LIVRE CINQ : UN VŒU POUR NOËL

Rêves. Passion. Espérances

Blaine se met à mieux comprendre le père de Megan.
Delaney a des difficultés à comprendre comment Blaine peut rester si calme alors que l'homme le menace.
Une courte visite de la mère de Megan laisse le couple divisé.
Blaine est intéressé, mais Delaney a peur.
Megan parviendra-t-elle vraiment à changer la façon dont Blaine voit le monde ? Blaine parviendra-t-il à discuter avec la petite fille qui pourra peut-être changer sa vie ?

CHAPITRE 35

Blaine

1
5 décembre :

Delaney a beau essayer de m'attirer dans la chambre de Terry, le père de Megan est en train de se comporter comme un énorme trouduc, comme toujours, et il m'agrippe à l'épaule avant que nous soyons entrés dans la chambre.

– Vous devez partir ! hurle-t-il.

Je lâche la main de Delaney et me retourne pour regarder l'homme dans les yeux. Je décèle quelque chose au fond de ses yeux bleu clair cerclés de rouge. Je vois un homme terrifié.

– Écoutez, M. Sanders, dis-je en plaçant ma main sur son épaule, je sais que vous avez peur pour votre fille. J'imagine que vous cherchez un exutoire pour toute cette colère en vous. Mais ce ne sera pas moi. Je vous conseille de vous adresser au prêtre qui tient une permanence ici tous les jours. C'est la personne la plus indiquée pour vous aider à traverser cette épreuve.

– Lâchez-moi, grogne-t-il, et je m'exécute alors que son visage est rouge de fureur. Vous ne savez rien de moi, alors ne faites pas comme si c'était le cas. Vous êtes un enfoiré bourré de fric. Ma vie est en train de basculer. Je veux que vous dégagiez d'ici. Vous n'avez pas de cœur, M. Vanderbilt.

– Ça suffit ! Vous en avez assez dit, M. Sanders ! siffle Delaney en me prenant par la main et en me tirant vers la chambre de Terry.

Nous entrons, et elle claque la porte à la figure de l'homme en colère.

– Il est allé trop loin.

– C'est quoi son problème ? demande Terry, assis sur son lit l'air inquiet.

Je n'avais pas vu Terry depuis des semaines. Je m'aperçois que ses épais cheveux bouclés bruns ont disparu. Et ça me fend le cœur. Puis je me rappelle du conseil de mon frère et de ma sœur, et j'arrête tout de suite de penser à moi pour me concentrer sur Terry.

Qu'est-ce qu'on en a à faire, de ce que je ressens qu'il ait perdu ses cheveux ? C'est de lui que je devrais me soucier !

– Cet homme a juste très peur en ce moment parce que sa fille est malade. C'est ça, son problème, dis-je. Chacun exprime différemment sa peine ou sa peur. Et on dirait que je suis celui à qui il va s'en prendre. Mais ce n'est pas important. Dis-moi comment tu vas. Je vois que tu t'essayes au look de Vin Diesel. Ça te va très bien.

– Ça vous plaît ? demande-t-il avec un sourire en passant la main sur son crâne chauve.

– C'est la classe, je réponds en allant m'installer sur la chaise près du lit. Tu veux jouer au foot pendant que l'infirmière Richards installe un sapin et des décorations de Noël pour égayer ta chambre ?

– Ouais, je peux bien te botter les fesses, dit-il en me lançant une des manettes. Alors, tu avais quoi de si important à faire pour ne pas venir jouer avec moi pendant trois semaines ?

– Beaucoup de travail, je mens. Parle-moi d'où tu en es, Terry. Dis-moi ce que j'ai loupé.

– Toujours pareil, répond-il en allumant la console.

– Non, c'est faux, intervient Delaney, qui tourne un regard vert scintillant vers moi. Il y a de très bonnes nouvelles. Sa tumeur rétrécit un peu plus tous les jours. Si ses progrès continuent comme ça, il pourra rentrer à la maison dans quelques semaines.

Le jeune garçon d'une quinzaine d'années secoue la tête, un petit sourire aux lèvres.

– A la maison ? Je ne me souviens presque plus de ce que ça fait.

– Ce sera bon de rentrer chez toi, dis-je. On n'est jamais aussi bien que chez soi. Tu sais, on m'a dit que le père Noël allait passer te voir, Terry. Tu savais que c'est un très bon ami à moi ?

– Sans blague, répond-il en riant. Alors je vais devoir réfléchir à ma liste de cadeaux pour Noël, hein ?

– C'est ce que je ferais, à ta place, dis-je avant de marquer un but. Ouais !

– Ça avait l'air un petit peu trop facile, Blaine. Je te parie que tu ne pourras pas en marquer d'autres dans la partie, dit-il en se penchant en avant, concentré pour ne pas me laisser gagner.

L'interphone de la pièce se déclenche, et une voix masculine résonne :

– Infirmière Richards, j'aimerais vous voir avec M. Vanderbilt dans mon bureau.

Delaney lève les yeux au ciel en s'approchant et en appuyant sur le bouton pour parler :

– Oui, M. Davenport. Nous arrivons tout de suite.

– Qui est-ce ? je demande, ne reconnaissant pas ce nom.

– C'est le responsable de la sécurité de l'hôpital, répond-elle en me prenant la manette des mains. Je suis navrée, mais il va falloir mettre votre partie en pause, Terry.

– Oh non ! J'allais marquer un but, en plus, gémit-il.

J'éclate de rire en me levant pour suivre Delaney hors de la chambre.

– Je reviens, petit mec. Et tu n'allais pas marquer du tout.

Nous entrons dans l'ascenseur, et Delaney presse le bouton du sous-sol.

– Son bureau est tout en bas ?

– Oui, ils l'ont installé au sous-sol. C'est là que se trouvent tous les équipements de surveillance. Je suis certaine que c'est à propos de ce fichu M. Sanders. Ça commence à me taper sur les nerfs, Blaine.

L'ascenseur s'arrête, et nous sommes face à un homme de grande taille aux cheveux noirs coupés courts, vêtu d'un uniforme semblable à celui d'un policier.

Il porte un badge, et je reconnais le nom inscrit dessus.

– Bonjour, M. Davenport, dis-je en lui tendant la main. Je suis Blaine Vanderbilt.

– Ravi de vous rencontrer, répond-il en la serrant fermement. Suivez-moi, s'il vous plaît.

Nous le suivons dans le long couloir jusqu'à une porte. Nos pas résonnent bruyamment sur le sol en béton. Il fait frais au sous-sol. Je passe mon bras autour de la taille de Delaney quand je remarque qu'elle se frotte les bras pour se réchauffer.

Nous entrons dans son bureau, et il y fait beaucoup plus chaud. Il va s'installer derrière son bureau en nous désignant les chaises de l'autre côté.

– Un certain M. Sanders m'a demandé de discuter avec vous deux. Il s'inquiète pour les enfants à qui vous rendez visite et à qui vous offrez des cadeaux.

– Ça ne le regarde pas, le coupe Delaney.

Je pose ma main sur son genou pour essayer de la calmer. Ses joues commencent déjà à prendre une teinte rose, et je vois que le petit roquet tapi en elle est sur le point de sortir.

Moi par contre, je suis tout à fait calme. Étrangement calme.

CHAPITRE 36

Delaney

J e suis sur le point d'exploser, et je dois me faire violence pour me rappeler que M. Davenport ne fait que son travail. Je ne suis pas énervée contre lui mais contre le père de Megan. Blaine serre mon genou entre ses doigts. Je suppose qu'il essaie de me calmer.

Mais je ne suis pas sûre de réussir à rester calme !

– Enfin, on ne va même pas voir son enfant. Je ne vois vraiment pas pourquoi vous nous avez demandé de descendre ici !

– Tout va bien, ma chérie, me dit calmement Blaine. Laisse-le faire son travail.

– Merci, dit M. Davenport avant de continuer. M. Sanders a organisé une réunion avec les autres parents ce soir. Il trouve injuste que M. Vanderbilt ne fasse des visites qu'à quelques enfants, et non à tous. Je sais que c'est juste une excuse, mais il veut convaincre les autres parents de signer une pétition pour interdire M. Vanderbilt de voir les enfants.

– C'est ridicule ! je m'écrie, et Blaine passe son bras autour de mes épaules.

– Allons, ça va, dit-il. Si les parents ne souhaitent pas que je rende visite à leurs enfants, c'est leur choix. Honnêtement, je doute qu'il arrive à mettre tout le monde de son côté. Je sais que la mère de Tammy ne sera pas de son avis.

– C'est bien ça qui est ridicule ! dis-je, sans pouvoir m'empêcher de crier à nouveau. Je vais aller parler à cet enfoiré moi-même !

– Hors de question, disent Blaine et Davenport en chœur.

– Et pourquoi pas, putain ?

– Parce que la situation pourrait vite dégénérer, me répond M. Davenport en se penchant vers moi par-dessus le bureau. Restez loin de cet homme. Je vous ai demandé de venir ici pour vous avertir de cette réunion et pour vous prévenir que si on me présente une pétition, je serai obligé de suivre le protocole et interdire d'accès M. Vanderbilt.

– Je ne comprends pas pourquoi il a besoin de créer tant de problèmes, dis-je en me levant. Nous vous avons entendu. Nous avons des choses à faire. Des enfants à aller visiter, et des sapins de Noël à décorer. Mais j'apprécierais que vous preniez un peu plus la défense de M. Vanderbilt. Il ne fait que des bonnes actions, et cet homme est tout sauf raisonnable !

Je sors de la pièce, et Blaine me suit.

– Hé, il faut que tu te calmes.

Je me retourne, et réalise qu'il est resté tout à fait calme.

– Pourquoi ? Et qu'il arrive à ses fins ?

– C'est son problème, pas le tien. Ça n'a rien à voir avec toi. Ni même avec moi, en fait. Il a l'impression de perdre le contrôle parce qu'il ne peut rien faire pour aider sa fille. Il essaie juste de le retrouver, car m'empêcher de venir ici c'est la seule chose sur laquelle il a du pouvoir.

– Mais pourquoi s'en prendre à toi ? demande-t-elle. Je ne le permettrai pas.

– Bébé, ce n'est pas à toi de régler le problème. Je pense qu'il n'y a pas lieu de s'inquiéter. Attendons que les autres parents viennent à sa petite réunion – et je suis curieux de voir combien viendront – et tu verras que ça s'arrêtera là.

Nous entrons dans l'ascenseur et il appuie sur le bouton pour nous faire remonter.

– Blaine, je déteste que ça se passe comme ça. J'ai insisté pour que tu reviennes, et voilà ce qui te tombe dessus. Je me sens vraiment mal. Tu comprends pourquoi je ressens le besoin de régler le problème ?

– Oui, répond-il en me prenant dans ses bras. Mais je suis un grand garçon. Je peux gérer ça tout seul.

– Tu ne devrais pas avoir à encaisser tant d'agressivité, alors que tu fais le bien autour de toi, je réplique en le serrant plus fort contre moi, ayant un soudain réflexe de protection.

Il a peut-être l'air sûr de lui et intouchable, je suis furieuse qu'on puisse essayer de lui faire du mal.

L'ascenseur s'arrête et Blaine rompt notre étreinte, ne laissant que son bras autour de mes épaules. Tandis que nous nous dirigeons vers la chambre de Terry, je repère Mme Sanders près du bureau des infirmières. Elle vient dans notre direction, et mon ventre se serre.

– Bon sang, je murmure.

J'ai vraiment eu ma dose avec cette famille pour aujourd'hui !

– Suivez-moi, s'il vous plaît, nous demande-t-elle une fois qu'elle est parvenue à notre hauteur.

– Hors de question, je réponds. Votre mari a été très clair. Il ne veut pas qu'on s'approche de sa famille.

– Il est parti. Il ne sera pas de retour avant au moins trois heures. S'il vous plaît, suivez-moi, insiste-t-elle en joignant ses mains et en tournant son regard fatigué vers Blaine. Megan m'a demandé de vous dire que Crystal est à ses côtés. Je ne sais pas ce que ça signifie, mais elle m'a demandé de vous transmette ce message.

Blaine pâlit.

– Ma mère s'appelait Crystal.

– On ne peut pas aller dans sa chambre, Blaine. La caméra du couloir nous enregistrera. Je suis désolée, mais c'est impossible. Dites à Megan que nous aimerions qu'il en soit autrement, mais nous ne pouvons pas aller la voir. Expliquez-lui, s'il vous plaît. C'est la décision de votre mari, pas la nôtre.

Je prends la main de Blaine et essaie de l'entraîner loin de la femme qui le fait se sentir si mal, mais il ne bouge pas d'un pouce.

– Si mon mari est en colère contre vous, M. Vanderbilt, c'est parce que Megan parle de vous constamment. Elle n'arrête pas de dire qu'elle va s'en aller avec Crystal, mais qu'elle doit d'abord vous dire quelque chose. Il pense que si vous lui parlez, elle va mourir.

– Son état est vraiment critique ? me demande-t-il.

– Oui, je réponds avec un hochement de tête. Mais il y a toujours de l'espoir. C'est ridicule de penser qu'elle va mourir si elle parle avec Blaine, dis-je à la mère. J'ai connu plusieurs patients qui disaient voir des personnes décédées dans leur chambre, et devinez quoi, ils ne sont pas tous morts. Je ne sais pas comment l'expliquer, mais ce qui est sûr, c'est que ni moi ni Blaine ne pouvons entrer dans sa chambre.

– On pourrait se déguiser, propose-t-il. Par exemple, si on fait des visites en déguisement de père Noël et de lutin, on pourrait entrer dans la chambre sans être reconnus par les caméras. Je pourrais même embaucher d'autres pères Noël pour faire des visites à toutes les chambres de l'hôpital.

– Blaine, ça demande un peu de préparation, dis-je, n'aimant pas beaucoup son idée.

Il doit rester loin de la petite pour s'éviter des problèmes.

– Oui, dit Mme Sanders. Et c'est une excellente idée. Je m'assurerai que mon mari soit occupé ailleurs. Je ne suis pas comme lui. Si l'heure est venue pour ma fille de nous quitter, je l'accepterai. Mais j'ai toujours espoir qu'elle guérisse. Je pense tout de même qu'il est important que vous entendiez ce qu'elle veut vous dire.

– Pourquoi ne pas lui demander de vous dire ce qu'elle veut nous dire, et de lui transmettre le message ? je demande, espérant leur faire oublier cette idée.

Blaine pourrait être arrêté s'il entre dans la chambre de Megan. Je ferai tout mon possible pour l'en empêcher.

– Je le lui ai proposé, mais elle dit qu'elle doit lui tenir la main et lui montrer quelque chose. Elle m'a dit aussi que Crystal lui dirait quoi dire. Elle ne sait pas encore quel est le message. Je pense que votre idée de vous déguiser en père Noël peut marcher, dit-elle en se tournant vers la chambre de sa fille. Je ferai mieux de retourner auprès d'elle. S'il vous plaît, tenez-moi au courant et dites-moi quand vous serez prêt. Je ferai en sorte que mon mari ne soit pas là.

– C'est d'accord, répond Blaine alors que je le tire vers moi. Peut-être dans quelques jours, le temps que j'organise tout.

– Allez, Blaine, on y va. Nous avons des choses à faire.

– Oui, c'est vrai. Nous avons beaucoup de choses à faire. Il va falloir que j'organise tout ça. Je pense que cinq pères Noël et cinq lutins suffiront. Je peux demander à mes employés de participer.

– Tu ne penses pas sérieusement faire ça, dis-je en ouvrant la porte de la chambre de Terry.

– Oh, mais si, je suis très sérieux. J'ai une chance de parler à ma mère. Je sais que ça semble dingue et que je ne devrais pas y croire, mais quelque chose me dit que c'est vrai.

Quelque chose me dit que c'est totalement faux !

CHAPITRE 37

Blaine

Quand cette femme a prononcé le nom de ma mère, j'en ai eu des frissons. J'ai eu envie de courir jusqu'à la chambre de la petite fille au fond du couloir. Je n'avais jamais eu autant envie de quelque chose de ma vie.

Nous avons vu les parents des enfants à qui j'ai rendu visite aujourd'hui, et ils ont tous dit qu'ils allaient assister à la réunion organisée en soirée par Sanders, pour me faire des éloges.

Assis à l'arrière de la voiture aux côtés de Delaney, je suis pris de compassion pour l'homme qui s'est mis en tête que sa fille allait mourir si elle me parlait. Pas étonnant qu'il se comporte comme un dingue.

Je prends la main de Delaney et y dépose un baiser.

– Si c'était notre fille qui affrontait une telle épreuve à la place de Megan, je me comporterais peut-être exactement comme son père.

– Tu ne t'en prendrais pas à des innocents, Blaine. Tu n'es pas comme lui, dit-elle fermement en posant sa main sur mon torse. Qu'est-ce qui te prend de parler de nos enfants ?

– Je pense que tu ferais une très bonne mère. Et moi, qu'en penses-tu ? je demande en lui caressant les cheveux.

– Je pense que tu réussiras tout ce que tu choisiras d'entreprendre, me répond-elle les yeux brillants. Je pense aussi que tu attends beaucoup de ce que Megan va te dire, et c'est plutôt hasardeux.

– Je dois savoir de quoi il retourne, Delaney. Tu n'as pas idée de ce que j'ai ressenti quand cette femme a prononcé le prénom de ma mère. J'ai eu l'impression d'être frappé par la foudre. Et si elle pouvait m'aider à croire en quelque chose ?

À son regard, je devine qu'elle ne croit pas à ce genre de choses. Elle finit par hocher la tête.

– J'imagine que si elle peut t'aider, ce serait super. Dieu sait que tu as besoin d'aide dans ce domaine. Mais, et si ce qu'elle te dit te remet dans le doute ?

– Dans le doute ? je répète, ne voyant pas du tout de quoi elle veut parler.

– Cet endroit où tu balances entre deux mondes. Tu n'es pas athée, mais tu n'es pas croyant vraiment non plus. Je pense que tu t'es rapproché de ta foi en ce moment. Si elle te dit des choses que tu ne comprends pas ou avec lesquelles tu n'es pas d'accord, j'ai peur que ça te fasse souffrir.

– Ce n'est qu'une petite fille. Je ne m'attends pas à grand-chose, ma chérie. Mais je dois le faire. J'en ai besoin.

M. Green se gare dans l'allée. Nous sommes rentrés chez nous, et je commence à penser aux coups de fil que je dois passer pour organiser notre rencontre.

Lorsque nous approchons de la maison, je vois la voiture de mon frère garée devant, et mon frère et ma sœur à l'intérieur.

– Qui est-ce ? demande Delaney.

– Kent et Kate, je réponds en ouvrant la portière et en l'aidant à sortir.

Mon frère et ma sœur sortent de la voiture et viennent à notre rencontre.

– Salut, Blaine, salue Kate avant de sourire à la femme à mon bras. Delaney, comment allez-vous ce soir ?

– Très bien, merci. Blaine ne m'avait pas dit que vous alliez venir. Quelle bonne surprise, dit-elle en prenant ma sœur dans ses bras.

Nous entrons dans la maison, où nous attend le majordome.

– Bonsoir à tous. Avons-nous des invités pour le dîner ?

– S'il vous plaît, dînez avec nous ce soir, dit Delaney à Kate en lui prenant la main.

– Volontiers, si Blaine est d'accord, répond-elle en se tournant vers moi.

– Bien sûr, dis-je. Ajoutez deux couverts. Nous dînerons dans la salle à manger. Vous voulez bien nous prévenir quand tout sera prêt ?

– Très bien, répond le majordome avant de s'éloigner pour prévenir la cuisinière.

Je me dirige vers le bar au fond du salon, prends un verre et le remplit de glaçons.

– Je vous en prie, servez-vous ce que vous voulez.

Delaney prend un verre à pied et une bouteille de vin rouge.

– Vous voulez du vin, Kate ? lui propose-t-elle.

Ma sœur acquiesce, et Delaney remplit deux verres. Elle cale la bouteille sous son bras, prend les verres remplis de liquide rouge et va s'asseoir à côté de Kate.

– Merci, Delaney. Alors, comment se sont passées les visites à l'hôpital aujourd'hui ?

– Très bien, à part le père d'une des patientes qui cherche des noises à Blaine. Cet homme est un véritable fléau, dit-elle avant de prendre une longue gorgée de vin, comme si elle en avait vraiment besoin pour se détendre.

– Que fait-il ? demande Kate.

Je vais m'asseoir à côté de Delaney, tandis que mon frère se prépare un cocktail sophistiqué. Je me suis servi un simple whisky, pour me détendre après cette journée éprouvante.

Je suis impatient de la leur raconter. Kent vient s'installer à l'autre bout du canapé, et je me penche vers mon frère et ma sœur :

– Il y a une petite fille à l'hôpital qui est très malade – en fait, elle va bientôt mourir. Sa mère est venue nous trouver pour me dire que la petite avait un message pour moi, de la part de Crystal.

Kate manque de recracher la gorgée de vin qu'elle vient d'avaler, et les yeux de Kent sont grands comme des soucoupes.

– Pas possible ! s'écrie-t-il.

Delaney toussote.

– Oui, c'est ce qu'a dit la mère de la petite fille. Mais je dois vous dire quelque chose. J'ai fréquenté beaucoup de personnes sur le point de mourir, et il ne faut pas toujours se fier aux apparences.

– Que voulez-vous dire par là ? demande Kate avant de prendre une autre gorgée.

L'assistante du cuisinier, Maggie, entre dans la pièce avec un plateau d'apéritifs qu'elle place sur la table.

– Roxy m'a demandé de vous prévenir que le dîner sera prêt dans une heure. Les entrées seront servies dans quarante-cinq minutes dans la petite salle à manger, si cela vous convient, mademoiselle Richards.

– C'est parfait, merci, répond Delaney, qui a rapidement pris ses marques avec l'équipe. Et j'aimerais beaucoup que l'on ait un pichet de thé glacé à table avec le repas. J'en ai eu envie toute la journée.

– Ce sera fait, répond Maggie avant de sortir.

Kent se sert un morceau de fromage avant de demander :

– Alors, que voulez-vous dire par là, Delaney ?

Elle s'installe plus confortablement dans le canapé, en retirant ses chaussures à talons et en ramenant ses pieds sous ses jambes.

– Vous comprenez, les neurones dans le cerveau humain commencent à s'activer étrangement lorsque le corps est sur le point de mourir. Certains organes ne fonctionnent plus, et ça affecte le cerveau. Les patients font parfois des rêves à moitié éveillés. On les appelle communément des rêves lucides.

– Cette petite fille, intervient Kate, prend-elle beaucoup d'anti-douleurs ? Je veux dire, peut-être qu'elle hallucine ?

– Ce n'est pas impossible, répond Delaney. Elle prend effective-ment des antidouleurs. Et son cancer est au stade final.

– Il n'y a aucun espoir pour elle, alors ? demande tristement Kent.

– Si, bien sûr, dit Delaney en nous souriant. Ça s'est déjà vu de nombreuses fois. J'ai vu des familles préparer l'enterrement, et tout annuler lorsque l'état du patient s'améliore soudain. Le corps humain est fantastique. Certains patients pensent qu'ils ont guéri grâce à une intervention divine.

– Dieu ? je demande, et sens un frisson glacé me parcourir.

– Oui, Blaine, Dieu, répond Delaney en me regardant droit dans les yeux.

Je prends alors réellement conscience de ce qui est en train de se passer. Megan pourrait peut-être me montrer ce que j'ai cherché toute ma vie. La vérité !

CHAPITRE 38

Delaney

J e peux déceler une lueur d'espoir dans ses yeux marron clair. Que cette petite fille et ce qu'elle lui dira pourrait lui redonner la foi qu'il a perdue.

Blaine et moi avons eu quelques discussions au sujet de ses croyances. On peut dire qu'il est en plein doute. Suite à la douleur d'avoir perdu sa mère, alors qu'on lui avait dit qu'elle ne partait qu'une journée et reviendrait avec un nouveau petit frère, Blaine a beaucoup de souffrance non extériorisée en lui. Il n'a que peu de foi en l'humanité, et encore plus de mal à croire qu'une présence divine se soucierait de nous.

– Blaine, je dois te prévenir que tu prends le risque d'être très déçu si tu mets ton plan à exécution, dis-je.

– Tu as un plan ? demande Kent, intrigué. Si ça concerne la femme que je n'ai jamais pu rencontrer, est-ce que je peux en faire partie aussi, Blaine ?

– Oh, moi aussi ! s'écrie Kate, les joues rosies par l'excitation.

– Vous feriez mieux de tous vous calmer, je les préviens, sachant que les choses se passent rarement comme on s'y attend dans ce genre de situation. Je me souviens d'une mère qui demandait à son fils malade s'il voyait son père décédé. Le garçon ne cessait de dire qu'il sentait une odeur de cigare, qu'il était le seul à remarquer.

– Une odeur fantôme, hein ? demande Kent en se tassant dans le canapé et sirotant son cocktail.

À son expression, je comprends qu'il s'attend à ce que je raconte une histoire effrayante.

Mais mon histoire n'est pas effrayante. Elle est décevante !

– J'imagine qu'on peut appeler ça comme ça, même si c'est un peu dramatique, repris-je en riant. En fait, c'était seulement l'oxygène qu'on administrait au petit pour le maintenir en vie. Et sa mère l'a conduit à y croire, en lui disant que son père fumait des cigares. Comme elle en était persuadée, je pense que le garçon s'est mis à imaginer qu'il pouvait sentir cette odeur, même si c'était une illusion.

– D'accord, Delaney, déclare Blaine d'un air sérieux. Mais Megan ne sait rien à mon sujet, ni sur ma mère. Alors comment inventerait-elle tout ça ?

– Pourquoi les gens inventent quoi que ce soit ? je demande en haussant les épaules.

– Vous semblez cynique, remarque Kate. J'imagine que c'est normal, avec tout ce que vous avez vu.

– Je ne suis pas cynique. Je crois en Dieu de tout mon cœur. Mais je sais aussi qu'il est peu probable que cette petite fille dise quelque chose qui puisse redonner la foi à une personne qui a déjà de sérieux doutes à ce sujet. Dis-moi, dis-je en me tournant vers Blaine, si tu voyais ta mère apparaître devant toi, est-ce que tu te mettrais à croire en Dieu et au Paradis ?

Blaine me regarde longuement sans rien dire, puis se tourne vers son frère et sa sœur.

– Je crois que j'en conclurais surtout que ce monde est vraiment pourri. Imaginer que maman soit coincée ici est encore pire que de penser qu'elle n'existe plus. Peut-être que Delaney a raison. Peut-être que je ferais mieux de ne pas aller voir cette petite fille.

– Je ne pense pas qu'on te montrera un fantôme, Blaine, dit Kate en secouant la tête.

– Elle a dit qu'elle avait un message pour moi, dit Blaine avant de se tourner vers moi. Je pense que si on me disait des choses que seule ma mère aurait pu dire, il est possible que je retrouve la foi.

– Oui, renchérit Kent, si elle lui disait une chose que seule notre mère pourrait savoir, il y a fort à parier qu'il reconnaîtrait l'existence d'un au-delà. Et qu'il ne penserait plus qu'elle est coincée ici ou n'existe plus.

– Et vous deux ? je leur demande. Que croyez-vous ?

– Papa nous emmenait à l'église tous les dimanches, jusqu'à ce que Kent soit adolescent. J'imagine qu'il estimait faire ce qui était en son devoir et qu'il nous a fait connaître Dieu, répond Kate.

– Je les ai accompagnés jusqu'à mes douze ans, puis j'ai refusé d'y aller, dit Blaine en baissant les yeux. Papa était très déçu, mais il m'a dit qu'il ne voulait pas me forcer si je ne voulais pas.

Je ressens le besoin d'avertir son frère et sa sœur des risques qu'encourt Blaine s'il rencontre la petite fille.

– Ce que vous ne savez pas, c'est que le père de cette petite fille a formellement interdit à Blaine de s'approcher de sa fille. En fait, il a organisé une réunion ce soir pour essayer de le bannir de l'hôpital.

– Je ne pense pas que ça arrive, ceci dit, intervient Blaine, j'ai quelques alliés là-bas.

– Ça n'arrivera probablement pas. Mais même s'il n'est pas banni de l'hôpital, lui et moi avons quand même l'interdiction d'entrer dans la chambre de Megan. Si nous allons lui rendre visite sans permission, nous pouvons être arrêtés, et en leur expliquant, je vois leurs visages se décomposer.

– Mince ! murmure Kate, avant de boire.

– Ça complique un peu les choses, hein ? demande Kent.

– Même beaucoup, je renchéris.

– Mais j'ai un plan, leur explique Blaine. Et vous pouvez m'aider. J'ai besoin de quatre pères Noël et quatre lutins pour faire des visites aux enfants de l'hôpital. Au même moment, Delaney et moi porterons les mêmes costumes. Comme ça, les caméras ne nous reconnaîtrons pas quand nous irons dans la chambre de Megan. On ne verra qu'un seul des cinq pères Noël ou lutins qui se déplacent partout dans l'hôpital pour diffuser la magie de Noël à ces enfants malades.

– Ton plan me plaît ! déclare Kent avec un grand sourire qui me contracte le ventre.

J'avais espéré qu'ils m'aident à dissuader Blaine de le faire. Est-ce que je suis la seule à craindre que ça se termine très mal ?

CHAPITRE 39

Blaine

À son expression, je devine que Delaney pensait que mon frère et ma sœur seraient de son côté, mais c'est tout le contraire. Nous sommes faits du même bois !

– Les salades sont servies, annonce Maggie en entrant dans le salon.

Nous nous levons, et je remarque que Delaney emporte la bouteille de vin avec elle. Elle semble dépitée de voir que mon plan sera mis à exécution, malgré qu'elle s'y oppose.

– Tu sais, même si on se faisait arrêter, j'ai assez d'argent pour être sûr qu'on sera relâchés rapidement. Et j'engagerai le meilleur avocat pour nous défendre, lui dis-je en l'embrassant sur le sommet de son crâne. Tu ne serais pas longtemps en garde à vue. Probablement même pas une nuit.

– Oh, merci, je me sens beaucoup mieux, réplique-t-elle d'une voix sarcastique alors que nous nous dirigeons vers la salle à manger.

Je prends la main de Delaney lorsque nous nous installons à table.

– Allez, je vais dire le bénédicité avant qu'on ne mange, dis-je.

– Tu sais comment on fait ? demande-t-elle en haussant les sourcils de surprise.

Kent éclate de rire en prend son autre main libre.

– Bien sûr que oui, dit-il. Ce n'est pas un sauvage, Delaney.

Kate prend mon autre main et celle de Kent, et nous formons ainsi un cercle.

– Baissez la tête et fermez les yeux, je demande en vérifiant qu'ils s'exécutent. Seigneur, merci pour cette nourriture. Nous souhaitons également Vous remercier pour tout ce que Vous avez fait pour nous, et ce que Vous ferez encore. J'espère que Vous permettrez à ma mère de s'adresser à moi à travers cette petite fille, pour me donner le signe que Vous existez vraiment. Amen.

Lorsque j'ouvre les yeux, je vois que Delaney me dévisage, les sourcils froncés.

– Blaine, ce n'est pas ainsi que fonctionne la foi. Avoir la foi, c'est croire en quelque chose qu'on ne peut pas voir ou entendre. Si tu devais en avoir la preuve pour y croire, on n'appellerait pas ça la foi.

– Tu ne peux pas comprendre, Delaney, dis-je en lui passant la sauce de la salade après en avoir versé sur mon assiette. Si tu n'as jamais douté comme c'est mon cas, tu ne peux pas comprendre ce que je ressens.

– Je suppose que tu as raison, murmure-t-elle en passant la sauce à Kent. Tu sais, tu as pourtant gardé la foi en certaines choses. Par exemple, tu crois toujours que les jouets de tes magasins vont se vendre comme des petits pains.

– Mais c'est parce que je l'ai déjà vu se produire, je proteste. Au fait, Kent, comment ça se passe ? Je n'arrive pas à y croire, j'ai été si occupé par l'emménagement de Delaney que je n'ai pas consulté les chiffres des ventes une seule fois depuis que nous avons reçu les nouveaux jouets.

– J'ai du mal à y croire aussi, remarque-t-il. Et les ventes ont doublé de volume depuis l'année dernière. Comme nous avons fait de la publicité en expliquant que les jouets étaient de meilleure qualité, nous en avons vendu encore plus qu'à Noël dernier.

– On dirait bien que vous aviez raison, leur dis-je, agréablement surpris.

Je craignais que les ventes soient mauvaises et que l'on gagne moins d'argent que les années précédentes. Apparemment, je m'étais trompé. Je me demande à quel sujet je me suis encore trompé.

– Parle-moi d'elle, Blaine, me demande Kent en piquant un morceau de laitue avec sa fourchette. Kate ne se souvient pas beaucoup de notre mère.

– Elle était belle et douce. Elle sentait tout le temps le miel. Je ne sais pas pourquoi, mais c'est vrai. Le miel et le citron. Peut-être parce qu'elle passait son temps à nettoyer la maison, parce que papa a fini par sentir le citron aussi, une fois qu'elle nous a quittés.

– Elle ne vous a pas quittés, dit Delaney en posant sa main sur ma cuisse. Tu ne devrais pas y penser en ces termes. Elle avait fini ce qu'elle avait à faire ici, et elle a continué sa route.

– Elle n'avait pas fini ce qu'elle avait à faire sur terre, je proteste en soupirant. Mais je suppose que tu as raison. Je ne devrais pas dire qu'elle nous a laissés. Je devrais dire qu'elle nous a été enlevée.

– Bon, je m'excuse d'avoir dit quoi que ce soit. Je ne veux pas non plus que tu y penses en ces termes, dit-elle, les sourcils toujours froncés.

– J'essaierai d'en parler de manière plus positive, dis-je en lui embrassant la joue. Ça te convient ?

Elle acquiesce, puis demande :

– Est-ce que tu te souviens d'une chose particulière qu'elle avait l'habitude de faire ? Ma mère découpait toujours la viande dans mon assiette. Elle a continué de le faire jusqu'à mes quinze ans. C'est mon père qui lui a demandé d'arrêter.

– Maman faisait un tas de choses pour moi. Elle nous préparait souvent des macaronis au fromage, parce que c'était le seul plat que je terminais sans rechigner. J'étais difficile pour la nourriture, dis-je, puis je me tourne vers Kent, qui n'a jamais connu la cuisine de notre mère. Ensuite, j'ai toujours insisté pour qu'on ait des macaronis à la maison. J'en demandais à papa chaque fois qu'il allait faire les courses.

– J'aurais vraiment aimé la connaître, soupire Kent. C'est dur de ne pas connaître sa mère. Je me demande vraiment comment les orphelins font pour s'en sortir dans la vie.

– La vie semble parfois très injuste, remarque Delaney. J'en ai souvent la preuve. Mais de nombreuses fois aussi, la vie est plus que juste. Regardez, vous, par exemple. Vous avez perdu votre mère, mais vous avez eu un père exceptionnel. Et Blaine a réussi à accomplir quelque chose d'incroyable, et grâce à son aide, vous allez faire de même. Je suis sûre que votre mère est très fière de vous et qu'elle veille sur vous.

Kate essuie une larme puis, bois une gorgée de vin. Je sais que, de nous trois, Kate est celle qui a le plus souffert de l'absence de notre mère. Elle a été la seule femme de la maison. Elle ne pouvait parler à personne de trucs de filles. Ou des garçons.

Concernant les garçons, nous étions très durs avec elle. Si elle en amenait un, mon père, Kent et moi lui disions de ne pas le fréquenter. Et qu'ils avaient tous qu'une seule chose en tête. Aujourd'hui, quand je regarde ma sœur âgée de vingt-huit ans qui n'a jamais eu une seule vraie relation, je me dis que nous avons été trop protecteurs avec elle. Maman se serait assurée qu'elle ait une adolescence normale.

– Tu sais, je pensais à maman, et ça me fait penser à toi, Kate, dis-je en croisant son regard.

– À moi ? Pourquoi ?

– Eh bien, ça me fait penser que tu n'as jamais eu de petit ami. J'ai remarqué quelqu'un au bureau qui te regarde beaucoup. C'est un mec bien. Tu devrais aller voir s'il t'intéresse. Il s'appelle Randy.

– Randy Holdings, dit-elle en souriant. Il m'a parlé quelques fois. Je ne m'étais pas rendue compte que je lui plaisais.

– Moi si, intervient Kent. Je ne t'ai rien dit, parce que j'ai plutôt tendance à décourager les hommes à qui tu plais. Mais j'ai remarqué que tu l'intéressais, moi aussi. C'est un mec sympa.

Kate nous lance un regard intimidé.

– Vous savez, vous m'avez un peu empêchée d'apprendre à fréquenter les hommes ou comment me comporter avec eux.

– Je peux peut-être t'aider, déclare Delaney en souriant. Je suis là pour toi, maintenant. Et les hommes sont faciles. Montre-lui un tant soit peu d'intérêt, et il te mangera dans la main. Tu es très séduisante, Kate.

Mon cœur s'emplit d'amour pour cette femme à ma droite. Sa bienveillance la rend encore plus belle, et je me demande si elle a été mise sur mon chemin pour une raison. Peut-être que Delaney est faite pour devenir notre matriarche et prendre la place que notre mère décédée a laissée.

Quelqu'un doit tenir ce rôle !

CHAPITRE 40

Delaney

2 3 décembre :
Le bus plein de pères Noël et de lutins, recrutés par Blaine avec l'aide de son frère, sa sœur et d'autres employés, est prêt à partir. Chaque père Noël a un sac de cadeaux à distribuer à tous les enfants de l'hôpital.

M. Sanders n'a pas réussi à obtenir suffisamment de signatures à sa pétition pour bannir Blaine de l'hôpital, aussi, Blaine m'a accompagnée tous les jours pour rendre visite à ses quatre patients préférés. Il a fait accrocher des posters pour annoncer aux autres enfants la venue du Père Noël aujourd'hui pour distribuer des cadeaux.

Je ne suis pas à l'aise dans mon costume de lutin, avec de longues chaussures vertes pointues qui ne me vont pas vraiment. Quand je devrais porter le masque pour ne pas me faire remarquer tout comme Blaine, ce sera vraiment désagréable.

Je dois avouer qu'une fois que les pères Noël ont tous été maquillés, ils se ressemblent beaucoup. Les costumes sont absolument identiques, tout comme leurs barbes et leurs petites lunettes. Je ne suis pas capable de les distinguer.

Le bus a été décoré pour ressembler à un train, avec les mots Pôle Nord Express inscrits sur les côtés. Il s'arrête devant l'entrée de l'hôpital.

– Nous y voilà, dit Blaine. Jouez vos personnages. Vous savez quelles zones vous sont attribuées, alors c'est parti. Ho ! Ho ! Ho !

Une explosion de « Ho, ho, ho ! » éclate dans le bus. Blaine me tend mon masque ridicule, avec le petit chapeau pointu accroché dessus. Il le place sur ma tête, camoufle mes cheveux, et nous sortons à la suite des autres.

– C'est maintenant que tout se joue, ma chérie. Tu n'imagines pas à quel point je suis excité.

Et toi, tu n'imagines pas à quel point je suis nerveuse !

Nous sommes donc une dizaine à entrer dans l'hôpital. Mon cœur se fige lorsque Davenport s'approche de nous, les sourcils froncés.

– Bon, je vais avoir besoin de voir vos pièces d'identité, les gars.

Le groupe reste silencieux, car chacun a été averti de ne pas révéler sa véritable identité. Tout le monde échange des regards pleins de doute.

– Je plaisante ! s'exclame Davenport en éclatant de rire. Je sais bien que le Père Noël n'a pas besoin de papier. Allez égayer le Noël des enfants, les gars, dit-il en s'éloignant vers l'ascenseur tout en nous saluant de la main.

– J'ai eu peur pendant une minute, murmure Blaine.

– J'ai toujours peur, je réponds avec un rire nerveux.

– Calme-toi, petit lutin, dit-il. Puis, il ajoute : Ho, ho, ho !

Les rires des pères Noël résonnent dans le lobby, et les groupes se séparent pour aller visiter différentes parties de l'hôpital. Mon cœur tambourine dans ma poitrine tandis que nous nous dirigeons vers les ascenseurs, pour aller rencontrer le destin comme le dit Blaine.

Cet homme peut parfois être si mélodramatique !

Lorsque nous sortons de l'ascenseur, je manque de m'évanouir en découvrant le couloir plein de parents et de familles de patients. La plupart ont sorti des caméras ou des téléphones et sont en train de nous filmer.

– Oh, Blaine, c'est horrible, je murmure discrètement.

– Tout va bien se passer, me répond-il avant de saluer la foule. Joyeux Noël !

– Regarde, c'est vraiment le Père Noël ! s'écrie une petite fille en courant à notre rencontre, avant de tirer sur le pantalon en velours rouge de Blaine. Coucou, Père Noël. Tu te souviens de moi ? Je suis Polly, et ma sœur est là. Elle est très malade, alors je voudrais seulement te demander une chose cette année.

– Bien sûr que je me souviens de toi, Polly, déclare Blaine d'une voix grave que je ne reconnais pas, ce qui me soulage. Qu'est-ce que tu voudrais demander au Père Noël cette année ?

– Je veux que ma sœur guérisse et qu'elle revienne enfin à la maison, répond-elle avec un grand sourire.

Je m'inquiète un instant que Blaine ne sache pas quoi lui répondre, et je pense à fausser ma voix pour lui répondre, mais il déclare :

– C'est une très belle demande. Tu es vraiment une très bonne sœur, Polly. Je crois que j'ai un cadeau dans mon sac pour une si gentille petite fille, dit-il en sortant un cadeau dans du papier cadeau. Tiens, c'est pour toi. Et rappelle-toi d'être sage. Noël approche.

– Je sais Père Noël, dit-elle en serrant le cadeau dans ses bras comme s'il était très précieux. Merci beaucoup !

Je souris sous mon masque, très fière de la manière dont il a géré la situation. Et il a même réussi à ne pas faire de promesses hasardeuses à la petite, ce qui aurait pu la traumatiser si sa sœur ne guérissait pas.

Je suis Blaine dans le couloir, un autre sac de cadeaux sur le dos. Il entre dans la première chambre sur la droite. Celle de Tammy.

C'est là que tout va se jouer. Si aucun des patients préférés de Blaine ne nous reconnaît, nous envisagerons d'aller dans la chambre de Megan. Je me demande également si la mère de Tammy, Patsy, nous reconnaîtra.

Tammy porte sa longue perruque blonde. Sa mère filme. Blaine entre et dit d'une voix forte :

– Ho, ho, ho ! Joyeux Noël, Tammy !

J'ai pris soin de donner tous les prénoms des enfants aux autres de l'équipe, pour qu'ils puissent les appeler par leurs noms et les surprendre encore plus. Je pense que c'est une très bonne idée !

– C'est vraiment toi ? demande-t-elle en se levant de son lit pour le prendre dans ses bras. J'avais peur que tu sois juste un monsieur déguisé.

– Pas du tout, petite Tammy, répond Blaine de sa voix grave. Alors, voyons ce que j'ai pour toi. Pardon, cher petit lutin ? Je crois que c'est vous qui avez le cadeau pour Tammy.

J'ouvre mon sac, trouve le cadeau qui porte son nom et le tend à Blaine, en essayant une nouvelle voix très aigüe :

– Le voilà, Père Noël.

Tammy éclate de rire.

– On dirait que tu as pris de l'hélium, dit-elle.

Je ris de la même voix aiguë.

– Merci, Tammy !

Si nous ne devions pas aller dans la chambre de Megan, j'apprécierais beaucoup plus ces moments passés avec eux. Mais en fait, je n'ai jamais été aussi inquiète de ma vie !

CHAPITRE 41

Blaine

A près avoir rendu visite à presque tous les enfants, nous arrivons devant la porte de Megan. Sa mère se tient devant, seule. Elle nous sourit et pousse la porte.

– Voulez-vous entrer, Père Noël ? J'ai ici une petite fille qui a très envie de vous rencontrer.

– Megan est prête à me voir ? je demande en souriant.

Nous entrons dans la chambre faiblement éclairée. Mme Sanders referme la porte derrière nous, en restant à l'extérieur pour s'assurer que personne ne viendra nous interrompre.

– Père Noël ? demande Megan d'une voix faible. C'est vraiment toi ?

Nous nous approchons, et je lui caresse la tête. Elle porte un petit nœud rouge sur son crâne chauve. Elle n'est plus que l'ombre de la petite fille que je suis venu voir quelques temps auparavant.

– Oui Megan, c'est le Père Noël. Je t'ai apporté un cadeau du Pôle Nord, dis-je. Petit lutin, je peux avoir le cadeau de Megan ?

Delaney fouille dans le sac en prenant son temps, pour faire monter le suspense, comme je le lui ai demandé. Megan a des cercles sombres sous les yeux. Elle semble épuisée.

– Père Noël, tu peux me dire quelque chose ?

– Ce que tu veux, Megan, dis-je en la voyant tendre la main.

– Tu veux bien enlever ton gant et me prendre la main ? demande-t-elle.

J'acquiesce, retire le gant et prend sa petite main dans la mienne.

– Père Noël, est-ce que tu connais un monsieur qui s'appelle Blaine ?

Delaney s'arrête de fouiller dans le sac et nous regarde. Je devine qu'elle a peur que Megan m'ait reconnu. Elle doit se demander comment je vais réagir.

– En effet, je connais quelqu'un appelé Blaine, je réponds.

– Tant mieux. Crystal me dit que je peux vous le dire à vous. Elle me dit que vous lui transmettrez. C'est vrai, hein Père Noël ? demande-t-elle, en regardant au-dessus de mon épaule droite.

J'ai un frisson, et je sens une sensation de froid sur mon dos, que je n'avais jamais ressenti auparavant.

– Oui, je lui transmettrai ton message. Qui est Crystal ?

– C'est un très bel ange. Elle est presque tout le temps avec moi. Elle a des taches de rousseur sur le nez. Et des beaux yeux verts très brillants. Elle est gentille, et elle m'a dit que je n'avais aucune raison d'avoir peur si jamais je devais changer d'état. Si mon corps ne guérit pas.

Je sens un souffle froid sur mon oreille droite, et un flux l'adrénaline me traverser.

– Est-elle avec toi maintenant ?

– Tu l'entendras peut-être si tu écoutes attentivement. Elle essaie de te parler. Tu devrais fermer les yeux et écouter attentivement, dit-elle.

J'obéis. Je ferme les yeux et me concentre de toutes mes forces. Je n'entends rien, mais mon oreille est glacée à cause du courant d'air. J'entends le bruit d'un appareil photo. Lorsque j'ouvre les yeux, je vois que Delaney a sorti son téléphone et prend des photos de moi.

Elle range le téléphone sans dire un mot. Comme elle porte son masque, je ne vois pas du tout son expression et je ne sais pas pour quelle raison elle a fait ça.

– Je n'entends rien, Megan, dis-je à la petite fille qui me regarde avec de grands yeux.

– Je vois. J'imagine qu'elle va me le dire à moi, et je te transmettrai le message. Ça faisait longtemps qu'elle n'avait pas pu parler à quelqu'un. À part moi, quoi. Je suis la première personne dont elle a la charge de rassurer pour que je me sente bien pendant la transition. C'est parce que je suis spéciale, ajoute-t-elle avec un sourire.

– Tu es très spéciale, je confirme.

– Que veux-tu que je lui dise, Crystal ? demande-t-elle, probablement suivant des yeux la femme qui se déplace de l'autre côté du lit, avant de me regarder. Elle veut que je vous dise qu'elle est fière de vous, de Kate et de Trent.

Elle s'interrompt en fixant le bord du lit, et reprend :

– Oh, d'accord. Kent. Pas Trent.

Je prends une profonde inspiration, et je sens comme un poids quitter mes épaules, que je n'avais jamais remarqué avant.

– Comment va mon père ?

Elle se tourne à nouveau vers l'endroit où je suppose se tient l'esprit de ma mère, et finit par hocher la tête.

– Il va très bien. Elle le voit souvent, Blaine, répond Megan en souriant. Vous m'avez bien eue. Vous n'êtes pas vraiment le Père Noël. Ce n'est pas grave. Je suis sûre que le vrai Père Noël pensera à moi cette année, M. Vanderbilt. Et Crystal m'a demandé de ne rien dire de tout ça à mon papa. Je ne dirai rien. Je fais toujours ce que me demande Crystal, vu que c'est un ange.

– C'est bon à savoir. Sais-tu que cet ange autrefois était ma mère ? je demande en regardant le bord du lit.

J'aimerais tellement pouvoir voir ce que voit cette petite fille.

– Oui. Elle ne s'inquiète pas pour vous, parce qu'elle ne s'inquiète jamais, dit Megan. Mais elle veut que vous sachiez qu'il y a quelque chose après la vie. Il existe autre chose que cette vie. Et qu'il n'y a pas de raison d'avoir peur, jamais. Ni de la vie, ni de la mort. On nous regarde de là-haut, mais les choses de la vie arrivent malgré tout. Mais rien n'est fait pour nous punir. Nous sommes tous sur terre pour vivre différentes expériences.

J'ai envie de poser un million de questions, sans parvenir à choisir la plus importante.

— Est-ce qu'elle veut bien répondre à des questions ?

Megan fixe le bord du lit, puis se retourne vers moi.

— Posez-en une, et elle répondra s'il elle connaît la réponse. Elle dit qu'elle ne sait pas tout.

— Pourquoi la souffrance existe-t-elle ? je demande sans réfléchir.

Megan répond immédiatement :

— Elle dit que vous auriez tout aussi bien pu demander pourquoi l'amour existe. Pourquoi y a-t-il des abeilles ? Pourquoi y a-t-il des rivières et des lacs ? Elle dit, simplement parce que ça existe, comme tout le reste. Il n'y a aucune raison de le remettre en question. Tout comme vous ne vous demandez pas pourquoi vous aimez tant les macaronis au fromage.

Les macaronis au fromage. C'est bien ma mère !

— Peux-tu lui dire que je l'aime et qu'elle me manque ? je demande.

— Vous venez de le faire, Blaine, répond-elle en riant. Elle est juste là. Même si vous ne l'entendez pas, elle vous entend, elle. Et infirmière Richards, continue Megan en se tournant vers Delaney, Crystal vous remercie. Elle vous remercie de prendre soin de Blaine et de ses autres enfants. Elle dit qu'ils ont vraiment besoin de vous, et s'il vous plaît, ne les abandonnez jamais.

— Tu m'as reconnue ? demande Delaney de sa voix normale.

— Non, pas moi, répond Megan. Mais Crystal l'a su. Est-ce que c'est vrai, Blaine ? me demande-t-elle soudain.

— Quoi donc, Megan ?

— Que la manière dont mon père me traite fait partie des raisons pour lesquelles vous avez failli refermer votre cœur ? demande-t-elle, les yeux fixés sur le bord du lit.

— J'imagine que c'est le cas, j'admets.

– C'est juste que papa a peur, dit-elle en me regardant dans les yeux. Il n'est pas méchant. Et je le comprends. S'il vous plaît, ne vous inquiétez pas pour moi, ni du comportement de mon père. Ne laissez aucune méchanceté, ou cruauté changer votre vérité. Quelqu'un veille sur nous en permanence, qu'on le sente ou pas.

– Merci, dis-je à la petite fille avant de me tourner vers l'endroit où doit se trouver ma mère. Et merci à toi, maman. J'ai tellement hâte de te revoir.

Megan éclate d'un petit rire.

– Je sais, Crystal. C'est amusant, dit-elle avant de se tourner vers moi : Le temps est une notion humaine. Elle me dit de vous en souvenir. Lorsque vous la reverrez, ce sera comme si vous ne vous étiez jamais quittés. Et elle dit aussi que vous devriez épouser l'infirmière Richards.

– Ah oui, elle a dit ça ? je demande avec un petit rire. Eh bien, il est possible que je lui demande sa main dans un futur proche.

– Elle dit que vous avez intérêt, dit Megan, puis elle éclate de rire comme si on la chatouillait. D'accord, d'accord ! Tu es bête, Crystal !

– Je pense qu'on devrait bientôt s'en aller, avant que quelqu'un ne se demande pourquoi nous sommes depuis si longtemps dans cette chambre, dit Delaney en me tendant le cadeau pour Megan.

J'offre son cadeau à Megan. C'est quelque chose que son père approuverait. Nous la regardons ouvrir l'emballage, et ensuite serrer le livre contre son cœur.

– Merci ! Oh ! J'avais tellement envie d'un livre pour m'occuper. Merci beaucoup !

– Il y a des images sur toutes les pages, et les mots ne sont pas trop difficiles. Et puis, peut-être que tes parents pourraient t'aider à le lire, dis-je en passant ma main sur sa tête.

Elle l'ouvre et sourit en découvrant la première page. Elle se tourne pour me la montrer. Je vois une illustration d'un ange qui se tient au-dessus d'un petit garçon qui traverse un pont sur une rivière agitée, tout seul.

– Exactement comme mon ange, dit-elle.

– Exactement comme ton ange, je confirme en souriant.

Cette petite fille aurait toutes les raisons du monde de perdre la foi en tout, mais grâce à l'aide de son ange, ma mère, elle aime sa vie tel qu'elle est.

La vie est incroyable !

CHAPITRE 42

Delaney

Je retire enfin le costume de lutin, puis m'allonge sur le lit. Blaine s'approche de moi. Il me sourit, uniquement vêtu de sa chemise de père Noël, ouverte. Il tient à la main une bouteille de champagne.

– Fatiguée, chérie ?

– Pas vraiment. Juste impatiente de sortir de ce costume.

Il me soulève et défait l'arrière du corset blanc qui retenait ma poitrine pour que personne ne se doute que j'étais une femme. Je prends une grande inspiration, enfin libérée, et il me serre immédiatement contre lui.

– Tu es magnifique, mon petit lutin. Ça te dirait de jouer au Père Noël et au lutin coquin ?

Je tends la main vers la bouteille qu'il tient, mais il la repousse.

– Oh, vraiment ? je demande en riant.

– J'ai envie que tu mérites ce verre. Embrasse-moi et montre-moi que tu as envie de moi, dit-il d'une voix grave et excitée en retirant son bonnet de Père Noël et en le mettant sur ma tête. Tu as intérêt à me le faire sentir, ma belle.

– J'ai vraiment envie de toi, donc ça devrait être facile, dis-je en me collant contre lui et en l'embrassant dans le cou.

Il gémit, et la vitesse à laquelle je sens son sexe grossir contre mes hanches est alarmante. Je pense que mon baiser lui plaît, et que j'aurais bientôt droit à un verre de pétillant pour étancher ma soif.

CHAPITRE 43

Blaine

J e serre Delaney comblée entre mes bras alors qu'elle porte encore le bonnet de Père Noël. Je montre son téléphone sur la table de chevet et demande :

– Tu veux bien me montrer les photos que tu as prises pendant que je parlais avec Megan ?

– Oh ! s'exclame-t-elle en s'asseyant pour attraper son téléphone. Je ne voulais pas te les montrer en public. Mais regarde.

Elle me passe le téléphone. Je vois des images de moi habillé en Père Noël dans la chambre obscure. Une sorte de fumée se trouve près de mon oreille. Et à son centre on aperçoit un point lumineux. Chaque photo montre la même chose. Le nuage de fumée change de place, mais le point lumineux reste à son centre.

– Wow ! dis-je, sans pouvoir détacher mes yeux des photos. C'est incroyable !

– Et tu n'as pas entendu un seul mot, Blaine ? demande-t-elle en se penchant aussi sur les photos. On dirait que la présence était juste à côté de toi.

– J'ai senti un souffle froid, mais je n'ai rien entendu. Tu as entendu quelque chose, toi ?

– Non, répond-elle en secouant la tête et en se frottant les bras, prise d'un frisson. Je n'ai rien entendu non plus. Mais j'ai vu cette présence, et j'ai voulu prendre des photos pour te la montrer.

– J'aurais tellement aimé entendre sa voix, je murmure en passant mon doigt sur l'écran.

– Je comprends bien, dit-elle en me prenant dans ses bras. Moi aussi, j'aurais aimé que tu puisses l'entendre.

– Moi aussi. Je n'arrêtais pas de fixer l'endroit que regardait Megan. J'ai vraiment essayé de la voir. Mais je n'ai pas réussi. Je me demande vraiment pourquoi certaines personnes y parviennent et d'autres non.

– Ne t'a-t-on pas demandé de ne pas te poser ce genre de questions ? demande-t-elle en embrassant mon cou. Je suis sûre que la réponse, c'est... parce que, c'est comme ça. Maintenant, je comprends mieux pourquoi mes parents me répondaient toujours ça.

J'éclate de rire en me remémorant combien de fois j'ai pu entendre des adultes dire : parce que c'est comme ça.

– Donc selon toi, ni toi ni moi n'avons pu voir ni entendre ma mère, mais Megan le peut, parce que c'est comme ça ? je demande en caressant son dos nu et en la prenant sur mes genoux.

– Exactement. Alors pourquoi perdre du temps à se poser des questions ? murmure-t-elle contre mon cou, où elle dépose de petits baisers passionnés. Allonge-toi plutôt, et laisse-moi te faire découvrir des choses que tu n'as jamais connues auparavant.

– D'accord, dis-je en m'allongeant sur le lit tandis qu'elle se met sur moi et gémit en me sentant entrer en elle.

– Est-ce que ce sera toujours aussi bon de te sentir en moi ? gémit-elle en commençant à s'agiter de haut en bas.

– J'espère bien, je réponds en admirant son corps nu onduler et ses longs cheveux qui tombent en cascade autour de ses épaules.

– J'espère aussi, parce que c'est fantastique. Tu es délicieux, et c'est...

– Incroyable ! Je sais, dis-je en finissant sa phrase. Ouvre les yeux, ma chérie.

Elle s'exécute, et je prends son menton dans mes mains :

– Est-ce que je peux te demander en mariage maintenant ? Puisque ma mère pense que je devrais le faire ?

– Je pense que je dirai oui, si tu le faisais. Puisque ta mère a dit que tu devrais le faire.

Elle se penche vers moi et prend mon visage dans ses mains. Elle me regarde avec intensité, tout en continuant à bouger légèrement pour stimuler ma queue.

– Je t'aime plus que je n'aie jamais aimé quelqu'un. Je crois que je suis prête à tout pour toi, Blaine. Alors, si tu décides de me demander en mariage, tu peux être sûr que je dirai oui. Mais tu as intérêt à prendre cet engagement au sérieux. Je ne te laisserai jamais me quitter.

Je saisis ses poignets et pose ses mains contre mon cœur.

– Est-ce que tu sens ça ?

– C'est ton cœur qui bat, acquiesce-t-elle. Je suis infirmière. Je connais ces choses, réplique-t-elle d'un air mutin, le faisant battre plus fort.

– Très bien, mademoiselle Je-sais-tout. Dis-moi donc pour qui bat ce cœur, toi qui as de grandes connaissances en la matière, dis-je en lui embrassant le nez, puis en lui léchant la joue.

– Beurk, s'écrie-t-elle. J'espère bien qu'il bat pour moi, dit-elle en se penchant pour lécher ma joue à son tour. Parce que le mien ne bat que pour toi.

Je la prends dans mes bras et l'admire tandis qu'elle reprend son mouvement de va-et-vient, me basculant à nouveau dans un monde dont elle m'a ouvert les portes. Je pense que ma vie ne pourrait qu'être idéale, avec elle comme compagne. Surtout si ma mère pense aussi que c'est une bonne idée !

LIVRE SIX : UN NOËL MÉMORABLE

Espoir. Rêves. Espérances.

Depuis qu'il a comme rencontré le Père Noël, Blaine espère que son vœu de sauver la petite Megan Sanders sera exaucé.
Mais Delaney craint que rien, sauf un miracle, ne puisse sauver la pauvre petite fille.
Le couple passe un réveillon de Noël romantique à la maison et envisagent de s'engager l'un envers l'autre dans le futur.
Mais leur première dispute éclatera-t-elle le soir même de leurs fiançailles ?

CHAPITRE 44

Blaine

2 4 décembre :
Portant une boîte pleine des costumes de pères Noël et de lutins, je monte les marches du magasin de location, suivi de mon frère qui porte la deuxième boîte. J'ai fait de grands projets avec Delaney pour le Réveillon. Elle doit encore faire quelques consultations à l'hôpital, puis je vais passer la prendre dès que j'aurais terminé mes courses.

– N'oublie pas pour demain, Kent, dis-je. J'aimerais qu'on déjeune vers midi. Je sais que c'est toi qui vas à la fête de Noël organisée par l'entreprise à ma place, pour que je puisse profiter de cette soirée avec Delaney.

– Tu lui as acheté une bague ? demande-t-il.

Arrivé en haut des marches, je pose la boîte sur le sol pour ouvrir la porte et me tourne vers mon frère avec un grand sourire :

– Tu verras bien.

Il éclate de rire et entre dans la pièce en me tenant la porte.

– Je vois, dit-il. Tu ne veux dire à personne comment vous allez fêter Noël. Je comprends. Tu ne veux pas que ça te porte la poisse.

– Exactement. On ne sait jamais comment les choses peuvent se passer dans ce monde de fous.

La femme derrière le bureau se lève pour nous saluer.

– Bonjour, messieurs. J'espère que vous passez de bonnes fêtes, dit-elle.

– Très bonnes, répond Kent en se penchant sur le comptoir vers l'employée qui porte un costume d'elfe légèrement sexy, quoique pas autant que celui de Delaney. Et je vois que cette journée vous réussit aussi.

Elle glousse, et je devine que le moment est venu pour moi de m'éclipser pour que mon frère essaye d'obtenir un rencard.

– Je te laisse rendre les costumes, Kent. J'ai des choses à faire.

– D'accord, je m'en occupe, répond-il d'une voix suave, me confirmant qu'il a des vues sur la jeune femme.

En arrivant à la porte, j'aperçois un homme habillé en Père Noël derrière. Je lui ouvre la porte :

– Et voilà, Père Noël.

– Merci, répond-il d'un hochement de tête.

Puis il se fige et me regarde étrangement par-dessus ses petites lunettes rondes.

– Alors, dites-moi ce qui vous ferait plaisir pour Noël, jeune homme.

J'éclate de rire et réponds la première chose qui me vient à l'esprit :

– Père Noël, une petite fille est gravement malade à l'hôpital pour enfants. Elle s'appelle Megan Sanders. Si ce n'est pas trop demandé, j'aimerais beaucoup qu'elle guérisse.

– C'est peut-être possible, répond-il avec un clin d'œil. On ne sait jamais, ajoute-t-il en passant devant moi, et il sent les cookies. Passez un joyeux Noël, Blaine.

– Vous aussi, Père Noël.

Je pile net en réalisant qu'il connaît mon prénom.

– Hé ! Comment...

Mais quand je me retourne, il n'y a personne. Je rentre à nouveau à l'intérieur et m'approche du comptoir où mon frère semble sur le point d'embrasser l'employée. Il me jette un regard contrarié et demande :

– Je peux t'aider ?

– Vous n'avez pas vu un homme habillé en Père Noël ? je demande en jetant un regard à la ronde.

– Très drôle, Blaine, rétorque Kent. Non. Et toi ? demande-t-il en levant les yeux au ciel puis sur la jeune femme.

– Laisse tomber.

De toute façon, ces deux-là n'ont pas dû remarquer grand-chose. Je ressors et me dirige vers ma voiture.

M. Green me salue et m'ouvre la portière arrière.

– Il commence à faire froid. Vous feriez mieux de mettre votre manteau la prochaine fois que vous sortez de la voiture, M. Vanderbilt.

– C'est vrai qu'il fait froid. Par hasard, vous ne m'avez pas vu parler avec un homme habillé en Père Noël ?

– Sérieusement ? demande-t-il, un peu confus.

– Oui. Juste à la porte, j'ai croisé un homme en costume de Père Noël et nous avons échangé quelques mots. Si vous regardiez dans cette direction, vous avez dû nous voir.

– Je vous ai vu sortir, faire demi-tour et puis rentrer à nouveau. Puis vous êtes ressorti. Et personne n'est passé sur le trottoir, à part votre frère et vous. Est-ce que tout va bien ? demande-t-il d'un air inquiet. Vous êtes un peu pâle.

– Je me sens très bien. Je suppose que je suis simplement fatigué. Nous devons faire un arrêt chez le bijoutier pour voir si ma commande est prête, dis-je en m'installant sur la banquette et en posant ma tête contre le dossier.

Cette rencontre semblait si réelle. Je ne sais pas quoi en penser. J'imagine qu'il ne me reste qu'à l'oublier. Après mes activités nocturnes de la veille, je suppose que mon imagination tourne à plein régime.

Je ferme les yeux pour me reposer un instant, et je perçois une odeur qui flotte dans l'air. Une odeur que je ne parviens pas à reconnaître. J'ouvre les yeux et appuie sur l'interphone pour demander à mon chauffeur :

– Vous avez parfumé avec un nouveau désodorisant ?

– Non, monsieur, répond-il en me regardant dans le rétroviseur. Peut-être que nous devrions nous arrêter à l'hôpital pour retrouver mademoiselle Richards. Peut-être qu'un médecin pourrait vous examiner pour être sûr que tout va bien, monsieur.

– Tout va bien, dis-je. Je sens simplement une odeur agréable. Un peu comme du miel, avec une touche de citron.

– Miel et citron ? demande-t-il, avant d'inspirer profondément, puis de secouer la tête. Non, monsieur. Je ne sens rien, à part le cuir des sièges.

– Merci quand même, dis-je en raccrochant l'interphone.

J'inspire à nouveau. Oui, des citrons et du miel. Puis j'ai soudain une révélation. Maman !

Je regarde autour de moi dans la voiture et tente de déceler quelque chose – de la fumée, une lueur – mais je ne vois rien. La voiture s'arrête, et je mets mon manteau. Lorsque M. Green vient m'ouvrir la portière, je ressens soudain une brise fraîche près de mon oreille. Mais c'est probablement le vent frais dehors.

– Merci, M. Green. Restez dans la voiture quand je reviens. Je peux ouvrir la portière tout seul. Il fait de plus en plus froid.

– C'est vrai, monsieur, dit-il en frissonnant. Merci, monsieur.

Après un signe de tête, j'entre dans la bijouterie où j'ai passé commande il y a quelques jours. J'espère que tout est prêt. L'odeur s'estompe, et je me demande si je l'ai imaginée.

– Bonjour, me salue l'homme derrière le comptoir lorsque j'entre. Eh bien, voilà un temps parfait pour Noël, n'est-ce pas ?

– C'est bien vrai. Je pense que c'est le Réveillon le plus froid dont je me souviens, dis-je en serrant sa main, alors qu'il semble regarder par-dessus mon épaule. Je suis Blaine Vanderbilt. J'ai passé commande chez vous, et j'espérais qu'elle soit prête.

Il reporte son attention vers moi et demande avec un sourire :

– La discrétion est-elle de mise ?

– Oui, je suppose, je réponds, tout en me demandant pourquoi il me pose cette question étrange.

Il ouvre un tiroir sous le comptoir et en sort une petite boîte noire. Il la place devant moi et l'ouvre.

– Est-ce que c'est ce que vous attendiez, monsieur ?

– Absolument, je réponds après avoir pris la bague et l'avoir fait tourner à la lumière et constaté que la pierre ne comporte aucun défaut. Je vous dois quelque chose ?

– Non, vous avez effectué le paiement en ligne. Je vais vous donner un sac. Ou souhaitez-vous un emballage cadeau ? demande-t-il en jetant un nouveau regard par-dessus mon épaule. Pour qu'elle l'ouvre elle-même.

– En fait, j'ai déjà prévu une façon originale de la lui offrir, donc je n'ai pas besoin d'emballage cadeau. Juste un sac, je vous remercie.

Je me retourne pour essayer de comprendre ce qu'il regarde. Probablement des passants dans la rue.

Quoi qu'il en soit, il est assez étrange !

– Et voici, monsieur, dit-il en me tendant le sac. Un très joyeux Noël à tous les deux.

– Merci, à vous aussi, je réponds en me dirigeant vers la porte.

Soudain, je réalise que son choix de mots est plutôt surprenant. Pourquoi a-t-il dit « à tous les deux » ?

J'arrive jusqu'à la voiture et m'engouffre à l'intérieur. Je suis immédiatement saisi à nouveau par cette odeur de miel et de citron.

– Maman ? C'est toi ? Peux-tu me donner un signe, si tu es vraiment là ?

La vitre de séparation descend, et je sursaute.

– Vous m'avez parlé, monsieur ? demande M. Green.

– Non, je parlais tout seul. Nous pouvons rentrer à la maison. Je dois emballer la bague avant d'aller chercher Delaney.

– Très bien, monsieur, répond-il avant de relever la vitre.

Je m'allonge dans mon siège et souris.

– Bon, j'imagine que tu vas me tenir compagnie un moment. C'est super.

J'aimerais tant pouvoir la voir !

CHAPITRE 45

Delaney

I l y a des cookies partout – dans le bureau des infirmières, dans les chambres des enfants, dans la salle de repos. Et j'ai compris une chose à mon sujet : je n'ai aucune volonté. Aucune !

– Celui-là ressemble au Père Noël, remarque Tammy en me montrant un des biscuits, saupoudré de rouge. Tu le veux ?

– Non, je ne devrais pas, dis-je en regardant la friandise avec envie, même si j'en ai déjà mangé trois en une heure.

– Mais ils sont vraiment bons, dit-elle en l'agitant sous mon nez. Ma maman les a faits pour moi.

– Oh, si c'est une recette différente, je devrais le goûter alors, dis-je en prenant le cookie.

Je prends une bouchée, qui fond immédiatement dans ma bouche. Je pousse un gémissement de plaisir.

– Je te l'avais dit. Maman va en apporter à la fête de Noël de son travail. Elle m'a dit qu'elle voulait faire bonne impression, pour quand elle ira travailler là-bas. Elle pense que M. Vanderbilt est l'homme le plus merveilleux du monde, dit Tammy, avant de croquer dans un cookie en forme de cloche habilement décoré.

– Ces cookies sont magnifiques, en plus d'être délicieux, je remarque en désignant celui qui est dans sa main. Tu te rends compte du temps qu'il a fallu pour décorer celui-ci ?

Elle s'arrête de mâcher et observe le gâteau attentivement, avant de le fourrer dans sa bouche. Bon, elle l'aura regardé une seconde au moins. C'est mieux que rien.

Alors que j'avale la dernière bouchée du cookie, le haut-parleur se déclenche, et je lève la tête :

– Nous appelons tout le personnel disponible à se rendre dans la chambre 573 immédiatement.

– C'est la chambre de Megan, je murmure. Je vais revenir te voir, Tammy.

Je sors de sa chambre précipitamment et traverse le couloir au pas de course. Les parents de Megan sont devant la porte. Ils semblent tous deux paniqués. Sa mère me serre le bras en criant :

– Elle ne respire plus !

Je regarde son père, lui demandant silencieusement la permission d'entrer dans la chambre de sa fille. Il acquiesce. Il est très pâle, et il semble inquiet et terrifié.

Je devais être la plus proche, car je suis la première à arriver dans la chambre. La petite est étendue sur le lit, sans vie. Je détecte un pouls très faible et commence les gestes de réanimation.

Je suis habituellement très calme dans ce genre de situation, mais cette fois, mon cœur cogne dans ma poitrine. Je savais que ça pouvait arriver, comme je me le répète en faisant des palpations thoraciques et en soufflant dans sa bouche pour faire repartir son cœur.

Une autre infirmière me rejoint et me relaie alors que je continue à insuffler de l'oxygène dans la bouche de la petite fille. Au bout de la cinquième fois, je sens de l'air sortir de sa bouche.

– Elle respire !

Le médecin entre dans la chambre en aboyant des ordres :

– Il faut la mettre sous respirateur. Vous l'avez faite revenir, Richards ?

– Oui, docteur, dis-je en me reculant pour le laisser approcher.

Alors que je recule encore jusqu'à me trouver dans un coin de la pièce, j'entends quelque chose.

Un son léger chatouille mes oreilles. J'arrive presque à comprendre des mots, comme susurrés d'une voix douce et aérienne, et je sens un léger courant d'air me toucher. Pourtant, aucune fenêtre n'est ouverte dans la chambre.

Je lève la tête, et constate que la bouche d'aération est de l'autre côté de la pièce, loin de moi, donc ça ne peut pas provenir de là non plus. Le son se déplace, et je me dirige dans sa direction. Le médecin s'apprête à brancher le respirateur.

Soudain, la petite fille s'assied dans le lit. Ses yeux semblent chercher quelqu'un dans la pièce, jusqu'à ce qu'ils se posent sur moi.

– Dites-lui que j'ai besoin d'elle, dit-elle d'une voix faible. Elle est partie. S'il vous plaît, dites-lui que j'ai besoin d'elle !

Son corps retombe sur le lit. Ses yeux se ferment.

Tout le monde me regarde avec une expression étrange, puis ils se remettent au travail pour la sauver. Je tourne les talons et sors de la chambre. Je sais qu'elle doit parler de Crystal, mais comment suis-je censée la retrouver ?

Ses parents sont toujours devant la porte, se serrant dans les bras l'un de l'autre.

– J'ai réussi à la faire revenir. Vous pouvez entrer la voir, si vous voulez, dis-je sans m'arrêter.

Une main me retient par l'épaule.

– Merci, infirmière Richards, me dit son père.

Je me retourne vers lui. Son visage est marqué de rides qu'il n'avait pas lorsque je l'ai rencontré la première fois.

– De rien, je réponds.

– Je suis navré, dit-il avant de lâcher mon épaule.

Je comprends qu'il ne souhaite pas en dire plus, mais qu'il tenait à s'excuser.

– Merci, je murmure avant de m'éloigner.

Les mots de la petite tournent en boucle dans ma tête, et je me demande ce que je dois faire. Je me dirige vers la chapelle au premier étage. Elle est vide. Je m'agenouille devant l'autel.

– S'il Vous plaît, ramenez Crystal auprès de Megan Sanders, Seigneur. Amen.

Je ne sais pas du tout si ça fonctionnera, mais je ne sais pas quoi faire d'autre. Mon téléphone vibre soudain dans ma poche. C'est Blaine. Lorsque je décroche, je n'ai pas le temps de dire quoi que ce soit. Il s'exclame d'une voix excitée :

– Ma mère est avec moi !

– Je ne vais pas te demander ce qui te fait dire ça, même si ce serait une question censée. Je vais juste te demander de dire à ta mère que Megan a besoin d'elle, tout de suite. Elle a cessé de respirer il y a quelques minutes, et j'ai dû la ranimer. Elle a repris conscience juste le temps de me demander de la faire revenir auprès d'elle.

– Très bien, je m'en occupe. Est-ce que Megan va s'en sortir ? demande-t-il, d'une voix craintive.

– Je n'en ai aucune idée, Blaine. Ce n'est plus entre nos mains. Rien ne l'est, semble-t-il !

CHAPITRE 46

Blaine

– **B**on, je me sens un peu stupide de faire ça, dis-je à haute voix, en espérant que mes employés ne m'entendent pas. Maman, Megan a besoin de toi. Tu dois vite aller auprès d'elle. Je t'en prie, maman, aide-la.

Puis je tends l'oreille, m'attendant presque à entendre une porte claquer lorsqu'elle sortira du bureau. Après cinq minutes de silence complet, je laisse tomber. Après tout, je n'ai jamais rien entendu jusqu'à maintenant ; je ne vois pas pourquoi ce serait différent cette fois.

Roxy entre dans la pièce, où nous avons installé un sapin de Noël, et dépose un plateau de jolis biscuits décorés sur le thème de Noël sur la table. Elle les observe avec un sourire satisfait.

– Ils sont plutôt réussis, vous ne trouvez pas, M. Vanderbilt ?

– Si, en effet, je les trouve très beaux. Et sont-ils bons ? je demande en prenant un biscuit en forme de renne et en en prenant une bouchée. Délicieux ! je m'exclame.

– Je vous apporterai quelques douceurs à partager avec Mlle Richards lors de votre soirée en amoureux, dit-elle avec un sourire attendri.

Je lui rends son sourire tout en emballant le dernier paquet qui contient la bague de Delaney. Elle ne se doutera jamais qu'un si grand paquet contient une bague !

Même si je sais qu'un drame est en train de se jouer à l'hôpital, je ne peux m'empêcher d'imaginer avec plaisir la réponse de Delaney, et la joie que je ressentirai lorsqu'elle acceptera de devenir ma compagne, ma moitié pour toujours.

Si elle dit oui, je souhaite l'épouser avant le début de l'année prochaine. Je veux prendre un vrai nouveau départ. Puis je pense à ses parents. Ils m'étaient totalement sortis de la tête.

Je vais dans la chambre pour trouver les coordonnées de ses parents, qu'elle m'avait données lorsque je comptais organiser une réunion de travail que j'ai fini par laisser tomber. J'ai une idée.

Je compose le numéro sur mon téléphone, et une femme répond.

– Allô, famille Richards.

– Bonjour Mme Richards, je suis Blaine Vanderbilt, et je...

– Attendez, m'interrompt-elle. Qui êtes-vous ?

– Blaine Vanderbilt. Votre fille et moi...

– LE Blaine Vanderbilt ? Le propriétaire de la chaîne des Bargain Bin ? Celui-là ? demande-t-elle, semblant un peu déroutée.

Puis j'entends une voix forte tonner derrière elle.

– Blaine Vanderbilt ? crie un homme. Laisse-moi parler à ce fils de pute !

– Madame, laissez-moi vous expliquer, je bafouille, mais le téléphone change de main.

La voix qui résonne dans le combiné est si forte que je dois l'éloigner de mon oreille.

– Bordel, mais qu'est-ce que vous voulez, espèce d'enfoiré ?

– Je ne suis pas sûr que ce soit toujours une bonne idée de vous demander ce que j'allais vous demandez mais... Voyez-vous, monsieur, votre fille et moi...

– Ma fille ? Delaney ? Comment la connaissez-vous ? Que lui avez-vous fait ? demande-t-il.

– Je ne lui ai rien fait. Je ne sais pas ce que vous imaginez. Elle ne vous a pas parlé de nous ?

J'attends sa réponse, mais il y a un énorme blanc.

– Nous ? finit-il par demander.

Merde ! Elle ne leur a pas du tout parlé de moi !

– Oui, monsieur. J'ai rencontré votre fille vers l'époque de Thanksgiving. Nous avons commencé à sortir ensemble, puis nous avons emménagé ensemble.

– Doux Jésus ! s'exclame-t-il. Je dois raccrocher. Il faut que j'appelle ma fille.

Il raccroche sans rien dire de plus. Je ne suis pas sûr de ce que je dois faire. Je recompose le numéro, mais la ligne est occupée. Puis j'appelle Delaney pour la prévenir, mais elle rejette mon appel, et je comprends qu'elle est en train de parler à son père.

Merde ! Je crois bien que j'ai gâché son Noël !

Delaney

JE SORS mon téléphone qui vibre de ma poche, et je vois que c'est un appel de mes parents. Je comptais les appeler dans la journée, mais n'ai pas eu un moment à moi.

– Allô, désolée, dis-je en décrochant. J'ai commencé le travail très tôt ce matin. Je comptais vous appeler, je vous jure.

– Delaney Richards, ta mère et moi venons de recevoir un appel très perturbant, dit mon père.

– Oh non ! Qu'y a-t-il, papa ?

– Apparemment, tu habites avec notre ennemi juré ! Voilà ce qu'il y a ! Dis-moi que cet enfoiré nous a menti.

– Il vous a appelés ? je demande.

J'essaie de gagner du temps pour trouver une façon de leur expliquer la situation. Mais il semblerait que Blaine s'en soit déjà chargé. Quel idiot !

– Oui, et il a dit que vous habitez ensemble. Bon, je sais que ce n'est pas possible. Alors tu vas m'expliquer ce qui se passe, jeune fille, dit-il en prenant ce ton qu'il utilise quand il me réprimande.

– Très bien. Je savais que vous seriez en colère d'apprendre que je fraternise avec l'ennemi. Mais il est en train de changer, papa. Il est très gentil avec moi. Il l'a toujours été. Et il est aussi en train de revoir sa manière de faire des affaires.

– J'ai vraiment honte, en ce moment, dit-il semblant anéanti.

– Il n'y a pas de raison, papa. Tout va bien. Tu n'as aucune raison d'avoir honte.

– J'ai honte d'avoir une fille capable de trahir sa famille comme tu le fais. Tu vas cesser de fréquenter cet homme immédiatement ! Tu m'entends ?

– Hum, papa, je ne vais pas faire ça. Dis-moi ce qu'il t'a dit. Il devait avoir une raison de t'appeler.

– Je ne sais pas pourquoi il a appelé. Pour nous mettre en colère, je suppose.

Mais je connais assez Blaine pour savoir que ce n'est pas la raison pour laquelle il a voulu appeler mes parents, surtout sans m'en parler au préalable.

– Laisse-moi l'appeler, et je te rappelle tout de suite après. Peut-être qu'il souhaitait vous inviter à la maison pour Noël.

– Chez vous ? Delaney, tu n'es pas sérieuse. C'est le mal incarné ! Il a passé un accord avec le diable. J'en suis certain. Personne ne peut faire fortune en vendant de la merde autrement ! Personne !

– Papa, il n'est pas mauvais. Je te le promets. En tout cas, plus maintenant. Je te rappelle, dis-je en raccrochant.

Je ne vois pas ce que je pourrais dire pour convaincre mon père d'accepter ma relation avec Blaine.

Mais à quoi pouvait bien penser Blaine ?

CHAPITRE 47

Blaine

Lorsque mon téléphone sonne à nouveau, je sais qui est au bout du fil, et je sais que je me suis attiré des ennuis.

– Delaney, je suis désolé, dis-je en décrochant.

– Blaine, pourquoi leur avoir dit ? demande-t-elle d'une voix faible et abattue.

– Ma chérie, je pensais que tu leur avais au moins parlé de nous deux. Je suis désolé. Je voulais les inviter à manger avec nous demain. Je comptais envoyer mon jet privé les chercher demain matin. C'est une gentille attention, n'est-ce pas ?

– Oui, ça l'aurait été, répond-elle. S'ils avaient été au courant pour nous deux. Papa avait l'air sur le point de faire une crise cardiaque. Il était furieux. Il m'a dit qu'il avait honte de moi, Blaine. Il ne m'avait jamais dit une chose pareille.

– Bon sang, ma chérie ! Ce sont des mots très durs. Je ne suis tout de même pas un monstre.

– À ses yeux, si. Il pense que tu as passé un pacte avec le diable, en fait. Il le pense vraiment, Blaine. Pour lui, je couche avec le diable. Je ne sais vraiment pas quoi faire.

– Que veux-tu dire ? je demande, inquiet en entendant ces mots. Comme si elle devait faire quelque chose. Me quitter ?

– Je veux dire que je dois arranger les choses avec mes parents. Je ne peux pas laisser la situation telle qu'elle est.

– Je leur achèterai tous les deux une nouvelle voiture, dis-je puis je secoue la tête, car ce n'est pas suffisant. Une nouvelle maison ! N'importe où ça leur plairait. Je leur achèterai tout ce dont ils ont envie, et je leur proposerai une grosse compensation pour leur entreprise – de quoi être à l'abri du besoin pour le restant de leurs jours ! Qu'en penses-tu ?

– Papa n'est pas du genre à accepter des pots-de-vin. Mais peut-être qu'une compensation financière pour l'entreprise pourrait le calmer. Nous en parlerons quand je rentrerai à la maison. Au fait, je termine dans une heure. Seras-tu là pour me prendre ?

– Je serai là. J'ai reçu ton cadeau ce matin. J'espère qu'il te plaira, dis-je, un peu rassuré qu'elle ne semble pas penser à me quitter à cause de ses parents.

– Je dois passer chercher le tien. Nous devrons nous arrêter au studio sur la route, dit-elle, piquant ma curiosité.

– Tu veux bien me donner un indice, chérie ? je demande.

– En voici un, dit-elle, et j'entends un sourire dans sa voix. Tu découvriras ce que c'est quand nous ouvrirons les cadeaux ce soir, sale gosse !

– Je savais que tu étais une femme cruelle, dis-je avec humour. Le genre de femmes qui te fait languir. On se voit dans une heure.

– J'ai hâte. Je suis épuisée. Je vais avoir besoin de faire une sieste en rentrant à la maison.

– D'accord, on fera une sieste à poil. Et pour te donner encore plus envie, le cuisinier a préparé des biscuits et des plats délicieux, alors prépare-toi à un festin ensuite.

Elle gémit à voix basse, ce qui n'est pas la réaction à laquelle je m'attendais.

– À tout à l'heure, dit-elle en raccrochant.

Mon téléphone se remet immédiatement à sonner. Ce sont ses parents. Je décroche, et me prépare à me faire hurler dessus.

– Allô, dis-je d'une voix timide.

– Ici la mère de Delaney.

Je soupire, soulagé que ce ne soit pas son père.

– Oui, madame ?

– Mon mari est parti faire une course, alors j'ai pris la décision de vous appeler. J'espère que ça ne vous dérange pas, ajoute-t-elle d'une voix douce, ce qui me rassure sur la manière dont se déroulera cet appel. Écoutez, mon mari est vraiment surpris par la nouvelle. À tel point qu'il est sorti pour acheter de l'alcool fort. Je n'aime pas le voir ainsi. Je vous appelle en fait pour vous supplier. Vous nous avez déjà pris notre entreprise. Je crains que ça ne fasse trop pour le pauvre homme, si vous lui prenez aussi sa fille. S'il vous plaît, envisagez de vous séparer. Sinon, je crains pour la santé de son père.

– S'il vous plaît, écoutez-moi. Je suis amoureux de votre fille. Je l'aime plus que ma propre vie. Ce que vous me demandez m'est impossible. Par contre, j'aimerais vous faire une proposition. Je souhaiterais vous payer à vous et votre mari une compensation financière pour l'entreprise que vous avez perdue par ma faute. Je veux vous faire une offre généreuse qui vous mettra à l'abri du besoin.

– Et les autres entreprises que vous avez fait couler ? Qu'en est-il de ces pauvres gens ? demande-t-elle, je suis choqué d'entendre que ma proposition ne semble pas lui faire plaisir.

– Je vais m'occuper de chacun individuellement.

– Mais ferez-vous de votre mieux pour réparer les torts que vous avez causés, pour tous les autres ? insiste-t-elle, me faisant penser que c'est une très bonne négociatrice.

– Oui. Et comme je suis amoureux de votre fille et que j'aimerais vous rendre heureux, je souhaite commencer par vous. Si vous aimeriez nous rejoindre dans notre propriété pour Noël, je serais heureux d'en discuter avec vous deux. Je veux dire aussi si vous pouviez empêcher votre mari de me faire la peau.

Elle éclate de rire, puis s'arrête brusquement.

– Attendez. Vous avez dit « notre propriété » ? Chez qui nous invitez-vous ? Vos parents ?

– Non, cette maison m'appartient. Comme Delaney fait entièrement partie de ma vie, j'estime qu'elle est aussi à elle. Pour moi, c'est notre maison. Elle s'occupe de la gestion de la maisonnée depuis qu'elle y a emménagé, et je trouve qu'on s'y sent vraiment mieux depuis qu'elle y est.

– C'est mignon, dit-elle, et à son air attendri, je devine que j'ai des chances de la mettre de mon côté.

– Je peux envoyer une voiture vous chercher demain matin. Elle vous emmènera jusqu'au petit aéroport de Lockhart, où vous attendra un jet privé qui ira à Houston. Mon chauffeur viendra vous chercher à l'arrivée et vous amènera ici. J'avais prévu le repas pour midi, mais je vais le décaler à plus tard. Ça ne posera aucun problème. Mon frère et ma sœur seront également présents.

– Et vos parents ? Ils ne seront pas là ?

– Ils sont décédés tous les deux. Alors, qu'en pensez-vous ? Discutez-en avec votre mari, et donnez votre décision à Delaney ou moi-même.

– Décédés ? Déjà ? C'est terrible ! s'écrie-t-elle, sincèrement touchée. Je vais en toucher un mot à mon mari. Ça l'adoucira peut-être un peu. Au revoir.

Je repose le combiné et je me demande si je risque d'avoir des ennuis avec Delaney d'avoir invité ses parents. Mais il faut bien que je fasse le premier pas pour apaiser les tensions entre nous. Je souhaite que nous formions une grande et heureuse famille, après tout.

Roxy entre en s'essuyant les mains avec un torchon.

– M. Vanderbilt, je suis sur le départ, ainsi que le reste de l'équipe. Nous voulions vous informer que nous avons proposé notre aide pour préparer et servir la nourriture que vous avez fait envoyer au refuge des sans-abris. Nous pensions que si tous vos employés, au sein de votre entreprise mais aussi de votre demeure, participaient à rendre meilleur le Noël de ces personnes, votre réputation s'en trouverait améliorée. C'est notre cadeau à tous, pour vous et Mlle Richards.

– Elle sera ravie de l'apprendre. Nous avons décidé de vous donner toute la semaine prochaine de libre à tous, pour que vous puissiez prendre un peu de repos. C'est le cadeau que Delaney vous fait. Elle était vraiment triste de ne pas avoir les moyens de vous offrir des cadeaux à tous.

– À ce sujet, M. Vanderbilt. Nous n'avons pas besoin de prendre toute la semaine. Nous ne travaillerons pas le jour de Noël et le lendemain, mais nous pouvons revenir ensuite. Cette demeure est immense. Il n'est pas facile de s'en occuper tout seul, dit-elle d'un geste de la main.

– Balivernes, dis-je. Nous aurons de la famille comme invités pour nous aider le jour de Noël, et Delaney et moi saurons prendre soin de la maison pendant que vous profitez de vos vacances. Vous les méritez.

– Promettez-moi de m'appeler si vous avez besoin de quoi que ce soit. Je pourrais réunir une petite équipe en quelques heures, me dit-elle en me fixant d'un air sérieux, comme si ça lui importait vraiment.

– Nous vous appellerons si nous avons besoin, j'acquiesce. Et maintenant, allez profiter de vos primes de Noël qui ont dû arriver sur vos comptes en banque. Peut-être qu'en la découvrant, vous aurez envie de prendre toute une semaine de libre, pour la dépenser un peu.

Elle écarquille les yeux.

– Monsieur, vous nous avez déjà donné nos primes il y a deux semaines. Vous ne vous en souvenez pas ?

– Celle-ci est spéciale. C'est pour vous remercier de vos années de bons et loyaux services. Alors rentrez chez vous découvrir ce que le Père Noël vous a apporté, Roxy.

Elle me sourit avant de tourner les talons et de sortir. Dès qu'elle refermé la porte, j'entends ses chaussures marcher plus vite, probablement grâce à ces bonnes nouvelles.

J'ignorais à quel point ça fait du bien de donner aux autres !

CHAPITRE 48

Delaney

Je porte le cadeau de Blaine, emballé de manière à ce qu'il ne puisse jamais deviner ce qu'il contient vraiment, je reviens vers ma voiture. La propriétaire de la boutique a fait du très bon travail, et j'ai hâte de voir si Blaine sera content.

Pas facile de trouver le cadeau idéal pour un homme qui a déjà tout !

Je pose la boîte sur la banquette arrière de ma Mercedes, et il se tord le cou depuis la place conducteur pour voir ce que c'est.

– C'est plutôt gros et massif.

– Oui, ça l'est, dis-je en m'installant côté passager. Et le mien, quel taille fait-il ?

– C'est un secret, répond-il en souriant. Un gros et chouette secret.

– Gros et chouette ? je répète, essayant de deviner.

Il m'a déjà offert une voiture, mais il en possède des tas, alors ça pourrait en être une autre. Ou une maison dans un endroit isolé. Il en serait aussi capable. Avec ses finances, difficile d'imaginer quel genre de cadeau je vais recevoir.

– Comment va Megan ? demande-t-il, faisant disparaître mon sourire.

– Pas bien. Le prêtre a passé la journée avec elle et ses parents. Ils ont aussi fait venir le reste de la famille.

– C'est ce qui se passe quand il n'y a plus d'espoir ? demande-t-il, et je le vois avaler une boule dans sa gorge.

– Oui, je réponds en lui prenant la main. Mais ce sont des choses qui arrivent. Au moins, tu as reçu un beau cadeau de sa part. Tu as retrouvé ta foi.

Il hoche la tête, puis me regarde d'un air étrange.

– J'ai vu le Père Noël aujourd'hui.

– Oh, Blaine ! je m'exclame en riant. Là, tu vas peut-être un peu trop loin dans ta foi.

– Non, vraiment ! Ne te moque pas de moi !

Il semble un peu vexé, et je cesse immédiatement de rire.

– Pardon. Alors, raconte-moi ce que tu as vu. Il était dans le ciel, avec son traîneau et ses huit rennes ? Ou quelque chose de plus personnel ?

– C'était beaucoup plus personnel. Il m'a parlé. Il m'a demandé ce que je voulais pour Noël, répond-il en jetant un coup d'œil gêné dans ma direction.

– Et qu'as-tu répondu, Blaine ? je demande, me retenant de sourire, pour qu'il ne pense pas que je me moque de lui.

– Je lui ai dit que je voulais que Megan guérisse. Je ne suis pas en train de dire que je perdrais la foi si elle ne s'en tirait pas. Mais, ce ne serait pas génial si elle guérissait ?

Son sourire m'effraie. Je vois qu'il prend ça très au sérieux, et qu'il souffrira beaucoup si la petite fille meurt.

– Blaine, tu as besoin de comprendre ce qui se passe. Le corps de cette petite fille est en train de s'arrêter de fonctionner. À ce stade, il faudrait un miracle pour la sauver. S'il te plaît, n'aie pas trop d'espoirs là-dessus. Je détesterais te voir anéanti si le Père Noël n'aura pas pu la guérir.

— Mais non, dit-il d'un air agacé. Je ne suis pas idiot. Je sais bien que le Père Noël n'existe pas.

Et voilà que je me sens idiote !

— Hé, si on discutait un peu pour savoir comment on va faire pour calmer mes parents ? je propose, surtout pour changer de sujet.

— J'ai parlé avec ta mère, dit-il, ce qui me terrifie d'un coup.

— Quoi ? Tu l'as appelée ? Blaine, bon sang !

— Calme-toi, chérie ! C'est elle qui m'a appelé. Et je lui ai parlé de la compensation financière que je prévois de leur donner. Je les ai invités pour Noël, et elle a dit qu'elle en parlerait à ton père.

— Elle t'a appelé ? je répète, tentant de retenir la colère que je sens déjà brûler mes joues.

— Oui. Dès que nous avons raccroché tous les deux. Elle a appelé, et je comptais bien répondre, même si c'était ton père qui m'aurait hurlé dessus un peu plus.

Je passe ma main sur son épaule et m'excuse. Blaine ne méritait pas de se faire passer un savon.

— Bébé, je suis désolée. Je me suis mise en colère trop vite.

— Comme d'habitude, dit-il, et je lui donne une tape sur le bras.

— Aïe !

Grossière erreur. Son biceps est dur comme de la pierre !

— Ha ! dit-il en riant. Tu ne devrais pas me taper, tu te fais mal.

— Ouais, ouais, je marmonne en me frottant la main tandis que la voiture passe le portail de notre propriété. Alors, comment a réagi maman ?

— Plutôt bien. Je pense qu'elle va chercher à arrondir les angles avec ton père. Avec un peu de chance, ils accepteront de venir demain. Mais cette nuit, on sera juste toi et moi, ma belle. J'espère que tu es prête à passer le réveillon de Noël le plus romantique de ta vie.

— Qu'as-tu donc prévu, mon cher Père Noël ? je ronronne en griffant son bras du bout des ongles.

— Tu as un ton bien coquin, joli petit lutin. Et je te révélerai mes plans progressivement. D'abord, laisse-moi garer la voiture. Ensuite, je pense qu'un bon bain chaud s'impose. Pour te détendre, et pour que tu puisses profiter des festivités de ce soir.

Il arrête la voiture. Son regard marron pétille.

– Je crois que grâce à toi le Réveillon sera vraiment inoubliable.

Il sort de la voiture et vient ouvrir ma portière avant que j'aie enlevé ma ceinture. Il m'aide à sortir et me prend dans ses bras.

– Je vais te traiter comme une reine ce soir. Je veux que tu saches à quel point je t'aime et tu es importante pour moi.

Je mets mes bras autour de ses larges épaules et pose ma tête contre son torse viril.

– Blaine, avec toi je me sens aimée tous les jours. Je n'imagine pas douter un jour de tes sentiments pour moi. J'espère que tu ressens la même chose pour moi. Je t'aime plus que je ne puisse l'exprimer. Si ma vie devait prendre fin demain, je m'estimerais heureuse, parce que tu as fait partie de ma vie. C'est le plus beau des cadeaux.

Nous entrons dans la maison et sommes accueillis par une agréable quiétude.

– J'ai démarré un feu dans la cheminée du petit salon où nous passerons la soirée. Nous y serons installés confortablement. J'ai vraiment hâte de t'offrir ton cadeau. Mais chaque chose en son temps. Direction la baignoire, ma jolie.

Je ne vois pas une meilleure manière de me détendre que dans ses bras !

CHAPITRE 49

Blaine

Quand j'étais enfant, je fêtais Noël de façon totalement différente. Papa emballait nos cadeaux dans les pages de dessins comiques du journal du dimanche. Notre repas de Noël consistait en un jambon en boîte, avec des macaronis au fromage et des flageolets. Rien de bien pompeux.

Nos cadeaux étaient des choses utiles. De nouveaux sous-vêtements et des chaussettes pour nous trois. De nouveaux cahiers ou des stylos pour l'école. Et chaque année, nous recevions un nouveau manteau. Les chaussettes que nous pendions au-dessus de la cheminée étaient remplies de fruits frais – jamais de bonbons. Je ne sais pas d'où venait l'aversion de papa pour les friandises, mais nous n'en recevions presque jamais.

À la maison, nous ne nous demandions jamais pourquoi le Père Noël ne venait pas chez nous. J'avais des amis qui me racontaient que le Père Noël venait déposer des cadeaux au pied de leur sapin dans la nuit, pendant leur sommeil. Ça ne s'est jamais produit chez nous.

Je suppose que papa avait trop à faire entre le travail et nous, pour en plus attendre que l'on s'endorme le soir de Noël et aller déposer nos cadeaux sous le sapin.

J'installe une couverture sur le sol devant la cheminée. Les guirlandes lumineuses installées sur le grand sapin clignotent et font baigner la pièce dans une douce lueur. Je regarde Delaney et pense à l'avenir.

– Tu sais, je crois que ce soir j'aimerais réfléchir à des idées pour les futures traditions de Noël de notre famille. Quelles étaient les traditions dans la tienne, ma chérie ?

Elle est assise entre mes jambes, tandis que mon dos repose contre le canapé. Nous sommes vêtus de nos pyjamas assortis, rouges avec des motifs de sucres d'orge partout. Elle me répond en caressant mes cuisses :

– Le soir du réveillon, on allait chez ma mémé. Elle et mon pépé préparaient le dîner. En général, c'était du rôti. C'étaient les parents de mon père. Ses deux frères venaient aussi, avec leurs familles.

– Ça a l'air super, dis-je en repoussant ses cheveux sur le côté pour déposer un baiser sur sa joue. Que penses-tu qu'on devrait faire, nous ?

– Quelque chose du même genre. Passer la soirée ici avec nos enfants. Et puis, tu pourrais inviter ton frère et ta sœur, et leurs familles lorsqu'ils en auront, dit-elle en se retournant face à moi.

– Je voudrais que cette soirée soit uniquement consacrée à nous, et notre famille, dis-je en lui caressant la joue. Nous pourrons voir le reste de la famille le jour de Noël. Tout le monde – tes parents aussi. Mais le soir du réveillon, j'aimerais que l'on reste entre nous, toi, moi et les êtres que nous créerons ensemble.

– Et combien d'êtres aimerais-tu créer avec moi, Blaine ?

– Neuf ou dix, dis-je, ce qui fait naître un grand sourire sur son visage.

– Un peu moins, s'il te plaît, demande-t-elle en riant. Que penses-tu de deux ?

Je secoue la tête.

– Quatre ou cinq. Je veux faire une grande famille, bébé.

– On verra, dit-elle en m'embrassant. Pour le moment, rien n'est exclu pour l'instant.

– Je ne m'inquiète pas. Je saurai te convaincre. Et alors, nos futurs enfants – est-ce qu'on leur fait croire au Père Noël, ou on laisse tomber ?

– Tu sais, comme on allait chez mes grands-parents et qu'il y avait de la route, on ne m'a jamais trop fait croire au Père Noël. Je pense qu'on devrait le faire avec nos enfants. Et toi ? Est-ce que ta famille croyait au Père Noël ?

– Non, je réponds en secouant la tête. Je pense aussi qu'on devrait laisser nos enfants y croire. Ce sera génial de les voir surexcités le matin de Noël.

– Oui je pense aussi, dit-elle en m'embrassant à nouveau. On dirait bien que nous venons de prendre notre première décision en tant que parents, Blaine.

– C'est étrange, hein ? Alors qu'on n'a même pas encore d'enfants, dis-je en riant. Je crois qu'il est temps d'ouvrir nos cadeaux. Je meurs d'envie de savoir ce que tu m'as offert.

– Moi aussi. Mais je n'ai pas la moindre idée de ce que contient cette énorme boîte. Je n'arrive pas à imaginer ce qui pourrait faire cette taille, à part peut-être un lave-vaisselle, mais je n'en ai pas besoin, dit-elle en fixant le gros paquet cadeau sous le sapin.

– Tu n'as rien dit à propos de mon emballage cadeau.

– On m'a toujours dit de ne rien dire si je n'avais rien de positif à dire, réplique-t-elle avec un petit sourire. Mais puisque tu me poses la question, on dirait que c'est un singe qui l'a emballé.

– Ouais, ben attends de voir ce qu'il y a dedans, dis-je en embrassant ses douces lèvres.

Elle se colle contre moi en me caressant le dos. En quelques instants, nous nous laissons emportés par l'excitation, et je la soulève pour la mettre sur mes genoux. Puis je me rappelle du cadeau que je m'apprête à lui offrir, et me force à mettre un terme à notre baiser qui est devenu passionné trop rapidement.

– Attends un peu. Donne-moi ton cadeau d'abord.

Elle soupire, mais se lève et va chercher le cadeau. Elle se rassied près de moi en tailleur et me tend la boîte.

– C'est surtout un cadeau qui vient du cœur plus que du porte-feuille.

– Tant mieux. Ce sont les cadeaux que je préfère. Et laisse-moi te féliciter pour l'emballage cadeau, ma chérie.

Je défais le gros nœud rouge brillant qui maintient la boîte fermée, puis soulève le couvercle. Je lève la tête et la vois en train de se mordre la lèvre, apparemment nerveuse.

– Ne t'inquiète pas. Je suis sûr que je vais adorer.

– C'est juste que tu as déjà tout, et je ne savais vraiment pas quoi t'offrir. Si tu trouves ça nul, dis-le-moi, comme ça je ne referai plus jamais l'erreur, dit-elle en se penchant pour regarder dans la boîte. Ouf. Je craignais que la vendeuse n'aie pas mis le bon cadre, mais c'est celui que j'ai choisi – le doré.

Je soulève le cadre et découvre une photo de mon frère, ma sœur et moi lorsque nous étions enfants. Mes parents sont représentés au-dessus de nous, nous souriant, comme s'ils nous regardaient depuis le ciel.

– C'est le plus beau cadeau qu'on m'ait jamais fait, ma chérie. Je ne sais pas comment tu as fait pour réunir toutes ces photos en une seule image, mais j'adore.

– La vendeuse avait juste besoin d'une photo de chacun de vous, et elle a réalisé une sorte de collage pour créer cette image. Kate m'a envoyé les photos depuis son téléphone. Cette femme est plutôt douée, hein ? dit-elle en s'approchant de moi pour regarder l'illus-tration.

– Merci, mon amour. C'est le cadeau le plus charmant que j'aie jamais reçu. Je le chérirai toujours. Je me demande où je vais l'ac-crocher.

– Pourquoi pas dans l'entrée, Blaine ? propose-t-elle en allant poser le cadre sur le canapé. Je pense que c'est là qu'on devrait mettre nos photos de famille. Tu sais, comme ça les personnes qui viennent nous rendre visite pourront voir qui nous sommes, et d'où nous venons en entrant ici.

– Tu as raison. Des photos de notre mariage, de la naissance de nos enfants, ce genre de choses. Ça me plaît !

Elle fera une formidable épouse, je ne pouvais pas rêver mieux !

CHAPITRE 50

Delaney

J e le vois dans ses yeux – la photo lui plaît, et j'en suis ravie.
J'avais un peu peur qu'il trouve ça ringard.

Il m'a fait asseoir dans le fauteuil en velours près du sapin
de Noël et il s'approche avec l'énorme boîte qui contient mon
cadeau. Je n'ai vraiment pas la moindre idée de ce que ça peut être. Il
le soulève comme si ça ne pesait rien, ce qui me surprend.

– Que m'as-tu acheté, Blaine ? Une boîte avec de l'air dedans ? je
demande en riant.

– Tu n'as qu'à l'ouvrir pour le savoir, dit-il en posant la boîte
devant moi. Et voilà, m'dame. Amusez-vous bien.

– Bon, alors je déchire tout ? Est-ce que c'est fragile ? Ou vivant ?
Dois-je faire très attention ?

– Commence simplement par enlever le papier cadeau, Delaney.

Il se tient debout devant moi, et me regarde avec des yeux atten-
dris et un grand sourire sur son visage d'une beauté ravageuse.

Un par un, je déchire les morceaux de papier cadeau décorés de petits rennes jusqu'à faire apparaître la boîte. Je soulève le couvercle et découvre une autre boîte à l'intérieur. Je la sors et regarde Blain d'un air interrogateur. Son sourire s'élargit.

– Bon, Blaine, qu'est-ce que c'est que cette histoire ?

– Continue à le déballer, ma jolie. Tu verras.

Cette boîte est mieux emballée, j'enlève le papier autour qui est décoré de petites boules de neige, avec un gros nœud blanc à son sommet. Lorsque je l'ouvre, je trouve encore une boîte.

– Blaine ?

– Continue, insiste-t-il avec un sourire ravi.

Je déchire le papier cadeau rouge de la boîte avec un nœud noir au-dessus, et trouve une tonne de papier noir à l'intérieur.

– Et enfin, le vrai cadeau.

Tout au fond se trouve une autre boîte. Elle est petite, et savamment emballée dans un tissu de velours noir avec un joli ruban en soie rouge. Je tire sur le ruban pour défaire le nœud, et je vois Blaine se mordre la lèvre.

Je trouve une petite boîte noire à l'intérieur, et je vois Blaine s'agenouiller devant moi. Lorsque j'ouvre la dernière boîte, il ouvre la bouche :

– Delaney Leeann Richards, j'aimerais te poser une question importante ce soir. Cette bague est un gage de mon amour, pour te rappeler que tu es aimée. Tu es aimée plus que tu n'en as conscience, et c'est à moi de te couvrir de mon amour. En échange, je te demande de te donner à moi complètement. Je veux que tu sois mienne pour toujours. Que tu deviennes ma moitié, la part de moi qui me manquait tant. Delaney, veux-tu m'épouser ?

La boule dans ma gorge m'empêche de répondre tout de suite. La bague est magnifique. Elle possède un gros diamant, et la monture est en platine. Des petits diamants encadrent le gros diamant central. La bague semble coûter une fortune. Je suis émue, par le bijou et parce que cet homme merveilleux est en train de me demander ma main.

Je sens des larmes couler sur mes joues. Il les essuie du revers de la main.

– Alors ?

– Oui. Oui, Blaine, je veux devenir ta femme, dis-je d'une voix étranglée.

Des sanglots sortent de ma gorge, sans que je comprenne pourquoi. Je n'avais encore jamais pleuré de joie. Quelle sensation étrange.

Blaine prend la boîte entre mes doigts qui tremblent et en sort la bague. Il se saisit de ma main gauche et glisse la bague à mon annulaire. Je sens immédiatement son poids sur ma main – un poids qui me rappellera toujours que je ne suis plus seule. J'ai désormais une famille.

Blaine me soulève et me serre contre lui. C'est bien réel !

Je vais épouser un milliardaire !

Je vais épouser l'homme que je ne pensais même jamais rencontrer. Il était notre ennemi, et je vais devenir son épouse !

Mon cœur est parcouru de frissons, et mes larmes s'arrêtent peu à peu.

– Je t'aime, je murmure, avant de l'embrasser sur la joue.

– Je t'aime aussi, ma chérie. Et bientôt, nous allons former une famille, ajoute-t-il en s'éloignant pour me regarder. Je souhaite encore te demander quelque chose.

– Quoi donc ? je demande en essuyant mes larmes du revers de la main.

– J'aimerais qu'on laisse tomber les préservatifs et qu'on commence à essayer d'avoir un enfant. Je veux commencer à essayer dès ce soir.

– Waw ! Ah oui enfin... waw ! Euh, hum, c'est une décision importante.

– Tu viens d'accepter de te lier à moi pour la vie, remarque-t-il avec un sourire sexy. À côté de ça, le bébé, c'est un détail, tu ne penses pas ?

– Non, je réponds en secouant la tête. Blaine, c'est une étape importante. Je ne sais pas si je suis prête.

Il m'attire contre lui en tirant sur mon pyjama, et commence à déboutonner ma chemise. Ses doigts effleurent mes seins nus alors qu'il écarte les pans du haut et le fait glisser le long de mes épaules. Le pyjama glisse sur le sol et fait un doux bruissement. Blaine passe ses doigts sous l'élastique de mon pantalon et le baisse, jusqu'à ce que je sois nue devant lui.

Il me prend par la main et m'allonge sur la couverture au sol devant la cheminée, sur laquelle il ajoute un des coussins du canapé. Il vient s'allonger près de moi et glisse le coussin sous ma tête. Puis il se relève et déboutonne sa chemise, révélant progressivement son torse musclé. Je suis hypnotisée par cette vue, les lueurs des guirlandes et du feu mettant en valeur les reliefs sculptés de son anatomie. Lorsque son pantalon de pyjama tombe sur le sol, mes yeux se portent vers sa puissante érection.

D'habitude, c'est le moment où il aurait discrètement enfilé un préservatif. Mais pas cette fois. D'ailleurs, je n'en ai pas senti dans ses poches.

Il semble comprendre ce à quoi je pense, parce qu'il explique :

– Je les ai tous jetés.

– Tu es bien sûr de toi, je réponds, sans lui donner un indice sur ce que j'en pense.

– Je veux voir une version enfant de nous deux courir dans cette maison. J'ai hâte de voir ton ventre rebondi, et que tu portes le fruit de notre amour. N'es-tu pas curieuse de savoir quel être nous pourrions créer tous les deux ?

Il caresse lentement sa queue, la faisant grossir un peu plus, et l'eau me monte à la bouche. Je me lèche les lèvres et lui fais signe d'approcher. J'ai vraiment envie de le goûter.

Il se tient immobile, tout en continuant avec sa main son mouvement de va-et-vient sur sa longue queue épaisse . Il fait non de la tête. Je n'arrive pas à y croire.

Je crois que je n'ai pas le choix !

CHAPITRE 51

Blaine

Ses yeux verts brillent.

– Alors comme ça, tu veux devenir papa ?

J'acquiesce et continue de me caresser pour l'exciter.

– Alors, qu'en dis-tu ?

Elle remue à nouveau son doigt pour me faire signe de la rejoindre.

– Je dis, viens ici, papa. Faisons un bébé.

Ses mots m'emplissent d'une douce chaleur, et je me jette sur elle. Je colle ses épaules au sol et je m'allonge sur elle tout en prenant un de ses délicieux seins dans ma bouche. Elle gémit alors que je suce et lèche son téton, jusqu'à ce que son corps tremble de son premier orgasme.

– Mon Dieu, je ne savais même pas que je pouvais jouir comme ça, murmure-t-elle. C'est tellement bon.

Je la retourne sur le ventre et m'installe à califourchon sur ses fesses. Je commence à lui caresser le dos, et elle gémit de nouveau.

– Je vais tellement prendre soin de toi que tu vas finir pourrie gâtée.

Je me penche et fait pleuvoir des baisers le long de son dos, jusqu'à ses fesses rebondies. Puis j'écarte ses cuisses et embrasse cette zone vallonnée, faisant glisser ma langue de haut en bas. Elle recommence à trembler après quelques minutes, et je devine que je lui ai provoqué un deuxième orgasme.

J'ai lu des articles sur la façon de s'assurer que l'ovule sera fécondé. C'est pourquoi je me lève et attrape un autre coussin du canapé, que je place sur la couverture à côté d'elle. Je la retourne et place ses fesses dessus, pour qu'elle soit surélevée.

– On va vraiment faire ça, alors ? demande-t-elle.

J'acquiesce, et une larme coule sur sa joue. Elle écarte les bras, et je viens me coller contre elle tout en la pénétrant. J'embrasse la larme qui a roulé sur sa joue.

– Je veux que tu portes mon enfant, Delaney. Je veux que nous fondions une famille.

J'entre en elle, nous sommes peau contre peau pour la première fois, et cette sensation délicieuse me fait gémir. Je ne veux plus jamais ressentir autre chose.

Mon sexe grossit contre ses parois douces et chaudes qui s'écartent pour m'accueillir, et je ressens un besoin d'elle encore plus fort que d'habitude.

Je commence à donner des coups de reins, et elle commence à trembler. Elle m'enserre et enfonce ses ongles dans mes bras. Je m'écarte un peu pour la regarder et je la pénètre profondément.

– Dis-moi que c'est ce que tu veux.

Elle me regarde au fond des yeux. Sa tête bouge au rythme de mes coups de boutoir.

– Oh ! Je veux porter ton enfant, Blaine. Je le veux !

Elle se mord les lèvres, et un nouvel orgasme l'emporte. Ses parois agrippent ma queue, mais je ne compte pas craquer si vite.

– Ahhh ! crie-t-elle de plaisir et elle enroule ses jambes autour de ma taille, se cambrant pour me prendre plus profondément en elle. « Blaine ! »

Je me penche pour embrasser son cou et le mordre, tandis que son corps continue d'être parcouru de vibrations. Je sens ses ongles griffer mon dos, alors qu'elle s'abandonne au plaisir entre mes bras.

Elle est brûlante, sa respiration haletante. Je continue mes mouvements de bassin jusqu'à ce qu'elle se sente partir à nouveau, son corps irradié d'un orgasme encore plus puissant que les précédents. Je ralentis alors le rythme, tout en déposant de petits baisers dans son cou, et remontant avec ma bouche lentement jusqu'à ce que nos lèvres se rencontrent. Elle prend mon visage entre ses mains et glisse sa langue dans ma bouche. Elle caresse ma jambe du bout du pied, et se serre plus fort contre moi.

Je prends sa jambe et la soulève pour la pénétrer plus profondément, et la pilonne de toutes mes forces, encore et encore, jusqu'à ce qu'elle tremble des pieds à la tête et me supplie :

– S'il te plaît, Blaine. S'il te plaît, viens en moi.

Son bas-ventre pulse contre ma queue, et je ne peux me retenir plus longtemps. Je me vide en elle et l'emplis de ma semence chaude. La sensation est si incroyable que je ne peux plus penser à rien.

Nos halètements résonnent dans la pièce sombre. Elle pousse un long gémissement de satisfaction, et me caresse tendrement le dos.

Nous restons immobiles, sa jambe en l'air, nos corps toujours imbriqués l'un dans l'autre. Lorsque les vibrations s'arrêtent enfin, je lâche sa jambe, mais reste en elle.

Elle s'agite sur le coussin.

– On peut l'enlever ?

– Attendons quelques minutes, pour augmenter nos chances.

Elle glousse et me caresse les cheveux.

– Blaine, je veux que tu saches à quel point je t'aime. Je ne sais même plus à quoi ressemblait ma vie avant de te connaître. C'est tellement dingue. J'ai juste l'impression d'avoir tué le temps – sans rien faire de spécial. Puis, tu es arrivé dans ma vie, et depuis, chaque jour est comme une aventure merveilleuse. C'est à la fois étrange et fantastique.

– J'imagine que c'est ce qui se passe quand on rencontre l'amour de sa vie. J'ai l'impression qu'avant que tu entres dans ma vie, je ne faisais que survivre. Tu as rempli mon esprit, mon âme et mon cœur, dis-je en l'embrassant tendrement. Je te promets de tout faire pour te rendre heureuse chaque jour.

– Il n'y aura pas que des jours heureux, Blaine. Ne pense pas que nous serons éternellement heureux.

– Ma chérie, dis-je avec un clin d'œil, même une mauvaise journée en ta compagnie sera meilleure qu'une bonne journée sans toi. Je veux tout de toi, pour le meilleur et pour le pire. Je comprends tout mieux maintenant. La vie est faite de bons et de mauvais moments. Il arrive que le mauvais prenne le pas sur le bon, et vice-versa. Mais rien ne me fait peur, tant que tu es à mes côtés.

– Je me demande ce que j'ai fait pour mériter tant de bonheur, dit-elle d'une voix tremblante, et je sens qu'elle est sur le point de se remettre à pleurer.

– Chut, dis-je dans un souffle en lui embrassant la joue. Plus de larmes ce soir.

Je m'allonge à côté d'elle et tire le coussin sous ses fesses.

– Ce soir, c'est le début du reste de notre vie ensemble. Prenons quelques décisions. La première chose que j'aimerais décider, c'est quel jour nous allons nous marier, pour pouvoir avertir tout le monde dès demain.

– J'aimerais me marier à une date importante pour toi. Par exemple, l'anniversaire d'un de tes parents, répond-elle les yeux brillants en caressant de son doigt ma lèvre supérieure.

J'attrape son doigt et l'embrasse.

– J'aimerais qu'on se marie le soir du Nouvel An à Las Vegas.

– C'est dans une semaine, répond-elle en secouant la tête. C'est trop tôt. Nous n'avons pas le temps de tout préparer. Pourquoi pas au printemps ?

– Non, dis-je en la serrant contre moi et en la mettant sur mon torse. Je veux que tu portes mon nom dès le début d'année. Je veux que ton ventre soit rebondi dès ce printemps, et je n'aimerais pas que notre fils aîné pense que nous l'avons conçu sans être mariés.

– Ou notre fille, proteste-t-elle en gloussant. J'ai toujours voulu me marier à l'église.

– Il y a des chapelles à Las Vegas.

– Tu sais où il y a aussi des chapelles, Blaine ?

– Partout, je réponds en l'embrassant. Alors, que dis-tu de Las Vegas pour le réveillon du Nouvel An ? Nous pouvons faire venir nos familles, si tu le souhaites. Ou alors nous marier juste tous les deux.

– Je réponds non à cette proposition. Mais j'ai une idée. Et ça peut toujours être le jour du Réveillon, mais ce serait à l'hôpital, pour que les enfants puissent être présents. Ils ont assisté au début de notre histoire. J'aimerais qu'ils soient là lorsque nous échangerons nos vœux.

J'aime cette idée. Sauf qu'il manquera très certainement une petite fille très chère à mon cœur, et que son absence m'attristera.

Je me demande comment Delaney réagira si je refuse son idée de mariage. Plutôt mal, à mon avis !

LIVRE SEPT : LE CADEAU

Miracles. Pardon. Dénouements heureux

.

A la fin du roman Le Cadeau du Milliardaire, Blaine et Delaney vont savoir si les parents de la jeune femme acceptent leur projet de mariage.

Une tempête de neige risque de les empêcher de passer Noël avec leurs familles.

Tout cela est très inquiétant et, le couple n'aura peut-être pas le mariage dont il rêvait, car il perd le contrôle de la situation.

Tous ces problèmes feront-ils douter Delaney quant à sa décision de se marier avec Blaine ?

CHAPITRE 52

Delaney

2 5 décembre :
La peau de Blaine rougeoie de lueurs orange et roses, reflets des braises dans la cheminée. Les lumières du sapin se sont éteintes selon le réglage du minuteur, m'indiquant qu'il est minuit passé.

– Joyeux Noël, ma chérie, murmure Blaine à mon oreille, comme je suis blottie dans ses bras. Tu es prête à aller au lit ?

La couverture sur le sol ne suffit plus à nous réchauffer, car le feu est presque éteint.

– Oui.

Il me soulève sans effort, enroulée dans la couverture, et me porte jusqu'à notre chambre. Nous sommes à présent des fiancés, qui n'arrivent pas à se mettre d'accord sur les détails de notre mariage.

Je veux me marier dans la chapelle de l'hôpital, et il est contre. Il ne m'a pas expliqué précisément pourquoi à Las Vegas au lieu d'une cérémonie plus traditionnelle, mais je soupçonne un rapport avec la petite Megan.

Je ne voulais pas me disputer juste après que nous venions de nous fiancer, alors je n'ai pas parlé du lieu de notre mariage pour le moment. Je pense soumettre nos idées au vote de nos familles lorsqu'elles arriveront demain. Si la mienne vient.

Blaine ferme la porte derrière nous et me dépose délicatement sur le lit.

– Et voilà, beauté. Installe-toi sous les couvertures, je te rejoins dans une minute.

Il se dirige vers la salle de bains et je me blottis sous les couvertures, sentant déjà le sommeil me gagner. Je sors ma main gauche de sous le drap et admire la magnifique bague qu'il m'a offerte, pour m'assurer que je n'ai pas rêvé tout ça.

Non seulement Blaine souhaite que l'on se marie le plus vite possible, mais il a aussi hâte de fonder une famille. Il est vraiment déterminé. Je pense pouvoir affirmer avec certitude qu'il va me pourchasser de ses ardeurs jusqu'à ce qu'un test de grossesse confirme que je porte bien son enfant.

La lueur de la pleine lune à travers les rideaux se reflète dans la pierre de la bague. Elle étincelle de mille feux, et mon cœur bat un peu plus vite lorsque je pense à l'avenir.

Je serai bientôt Mme Blaine Vanderbilt. Plus l'infirmière Richards. Ce sera l'infirmière Vanderbilt qui prendra soin des enfants malades de l'hôpital.

Lorsque Blaine sort de la salle de bains, il me surprend en train d'admirer la bague.

– Elle te plaît vraiment, alors ?

– Elle est magnifique, Blaine. Tu as fait un excellent choix. Bien sûr, je n'aurais jamais choisi celle-là moi-même. Elle a l'air bien trop chère. Et je t'en supplie, ne me dis jamais combien elle a t'a coûté. Je n'ose déjà presque pas la porter, de peur de la perdre.

Il vient s'installer sur le lit et s'allonge sur le dos à côté de moi. Il tapote son torse pour m'inviter à venir y poser ma tête. C'est ainsi que nous aimons nous endormir chaque nuit depuis que nous vivons ensemble.

Il passe son bras autour de mes épaules, et je me sens en sécurité, heureuse et aimée. Je soupire d'aise en m'installant plus confortablement. Je sais déjà que je vais faire de beaux rêves. Il m'a rendue encore plus heureuse qu'auparavant, même si je ne pensais pas cela possible. J'étais déjà aux anges avant qu'il ne me demande en mariage, alors qu'il ait accompli cela est tout de même impressionnant.

– Avant de te laisser t'endormir, je veux te poser une question, et j'aimerais que tu me répondes honnêtement, dit-il en passant sa main dans mes cheveux. Tu ne veux vraiment pas te marier à Vegas ?

– Non, vraiment pas. Je n'ai pas beaucoup réfléchi à mon mariage, mais je suis certaine que je ne veux pas célébrer notre union en entendant des machines à sous dans le fond de la salle. J'ai envie d'une cérémonie intimiste, avec nos familles et quelques amis. Quelque chose de simple et d'élégant.

Il me regarde en souriant.

– Je ne pense pas qu'il y ait des machines à sous dans les chapelles. Mais je respecte ton point de vue, et je ne veux pas que tu t'endormes en pensant que nous ne sommes pas d'accord. Je vais mettre mes problèmes de côté et te donner ce que tu souhaites. C'est un grand jour, et je veux qu'il soit parfait, alors je vais arrêter d'être égoïste.

– C'est vrai ? Tu serais vraiment capable de mettre tes blocages sur l'hôpital de côté ? Tu arriverais à apprécier la cérémonie ? Parce que je veux que tu profites aussi, dis-je en cherchant son regard.

Il continue de caresser mon dos en se tournant vers moi :

– Être un mari, être un père, c'est savoir faire des sacrifices. Je ne peux plus me permettre d'être égoïste. Laisse-moi faire ça pour toi. Pour nous. Je veux mettre en pratique mes nouvelles résolutions si je souhaite être un bon mari et un bon père, ce qui est bien mon intention.

– Alors, c'est d'accord. Je pense que ça te plaira plus que tu ne le penses, dis-je en me réinstallant contre son torse.

Maintenant que nous nous sommes mis d'accord, il n'y a plus un seul nuage à l'horizon pour notre avenir.

– Tant que je t'épouse, ça me va. C'est tout ce dont je devrais avoir besoin au fond, n'est-ce pas ? demande-t-il, comme si je pouvais le contredire sur ce point.

– Bien sûr. À présent, essayons de dormir. Je m'attends à moitié à recevoir un appel de ma mère demain matin pour nous dire qu'ils ont décidé de venir au repas de Noël. Tu as conscience que ça voudrait dire qu'ils resteront avec nous quelques jours ?

– Quelques jours ? répète-t-il, avant d'éclater de rire. Mon amour, ils peuvent rester jusqu'au mariage. C'est la semaine prochaine. On les emmènera acheter des vêtements, et ça nous laissera le temps de déterminer le montant de la compensation financière pour leur entreprise. Ils repartiront avec une somme sur leur compte dont ils n'avaient probablement jamais rêvé.

– Mes parents vont être riches ?

Cette pensée me réjouit. Je n'avais jamais réfléchi à ce que ça impliquerait pour mes parents s'ils acceptaient la proposition de Blaine. Je n'aurais jamais imaginé qu'ils soient riches un jour !

– Oui, ils seront riches. Je compte aussi leur acheter une maison. J'en possède une sur le lac Tahoe, et une près de la plage à Miami. Selon toi, laquelle leur plairait le plus ? me demande-t-il en souriant tout en caressant mon épaule du bout des doigts, me donnant la chair de poule.

– Définitivement celle près du lac Tahoe. De quelle taille est la maison ? Elle ne doit pas être trop grande. Maman est trop âgée pour s'occuper d'une grande maison.

– Il y a du personnel sur place. Tu dois bien t'en douter, Delaney. Et elle est grande. Un palace, mais de style chalet en bois.

Je m'assieds sur le lit et éclate de rire.

– Mon Dieu, Blaine ! Ils vont se croire morts et arrivés au Paradis !

– Papa ne me laissait presque rien lui offrir. J'ai réussi à lui faire accepter une Cadillac à Noël dernier. C'était le premier cadeau qu'il a accepté. J'avais acheté cette maison pour lui et je l'ai fait venir, mais il a catégoriquement refusé de vivre là-bas. Même si je lui ai proposé de faire venir vivre Kate et Kent avec lui, ça n'a rien changé.

– C'est assez triste. Tu voulais juste le rendre heureux. Je suis désolée.

J'embrasse sa joue, puis je repose ma tête contre son torse et je caresse la fine ligne entre ses abdos.

– Je me demande pourquoi il ne te laissait pas s'occuper de lui, j'ajoute, songeuse.

– De la fierté de têtu. Et aussi parce qu'il considérait ma fortune comme de l'argent sale – de l'argent pris à des personnes qui en avaient vraiment besoin, et qui avaient besoin de produits de bonne qualité en échange. Et il détestait le fait qu'à cause de moi, de nombreuses petites entreprises aient fait faillite, explique-t-il d'un ton triste.

– Mais tu es en train de changer tout ça. Dommage que ce soit sa mort qui t'ait fait réaliser qu'il fallait que tu changes.

– Oui, c'est dommage, dit-il en embrassant mon crâne. Dormons, ma chérie. Une grosse journée nous attend demain. Nous avons tout le festin préparé par Roxy à réchauffer.

– Au moins, je n'ai pas vraiment à cuisiner, dis-je en fermant les yeux. Bonne nuit, Blaine. Je t'aime.

– Je t'aime, Delaney. Dors bien.

CHAPITRE 53

Blaine

Des branches qui craquent m'indiquent que quelqu'un approche. Une lueur émerge de l'obscurité. Elle flotte à environ deux mètres du sol couvert de neige. Le bruit de pas s'arrête, mais je ne vois toujours personne.

La pleine lune illumine les alentours, projetant des rais de lumière à travers la forêt dense. Je ne sais pas comment je suis arrivé ici. Une chouette hulule au loin, et la lumière en face de moi grossit de plus en plus, jusqu'à ce que je ne voie plus qu'elle.

Un battement d'ailes emplit mes oreilles, et la lumière est maintenant si vive que je dois me couvrir les yeux. Puis, tout devient noir – entièrement noir – jusqu'à ce que la lumière de la lune ait disparu.

Mes yeux s'habituent lentement à l'obscurité. Une voix tonne :

– Tu as demandé quelque chose.

– Qui êtes-vous ? je demande, tandis que je commence à distinguer deux gros yeux jaunes, à quelques pas de moi.

– Hou, dit la voix.

– Oui, qui êtes-vous ? je répète.

– Je suis Hou.

Il s'approche d'un pas, et j'arrive à apercevoir la créature. Il s'agit d'une chouette de près de deux mètres, qui semble animée d'une lueur interne.

– Et tu as demandé quelque chose, n'est-ce pas ? reprend-elle.

– Je ne suis pas sûr de comprendre ce qui se passe. Où suis-je ? je demande en cherchant la lumière. Et pourquoi suis-je en train de parler à une chouette géante ?

– Je suis de taille moyenne dans mon pays. Et tu es ici, dans la forêt primordiale. Ici, la magie est possible. Et ce que tu as demandé, demande de la magie.

– Vous devez parler de ce que j'ai demandé au Père Noël lorsque je l'ai rencontré hier. Vous devez parler de Megan Sanders. J'ai demandé à ce qu'elle guérisse. Êtes-vous là pour réaliser mon vœu, Hou ? je demande à l'étrange oiseau aux plumes blanches et aux yeux jaunes et brillants.

– Tu es le seul à pouvoir réaliser ce vœu. Es-tu prêt à en payer le prix pour qu'elle guérisse ?

Elle ouvre une aile, d'une longueur de presque 5 pieds révélant son intérieur immaculé, semblant montrer une direction.

– Si tu viens avec moi, je peux te montrer ce que nécessite d'exaucer ton vœu. Alors, tu pourras décider si tu es prêt à payer ce prix.

La chouette s'éloigne en sautillant, et je la suis.

– Je ne pensais pas que les prières fonctionnaient ainsi, dis-je.

– Oh, ce n'était pas une prière, dit-elle en tournant la tête pour me regarder. Tu as fait un vœu. C'est différent. Oui, les prières ne demandent aucune contrepartie. Pourquoi n'as-tu pas prié pour sa guérison ? Ça aurait été plus malin, tu ne crois pas ?

– J'imagine que oui. Je ne peux plus rien y changer à présent, de toute manière, non ? Je ne peux pas dire une prière maintenant ?

La chouette s'arrête et se tourne vers moi. La pointe de son aile touche mon épaule. Le bout de ses petites plumes blanches caresse ma joue, et je n'ai jamais rien senti de plus doux.

– Je suis désolée. Sa vie est en danger en ce moment. C'est pour ça que je suis venue te chercher. Tu as fait un vœu, et pas prié. Mais tu peux toujours faire une prière maintenant si tu veux. Bien sûr, personne ne peut t'en empêcher.

Je baisse la tête et ferme les yeux, puis dit :

– Seigneur, je Vous demande Votre aide. La petite Megan Sanders est sur le point de mourir. Ce n'est qu'une petite fille. Je Vous demande Votre aide pour qu'elle aille mieux. Mettez fin à ses souffrances. S'il Vous plaît, Seigneur. Amen. Vous pensez que ça a marché ? je demande à la chouette en ouvrant les yeux.

– Qu'est-ce que j'en sais ? Moi, je m'y connais en vœux, pas en prières, dit-elle en haussant ses ailes. Tu veux continuer à essayer de réaliser ton vœu, ou tu préfères arrêter là et voir ce qui se passe ?

– Est-ce que j'aurais une chance de refaire un vœu si la prière ne fonctionne pas ? je demande, hésitant.

– Non. C'est maintenant ou jamais, dit-il en plongeant ses yeux jaunes étincelants dans les miens.

– Je ne sais pas quoi faire. Est-ce que j'aurais le choix sur le prix à payer pour sauver sa vie ?

Elle secoue la tête, et je me demande quel prix je serais disposé à payer.

– Tu sais qu'elle n'est pas sous ta responsabilité. Tu n'as aucune obligation de faire ça. Tu as fait ta prière. Pourquoi te demanderait-on quoi que ce soit de plus ?

– J'ai juste peur de ce qu'on va me demander en échange de sa vie. Vous comprenez, j'ai l'impression de commencer tout juste ma vie. Je m'apprête à épouser une femme, et nous voulons avoir des enfants. Nous espérons qu'elle tombera rapidement enceinte. Je ne suis pas prêt à perdre certaines choses. Si on me demandait une de leurs vies en échange, je refuserais.

– J'ignore ce qu'on te demandera en échange. Je sais que c'est toujours quelque chose qui est cher à la personne. Je dois te prévenir : la plupart des gens à qui est donnée cette opportunité ne vont pas jusqu'au bout. Ils trouvent que c'est trop dur à payer.

Je réfléchis à ses paroles, et me demande ce que je serais prêt à faire un sacrifice pour que Megan reste en vie. Puis, je prends conscience d'une chose.

– Elle est entre les mains de Dieu, n'est-ce pas ?

– Comment suis-je censée le savoir ? réplique la chouette avec un haussement d'aile. Je ne m'occupe que des vœux, moi, tu te rappelles ? Ce que fait ce dieu dont tu parles ne me concerne pas. J'écoute les vœux, et parfois, je donne à certains l'occasion de les réaliser. Je reçois les vœux. Les prières vont ailleurs. Alors, tu souhaites continuer ?

Une sensation étrange me parcourt. Dans un moment soudain de clarté, je sais quelle est ma réponse.

– Non. Non, Hou, je ne souhaite pas continuer. Elle est entre de bonnes mains, les meilleures qui soient. Qui suis-je pour me mettre en travers du chemin que Dieu a prévu pour elle ? Qui suis-je pour Le juger ? Qui suis-je pour penser que j'en sais plus que notre créateur ?

Un flash de lumière m'aveugle brusquement, et je tombe sur le dos dans la neige.

– Aïe !

CHAPITRE 54

Delaney

– **B**laine ! Réveille-toi et regarde dehors. Il neige ! je crie, ce que je regrette immédiatement, car il tombe brutalement du lit.

– Bordel, qu'est-ce que... ? marmonne-t-il en se redressant, l'air désorienté.

J'étouffe un rire et me précipite pour l'aider.

– Pardon de t'avoir réveillé en sursaut, mais j'ai été tellement surprise en voyant la neige tomber par la fenêtre. Je me suis levée tout de suite et en tirant les rideaux, j'ai vu toute la neige amoncelée dans le jardin, et j'ai été excitée comme une petite fille. Elle ne tombe presque jamais à Houston.

– Oui, je sais, dit-il en se relevant et en regardant autour de lui. Simplement, j'étais en train de faire un rêve très étrange où je tombais dans la neige. C'est là que je me suis réveillé. C'est tellement bizarre.

– Tu as peut-être intégré mes mots dans ton esprit ensommeillé, je suggère, car il semble complètement ahuri.

– Je ne sais pas. Mais ça paraissait vraiment réel.

Il me prend par la main et m'attire par terre en s'agenouillant près du lit.

– Delaney, tu veux bien prier pour Megan avec moi ? Dans mon rêve, elle était sur le point de mourir. J'aimerais beaucoup qu'on prie pour elle un moment.

J'acquiesce immédiatement, et sens mes yeux s'emplir de larmes.

– Mais, Blaine, tu ne devrais pas prier pour que ce que tu souhaites se réalise. Tu devrais demander à ce que Sa volonté s'accomplisse. Et tu devrais prier pour avoir la force de supporter ce qu'elle sera.

– Je comprends. Merci d'accepter de le faire avec moi, et ne pas me faire sentir complètement idiot de faire ça.

– Je serai bientôt ta moitié, dis-je en lui caressant la joue. Je ne me moquerai jamais de toi, quoi que tu fasses. Surtout lorsque ça concerne Dieu ou les prières.

– Et c'est ce qui fait que tu seras la meilleure des épouses, Delaney.

Il embrasse ma joue, puis me fait signe de baisser la tête. Il prend ma main et commence à prier à voix haute. Je répète les mots dans ma tête. Je comprends qu'il a besoin que quelqu'un entende sa prière pour la petite malade.

– Seigneur, je ne suis qu'un homme. Je n'ai aucun contrôle sur les choses, et je n'en veux pas. Je souhaite simplement Vous dire que je tiens à cette petite fille qui est proche de la mort. Je sais qu'elle est très malade, et j'aimerais partager mon inquiétude avec Vous. Seigneur, je Vous demande de l'aider. Je Vous demande de faire ce qui sera le mieux pour Megan Sanders. Et je vous demande votre aide pour avoir la force d'accepter tout ce que cela peut être. Et puisque Vous m'écoutez à présent, j'aimerais aussi vous demander de prendre soin de Terry, Colby, Tammy et le petit Adam, ainsi que tous les enfants malades dans le monde. Je sais que c'est beaucoup Vous demander, mais j'ai confiance, car je sais que le jour où Vous nous avez donné Votre fils et notre sauveur, Vous avez la capacité de rendre les miracles possibles. J'aimerais tant qu'un miracle se produise pour

Megan Sanders aujourd'hui. Quel qu'il soit, Seigneur, je l'accepterai. Au nom de Jésus, nous vous prions, Amen.

L'émotion serre mon cœur en entendant Blaine. Il s'en remet complètement à Dieu, et pour la première fois, je peux l'entendre dans sa voix. Il a la foi !

Je me tourne vers lui et le prends dans mes bras. Mon épaule est bientôt humide, et je comprends qu'il pleure.

– Chut, mon amour, dis-je en le consolant d'un ton apaisant. Ça va aller.

– Je sais. Je sais, renifle-t-il en se redressant pour me regarder.

Les larmes qui roulent sur les joues de cet homme sublime me touchent plus que je ne l'aurais pensé. Je ressens pour lui un amour intense qui embrase mon cœur.

– Je le vois dans tes yeux. Tu as compris, n'est-ce pas ? je demande.

– Je crois. Je crois que j'ai compris que ce n'est pas à nous de contrôler ce qui se passe dans le monde. Nous devons faire de notre mieux dans le temps qui nous est imparti. Et toutes les supplications du monde ne changent rien à ce qui doit arriver. Tout ce que nous pouvons faire, c'est prier pour que tout aille pour le mieux, et pour avoir la force d'accepter les malheurs du monde. Et qu'un jour, nous nous retrouverons tous au ciel.

– C'est aussi ce que je pense, Blaine, dis-je en l'embrassant et en l'invitant à se lever. Et nous avons de la neige à Noël. C'est un cadeau divin, ne trouves-tu pas ?

Il touche ma joue, et je lève les yeux vers lui.

– Tu es mon cadeau du ciel, Delaney. Il m'a envoyé dans cet hôpital pour te rencontrer. Dès l'instant où j'ai posé les yeux sur toi, j'ai compris que quelque chose d'incroyable se passait. J'ai dû accepter tes doutes et ton hostilité, mais ensuite, j'ai découvert qui tu es vraiment. Je passerai le restant de mes jours à remercier que tu sois à moi jusqu'à mon dernier souffle.

C'en est trop, et je me mets à pleurer, le visage enfoui contre son torse.

– Blaine, c'est tellement mignon.

– C'est toi que je trouve mignonne, et je ferai tout mon possible pour être l'homme que tu mérites. Tu es un ange, et pas seulement le mien. Tu es aussi un ange pour tous les enfants dont tu t'occupes. Je ne t'empêcherai jamais de le faire. Mais attends-toi à ce que je cherche à faire également partie de cet aspect de ta vie, autant que possible.

– C'est déjà le cas. Tu n'es pas obligé d'arrêter tes visites après les vacances. Tu peux continuer à venir remonter le moral des enfants qui atterrissent dans cet endroit terrifiant, et où ils s'ennuient tant.

Il me soulève et me porte jusqu'au lit.

– Nous avons encore quelques heures de sommeil. Et j'ai décidé d'ajouter quelque chose à nos activités de ce matin. Je pense qu'une petite visite aux enfants s'impose.

Je me blottis sous les couvertures et regarde la neige tomber par la fenêtre.

– C'est si beau. La pleine lune, et les flocons de neige qui dansent dans le vent. Difficile de fermer les yeux devant une scène pareille.

Il passe son bras autour de mes épaules, et je pose ma tête contre la sienne. Nos têtes se touchent, alors que nous regardons par la fenêtre.

– C'est si beau, soupire-t-il. Je ne crois pas l'avoir vu annoncé à la météo. Je me demande ce qui s'est passé.

– Livraison du pôle Nord, sans doute, dis-je en riant.

Allongée à ses côté le soir de notre premier Noël ensemble, je remercie silencieusement Dieu pour notre rencontre. Il est mon cadeau du ciel, lui aussi. Le plus beau cadeau dont je pouvais rêver !

BLAINE

Ce matin est parfait. Une belle couche de neige recouvre complètement le sol lorsque nous sortons du garage dans notre 4x4. Il neige toujours, mais beaucoup moins fort qu'aux premières heures du matin.

– C'est extraordinaire, murmure Delaney en regardant les arbres aux branches alourdies de neige par la fenêtre. Quel beau jour de Noël. Il ne pouvait pas mieux commencer.

– C'est vrai, dis-je en lui prenant la main et en déposant un baiser sur ses phalanges. Et merci pour la session de jambes en l'air de Noël ce matin. Elle sera facilement dans notre top des 3 meilleures. Mais avec toi, chaque fois est meilleure que la précédente.

Elle glousse, et ses joues rosissent.

– C'était plutôt génial, et tu as raison. Chaque fois est un peu mieux que la précédente. Regarde cet écureuil, Blaine. Il joue dans la neige. C'est trop mignon !

Je ralentis pour qu'elle puisse admirer le petit animal qui semble découvrir la neige pour la première fois, mais c'est elle que je regarde. Elle a un grand sourire, et elle semble ravie de la scène.

Son téléphone sonne, nous faisant sursauter tous les deux. L'écureuil a dû l'entendre aussi, car il file à toute vitesse et grimpe dans un arbre. J'appuie du pied sur l'accélérateur. Nous ne sommes même pas encore sortis de l'allée principale. À ce rythme, nous risquons de ne pas avoir le temps de tout faire.

– Joyeux Noël, maman, dit-elle en croisant les doigts. Est-ce que vous avez pris une décision ?

Elle appuie sur le haut-parleur pour que je puisse aussi entendre la conversation. Mon estomac se serre en attendant la réponse de sa mère. Jusqu'ici, cette journée a été fantastique. J'espère vraiment que rien ne viendra la gâcher !

– J'ai discuté avec ton père, et nous aimerions venir aujourd'hui. Si l'invitation tient toujours.

– Bien sûr, répond Delaney avant de pousser un petit soupir de soulagement. J'ai tellement de choses à vous raconter. Votre vie est sur le point de changer du tout au tout, maman. Je ne pense pas que vous recevrez de plus beau cadeau après celui-ci. Blaine va passer des coups de fil pour organiser votre visite. Merci, maman. Je vous aime.

Elle regarde sa bague, et je devine qu'elle se retient d'annoncer à sa mère que nous sommes fiancés. Je lui prends la main et murmure :

– Tu leur diras quand ils seront là.

– D'accord, répond sa mère. Tu nous préviendras à quelle heure le chauffeur viendra nous chercher ?

– Oui. Je te rappelle très bientôt pour te donner les détails de votre voyage. Blaine est en train de conduire, mais dès que nous serons arrivés à l'hôpital, il organisera tout. À tout à l'heure.

Elle raccroche avec un grand sourire.

– On dirait qu'ils vont venir, n'est-ce pas ?

– Oui. Et une fois qu'ils apprendront la nouvelle pour la maison et le montant de la compensation, je pense qu'ils ne nous poseront plus aucun problème. De plus, on va se marier et ils auront bientôt un petit-enfant à chouchouter, alors ils seront ravis.

Tout semble se passer comme je l'espérais. Delaney a accepté de m'épouser. Elle est partante pour commencer à fonder notre famille. Et maintenant, ses parents vont venir nous voir, et ils accepteront bientôt notre relation. Je l'espère !

– Tu devrais prévenir ton frère et ta sœur que le déjeuner sera un peu retardé. Je pensais leur dire de venir deux heures plus tard que prévu, dit-elle.

– Envoie-leur un message, dis-je en lui tendant mon téléphone. Je doute qu'ils soient déjà réveillés. Les sauteries au bureau peuvent être assez folles. À mon avis, ils seront contents d'apprendre que le repas de Noël aura lieu un peu plus tard.

Elle éclate de rire. Elle compose le message et leur envoie.

– Je me demande s'ils viendront accompagnés. J'aimerais tellement que Kate se trouve un petit ami. Elle est jolie, et gentille. Elle pourrait rendre un homme vraiment heureux.

– Tu connais des médecins célibataires ? je demande en m'engageant sur l'autoroute, dont les voies ont été déneigées et salées pour éviter tout risque d'accident.

– J'en connais des tas. Mais je ne conseille à personne de se mettre en couple avec un médecin, à moins d'aimer passer beaucoup de temps seule. Ce sont des gens très occupés. La plupart passent leur journée à leur cabinet. Et ils font leurs rondes matinales à l'hôpital, parfois dès cinq heures du matin. Ensuite, ils reviennent visiter leurs patients vers midi, avant d'aller manger un morceau à la cafétéria, puis de retourner à leur cabinet. Et après la fermeture de leur bureau, ils reviennent à l'hôpital et restent en général jusqu'à vingt-et-une heures, pour rendre visite à leurs patients à nouveau.

– En effet, ça semble difficile d'avoir une vie de couple dans ces conditions. Ouais, ne leur parle pas de ma petite sœur. J'aimerais qu'elle trouve un homme qui ait du temps pour elle. Et à ce sujet, j'aimerais que tu fasses en sorte de ne plus enchaîner deux services. En fait, j'aimerais que tu dises à tes supérieurs que tu ne peux travailler que le matin dorénavant. Comme ça, nous pourrons passer nos soirées ensemble.

Son regard m'inquiète un peu. Je me demande bien pourquoi cela lui poserait un problème.

– Et si ma patronne refuse ?

– Et bien dis-lui que tu n'as pas vraiment besoin de cet emploi. Ça devrait la faire changer d'avis, dis-je en prenant la sortie qui mène à l'hôpital.

– Je suppose que c'est un bon argument, dit-elle, songeuse. Et si jamais ça se retournait contre moi ? Et qu'elle me disait que c'est impossible, et que je devrais lui présenter ma démission ?

– Je doute fort que les choses se passent ainsi. L'hôpital manque déjà cruellement de personnel. Pourquoi voudrait-elle se séparer de toi, simplement parce que tu veux aménager tes horaires ? Tu ne demandes pas grand-chose. Et dis-lui que nous voulons fonder une famille. Parce qu'une fois que le bébé sera là, je pense que tu devrais travailler à mi-temps seulement, voire plus du tout.

Je la regarde en coin tout en entrant dans le parking de l'hôpital. Elle fronce les sourcils, ce qui est mauvais signe.

– Je crois que tu dois de comprendre que ce travail est important pour moi. Je me mettrai peut-être à mi-temps quand nous aurons un bébé, mais dès qu'il commencera l'école, je reprendrai mon activité. Et tu devrais aussi prendre quelque chose en compte. Toi aussi, tu pourrais travailler à mi-temps, ou depuis la maison, et prendre soin de notre enfant. Je ne suis pas la seule concernée. Nous élèverons nos enfants ensemble.

Et en quelques phrases, elle vient de m'expliquer que nous allions fonctionner comme une équipe en tant que parents. Je dois avouer que j'adore sa prise d'initiative. Qui aurait pensé que j'apprécierais que mon épouse me dicte ma conduite ? Pas moi !

CHAPITRE 55

Delaney

Lorsque nous entrons dans le lobby de l'hôpital, je remarque que la femme derrière l'accueil se lève immédiatement et se dépêche de nous rejoindre en agitant la main et m'appelant :

– Infirmière Richards, je dois vous dire quelque chose.

– Pitié, que ce ne soit pas de mauvaises nouvelles, murmure Blaine en me serrant la main.

Je pense la même chose.

– Oui, Mme Packie ? Qu'y a-t-il ?

– La petite Sanders, me dit-elle d'un ton excité.

Blaine l'interrompt.

– S'il vous plaît, n'en dites pas plus. Je ne veux pas entendre ça.

– Mais c'est incroyable, dit-elle.

Blaine était déjà en train de s'éloigner, mais à ces mots, il se fige.

– Ah oui ?

– Oui, répond-elle, et un grand sourire illumine son visage. La petite avait été débranchée de l'assistance respiratoire hier soir, à la demande de ses parents.

– Ils l'ont débranchée le soir du réveillon ? demande Blaine. Décidément, cet homme ne s'arrête devant rien pour agir de façon très déplacée.

– Je ne suis pas sûre qu'il ait eu tort, cette fois. Peut-être a-t-elle profité d'un peu de magie de Noël. En tout cas, lorsqu'elle s'est réveillée, elle se sentait bien. On lui a fait une prise de sang, et les résultats étaient incroyables. Tout est absolument normal. Aucune trace de la moindre anomalie.

– Vous êtes sérieuse ? demande Blaine, avant de se diriger au pas de course vers les ascenseurs en m'entraînant à sa suite. Il faut qu'on aille la voir !

– Blaine, je ne suis pas sûre que son père...

– Il nous laissera la voir, me coupe-t-il. Tu verras !

Les portes de l'ascenseur s'ouvrent. J'en suis reconnaissante, parce que Blaine commençait à lorgner la porte des escaliers. Je n'avais aucune envie de monter trois étages à pied.

Nous entrons, et lorsque l'ascenseur commence à monter, Blaine me prend dans ses bras. Je sens son cœur qui bat à tout rompre.

– Peut-être que nos prières ont été entendues, Delaney !

– Peut-être. Comme je te l'ai dit, j'ai déjà vu arriver beaucoup de choses inexplicables. Mais tu dois aussi prendre conscience que parfois, le patient semble en rémission, mais la maladie revient beaucoup plus agressive. Je veux juste te prévenir que ça peut arriver.

Cela ne lui fait pas perdre le sourire.

– Je sais bien que ça ne signifie pas que cette petite fille ne connaîtra pas d'autres épreuves dans sa vie. Mais au moins, celle-là est peut-être derrière elle. C'est tout ce qu'on pouvait espérer.

Les portes s'ouvrent, et il s'élance, m'entraînant à sa suite. Je ne peux pas suivre le rythme de ses longues jambes.

Toutes les personnes que nous croisons font un grand sourire.

– C'est un miracle ! nous dit l'infirmière Pradhan lorsque nous passons près d'elle. Un vrai miracle de Noël !

Avant que nous ayons atteint la chambre de Megan, la porte de la

chambre de Tammy s'ouvre à la volée. Patsy, sa mère, en sort, visiblement hébétée.

– Vous deux ! Oh mon Dieu ! Vous n'allez pas y croire.

– Je sais, répond Blaine en souriant. Nous avons appris que
Megan est en train de guérir.

Patsy secoue la tête et me prend les mains.

– Nous venons de recevoir les résultats de la prise de sang matinale de Tammy.

– Pas possible, me murmure Blaine, dont les mains commencent
à trembler.

– Tout est normal ! s'écrie Patsy en sautant de joie. Ses analyses
sont parfaites ! Elle est en rémission. C'est ce que vient de me dire son
médecin. Mon bébé est en train de guérir !

Je la prends dans mes bras. Blaine est immobile, bouche bée.

– Je me demande si d'autres personnes ont eu une bonne surprise
en recevant leurs résultats ce matin.

Blaine me prend la main et se remet à avancer à pas pressés dans
le couloir.

– Félicitations, Patsy ! je crie par-dessus mon épaule.

Il s'arrête devant la porte d'Adam, trois chambres plus loin, et
toque.

– Adam ?

Le père d'Adam, un jeune homme de seulement vingt-deux ans,
ouvre la porte. Il n'avait que dix-sept ans lorsqu'il a eu le petit garçon
avec sa femme.

– La tumeur a disparu ! crie-t-il.

– Comment ? demande Blaine en se précipitant au chevet du petit
garçon assis sur le lit, le bras levé.

– Regardez, M. Vanderbilt, crie-t-il en passant la main sur la
surface lisse de son bras, là où hier encore se trouvait une énorme
bosse. C'est parti. Ça a disparu. Et je me sens beaucoup mieux.

– C'est incroyable, murmure Blaine en touchant la zone du bout
des doigts.

– On attend les résultats du labo et l'avis du médecin, mais on sait
déjà que les nouvelles sont bonnes, nous informe son père.

Blaine serre le garçon dans ses bras.

– Je suis si heureux pour toi, Adam. Je vais revenir pour savoir ce qu'a dit le docteur. Je dois aller voir quelques patients. Oh, et joyeux Noël ! dit-il en me prenant par la main et en poussant la porte.

J'ai à peine le temps de refermer la porte, que nous sommes déjà partis en direction de la chambre de Colby. Quand il ouvre la porte, nous trouvons une pièce nettoyée et vidée des affaires de Colby.

– Mais qu'est-ce que... ?

Nous nous rendons immédiatement au bureau des infirmières.

– Beth, où est Colby ? je demande.

– Je ne sais pas, répond-elle. Je viens d'arriver pour mon shift. J'étais un peu en retard aujourd'hui. J'ai laissé les enfants ouvrir leurs cadeaux ce matin, avec l'accord de Rhonda. Je vais me renseigner.

– Allons voir Terry, dit Blaine en me reprenant la main.

Cette fois, l'adrénaline qui irradie mes veines me permet de pouvoir suivre son rythme. Je le force à s'arrêter devant la porte de la chambre.

– Bon. N'aie pas trop d'espoir. Il n'y a que peu de chances pour qu'il ait lui aussi reçu de bonnes nouvelles. Et dans ce cas, mieux vaut ne pas lui dire que d'autres enfants vont mieux.

Blaine acquiesce, puis ouvre la porte. La mère de Terry est à l'intérieur, en train de faire la valise du garçon.

– Que s'est-il passé ?

Elle lève la tête et nous sourit.

– Allez voir à la chapelle, vous aurez votre réponse.

– Je voudrais demander à M. Sanders de nous laisser voir Megan avant de descendre, me dit Blaine.

J'acquiesce, et nous nous dirigeons vers sa chambre. Au moins, nous savons que les nouvelles seront bonnes, même si son père se comportera sûrement encore comme un idiot. Je frappe à la porte et annonce :

– C'est l'infirmière Richards et M. Vanderbilt. Nous aimerions vous demander...

La porte s'ouvre, et on me tire brutalement à l'intérieur et on m'étreint. Du coin de l'œil, je vois qu'on fait pareil pour Blaine. Les parents de Megan, en larmes, nous serrent dans leurs bras. Lorsqu'ils desserrent leur étreinte, ils nous montrent la chaise près du lit.

C'est là qu'est assise Megan. C'est la première fois que je la vois en dehors de son lit. Elle porte une robe rouge, assortie à un nœud rouge attaché sur son crâne chauve. Ses yeux bleus brillent de mille feux.

– Joyeux Noël, vous deux. Vous passez une bonne journée ?

Blaine me lâche la main, s'approche de la petite fille et la soulève. Il n'arrive pas à dire un mot alors qu'il la serre contre elle, alors je réponds :

– Nous passons le plus beau Noël de nos vies. Et je pense que toi aussi.

– C'est vrai, répond-elle, avant de remarquer les larmes qui coulent sur les joues de Blaine, puis de les essuyer avec ses petites mains. Je vais mieux maintenant. Il n'y a pas de raison de pleurer.

Il hoche la tête et tente de sourire, puis se mord la lèvre inférieure – pour l'empêcher de trembler, j'en suis sûre. Je m'approche d'eux et souris à la petite fille.

– Il est très heureux, dis-je. Ce sont des larmes de joie. Je ne l'avais jamais vu comme ça. Tu dois être très spéciale, pour qu'il réagisse ainsi, Megan.

– Oui, je sais. Et ne vous inquiétez pas. Je ferai de mon mieux pour utiliser à bon escient le don qui m'a été accordé. Je n'oublierai jamais la chance que j'ai eue, pas un seul jour de ma vie. C'est promis. Merci pour votre aide, dit-elle en étreignant Blaine.

Il a les yeux fermés, et je vois bien qu'il fait tout son possible pour ne pas craquer encore.

– Nous devrions aller voir ce qui se passe dans la chapelle, Blaine.

Il acquiesce et repose Megan sur la chaise. Je sais qu'il n'est pas encore capable de parler, et je pense que la petite le sait aussi.

– Je ne pourrai quitter l'hôpital que lorsque j'aurai pris deux kilos. Alors on se reverra. On pourrait peut-être déjeuner ensemble un jour.

– On te verra tous les jours, Megan. Tu vas vite reprendre du poids. J'en fais ma mission personnelle. Prépare-toi à manger de bons petits plats, ma petite princesse, lui dis-je avant de prendre la main de Blaine et de sortir de la chambre en saluant ses parents.

Blaine s'appuie contre le mur dès que nous sommes sortis de la chambre et me serre très fort dans ses bras. Il tremble, et je sais qu'il n'a jamais ressenti d'émotion aussi forte. Je le tiens contre moi jusqu'à ce qu'il ne tremble plus. Il finit par s'éclaircir la gorge.

– Bon. Je me reprends. Je suis prêt à prendre d'autres nouvelles. Allons à la chapelle, ma chérie.

Nous marchons vers l'ascenseur, son bras autour de mes épaules, et je peux sentir un changement évident dans l'atmosphère. L'air est comme chargé d'ondes positives, tout autour des personnes de l'étage.

Une fois dans l'ascenseur, Blaine se tourne vers moi, les yeux brillants.

– Est-ce réel, mon amour ? Suis-je en train de rêver ?

– C'est bien réel, Blaine. C'est la chose la plus miraculeuse que j'ai jamais vue. Mais je dois admettre que j'ai un peu peur d'apprendre comment va Colby. S'il te plaît, prépare-toi à l'éventualité que ce ne soit pas de bonnes nouvelles.

Les portes s'ouvrent, et nous avançons vers la petite chapelle où j'espère me marier le jour de l'An. Plus que jamais, cet endroit est porteur d'espoir pour moi.

Les portes sont grandes ouvertes, et on peut entendre des chants de Noël. Deux jeunes hommes sont agenouillés devant le prêtre, en train de prier avec eux.

Je m'assieds au fond de la pièce avec Blaine pour attendre Terry et Colby. Nous nous tenons la main, et nous échangeons des regards ravis de voir Colby ici, auprès de son ami. Je ne sais toujours pas ce qui se passe, mais je vois qu'ils sont tous les deux en vie, et ça me soulage énormément.

Le prêtre termine la prière. Les garçons se lèvent et lui serrent la main, puis ils se retournent et nous voient. Nous nous levons pour venir à leur rencontre. Ils ont tous les deux un grand sourire aux lèvres.

– C'est un miracle, Blaine ! s'écrie Colby.

– C'est vrai ! renchérit Terry. C'est pour ça qu'on a voulu venir voir le prêtre, pour accepter le Seigneur dans nos cœurs. Nous allons bientôt être baptisés.

– Tu peux rester regarder, hein ? demande Colby. Parce qu'après, je peux rentrer à la maison. À la maison !

– Moi aussi, dit Terry avec un enthousiasme qui me fait chaud au cœur. Chez moi !

– C'est tellement génial, dit Blaine avec un immense sourire. Je n'arrive pas à y croire. Tous mes patients préférés vont mieux.

– Tous ? demande Colby.

– Oui, tous les enfants à qui Blaine a rendu visite ont appris de très bonnes nouvelles ce matin. C'est quelque chose, n'est-ce pas ? On dirait que ses prières ont été exaucées, dis-je en lui frottant le dos.

– Tu as prié pour nous ? demande Terry, les sourcils froncés. Hier soir ?

– Non, c'était très tôt ce matin. Et l'infirmière Richards a prié avec moi. Je lui ai demandé sa main hier soir, et elle a accepté, dit-il en montrant ma main. Nous allons nous marier ici le jour de l'An. J'espère que vous serez tous les deux là.

– Bien sûr ! s'exclame Terry avant de taper dans la main de Blaine.

– Je ne manquerai ça pour rien au monde ! Je serai là, dit Terry en faisant de même.

– J'ai justement besoin de témoins, dit Blaine. Ça vous dirait ?

– Oui ! répondent-ils en cœur.

– C'est dingue, dis-je. Vous avez vu la neige ?

– Oui, répond Colby. En fait, je suis allé réveiller Terry quand je l'ai vue, pour lui montrer. On était ensemble quand la dame est venu lui faire sa prise de sang, et elle m'en a fait une aussi. Plus tard, le médecin est venu et nous a annoncé la bonne nouvelle en même temps. C'était trop génial !

– Oui, ça devait être vraiment incroyable. Je n'avais jamais rien vu de pareil. Jamais !

– Si seulement tous les enfants de cet hôpital avaient reçu la même bonne nouvelle, soupire Blaine. Mais je me satisfais amplement de cela. Je n'ai jamais été aussi heureux qu'en vous voyant tous les deux comme ça. En bonne santé, et joyeux.

– Et si on allait prendre un petit-déjeuner de Noël avant notre baptême ? propose Terry.

– Ça marche, répond Blaine.

Tout le monde prend la direction de la cafétéria.

– Je vais aller parler à ma supérieure. Allez manger tous les trois, je vous retrouve vite, dis-je à Blaine.

Il hoche la tête et embrasse ma joue.

– Va en mettre plein la vue avec cette bague, et préviens tout le monde pour le mariage, dit-il tandis que je m'éloigne.

Après lui avoir fait un geste de la main, je me dirige vers le bureau de ma supérieure. Avec un peu de chance, en plus de tous ces miracles, j'obtiendrai peut-être aussi le changement d'horaire que je souhaite.

– Que s'est-il passé ici ? me demande Paul lorsque je le croise dans le couloir. As-tu appris toutes ces bonnes nouvelles ?

Son regard se pose sur ma main gauche, et il écarquille les yeux en découvrant l'énorme diamant à mon doigt.

– Delaney Richards, tu vas te marier ?

– Oui. Le jour de l'An. Ici, dans notre petite chapelle. Tu es invité, j'ajoute. Que penses-tu de ces miracles ? As-tu déjà vu une chose pareille ?

– Tu sais, j'ai lu quelque chose à propos d'un cas un peu similaire, dit-il en marchant à mes côtés. Ce n'était pas à Noël, et ça n'est pas arrivé en un seul jour. C'était sur une semaine, et les résultats des prises de sang de treize enfants ont changé d'un coup. Ils ont tous guéri au cours de la même semaine. C'était un cas très rare.

– Je suppose que nous sommes témoin d'un nouveau cas exceptionnel, dis-je en sautillant de joie. Nous sommes entrés dans l'histoire !

– Je suis sûr que Blaine va avoir des demandes d'interviews. Il est le dénominateur commun de tous ces enfants. Même de Megan Sanders, d'une certaine manière. Il n'avait pas le droit d'entrer dans sa chambre, mais elle faisait partie du groupe qu'il avait décidé de visiter. Et maintenant, tu as accepté de devenir sa femme. On peut dire qu'il obtient tout ce qu'il veut, hein ?

– J'imagine que oui, dis-je en souriant.

– Tu a lu l'article sur lui, paru il y a quelques années ? demande-t-il, ce à quoi je secoue la tête. Il a été écrit par un homme qui avait dû fermer son commerce à cause de sa chaîne de magasins. L'homme affirmait avoir vu Blaine sortir d'un bâtiment connu pour être le lieu où se déroulaient des messes sataniques. Il était certain que Blaine avait passé un pacte avec le diable pour obtenir sa richesse.

Mon père pensait cela aussi. Mais je ne savais pas qu'il existait un article sur le sujet. Et j'ignore si ce qui est écrit est vrai.

Blaine serait-il vraiment capable d'une chose pareille ?

CHAPITRE 56

Blaine

En sortant de la chapelle, j'ai hâte de retrouver Delaney et de lui apprendre la nouvelle. Je me dirige vers le bureau des infirmières où je pense la trouver. J'ai l'impression de flotter au-dessus du sol.

Je la repère en train de parler avec sa supérieure. Elle a les sourcils froncés, et je ne sais pas si je dois intervenir ou pas. Je décide d'attendre, et l'observe de loin. Elle lève les bras et rougit légèrement, puis abat son poing sur le comptoir. Je me dis que je ferais mieux d'aller voir ce qui se passe.

Je m'approche d'elle par derrière et la prend par la taille.

– Que se passe-t-il, beauté ?

– Il se passe qu'elle n'aura pas ce qu'elle demande, répond sa supérieure d'un ton sec. Et si vous imaginez qu'elle aura droit à un traitement de faveur, vous vous trompez.

Je ne pensais pas qu'il était si difficile d'obtenir des horaires aménagés.

– Oh, je vois. Après tout, ce n'est pas le seul hôpital dans lequel elle peut travailler. Vous êtes certaine de ne rien pouvoir faire ? je demande à la femme, qui semble de mauvaise humeur, ce qui ne lui ressemble pas.

– Êtes-vous en train de me dire qu'elle démissionnera si je n'accède pas à ses exigences ?

– Ce ne sont pas des exigences, coupe Delaney, furieuse. Je ne suis vraiment pas si difficile. J'ai déjà accepté de garder les mêmes horaires jusqu'à la fin du mois de décembre. Ce qui est une faveur de ma part, étant donné que je dois préparer mon mariage. Avec les journées sans coupures et les gardes, il me restera peu de temps pour tout préparer, mais comme ça, vous et les autres infirmières ne serez pas débordées. Mais pour la suite, je voudrais travailler le matin, et seulement cinq jours par semaine.

– Du lundi au vendredi, j'ajoute. Pas de week-ends. Vous avez conscience qu'elle n'a pas vraiment besoin de travailler, n'est-ce pas ?

– Oui, j'ai entendu qu'elle allait devenir Madame pleine-aux-as. Mais alors, pourquoi venir travailler, Delaney ? demande-t-elle.

Je reconnais soudain quelque chose de familier dans ses yeux. Elle est verte de jalousie.

– Parce que j'adore mon travail, répond Delaney. Mais Blaine a raison. Je peux travailler dans un autre hôpital.

– Il n'a qu'à t'en acheter un, Delaney. Comme ça, tu pourras choisir tes horaires. Quelques heures par-ci par-là le matin, et laisser le reste de l'équipe se taper le boulot. Depuis quand as-tu perdu ton esprit d'équipe ?

– Elle est dans mon équipe, maintenant, dis-je en serrant Delaney contre moi. Si vous refusez de lui accorder les horaires qu'elle a demandés, pas la peine de la mettre au planning.

Delaney ne dit pas un mot. Tout son corps est tendu, et je me sens mal de lui avoir demandé de faire ça. Tout allait bien jusque-là, et je pense que c'est un peu ma faute.

– Je pense que nous devrions rentrer à la maison. Terry et Colby ont décidé de se faire baptiser plus tard dans la soirée. Nous n'avons pas besoin d'attendre ici. Tes parents seront là dans quelques heures, et j'aimerais que tu sois détendue quand ils arriveront. C'est juste une petite contrariété...

Elle s'arrête net et me jette un regard dur.

– Il s'agit de ma carrière. Pas d'une petite contrariété !

– Je ne dis pas que ce n'est pas important. Je sais que c'est important pour toi, dis-je en l'entraînant vers la sortie pour que notre conversation reste privée, surtout qu'elle semble virer à la dispute.

– Eh bien, je ne pourrais peut-être pas faire que les choses soient comme tu les aimerais.

Une fois que nous sommes dehors, je reprends :

– Tu ne devrais pas limiter ta carrière à un seul lieu de travail. Ta carrière – ta passion – peut s'exercer partout. Ce n'est pas le seul endroit où tu peux être infirmière. Et cette femme est tout simplement jalouse de toi et de mon argent. Elle ne mérite même pas d'être ta supérieure.

Le trottoir est à nouveau recouvert de neige, et il semble glissant.

– Ce sol aurait déjà su être salé. Viens, allons en parler à l'accueil avant que quelqu'un se blesse.

Je me retourne, et au même moment, je sens sa main glisser de la mienne. Je la rattrape avant qu'elle ne s'étale par terre.

– Oh ! crie-t-elle lorsque je la remets sur pied.

– Tu vois ? Bon sang ! Tu as failli te blesser !

Lorsque nous rentrons dans l'hôpital, j'entends mon nom prononcé dans une conversation.

– Oui, c'est vrai. Je me souviens de cet article sur Blaine Vanderbilt. Celui qui disait qu'il était sataniste.

Je me sens pris d'une colère noire. Je n'arrive pas à croire que les gens ressortent des tiroirs cet article écrit par un vieux fou !

Delaney me regarde, l'inquiétude se lit clairement sur son joli visage.

– Ne t'inquiète pas pour ça, Blaine.

Plus facile à dire qu'à faire. Je ne sais que trop bien comment les rumeurs peuvent se développer. Et ce n'est pas du tout le genre de chose que je voulais qu'il arrive en ce moment. Pas maintenant alors que les parents de Delaney seront là pour la semaine !

J'ai beau essayer de faire de bonnes actions, on dirait que cela ne suffit pas pour racheter mes erreurs passées.

La vérité sur ce qui s'est vraiment passé dans cet entrepôt, c'est que j'étais là pour conclure une affaire. Pas avec le diable, mais en effet, il s'agissait d'une personne mauvaise. Et je le savais. Mais j'ai quand même acheté les vêtements par son intermédiaire.

Des enfants travaillaient dans les usines qui confectionnaient ses vêtements à bas prix. Tous les employés étaient exploités et travaillaient dans des conditions horribles. Et leur malheur m'a permis de gagner beaucoup d'argent.

Cela faisait de moi quelqu'un de mauvais. J'ai commencé à opérer des changements aujourd'hui pour prendre un nouveau départ. Reprendre le droit chemin. Mais quoi que je fasse pour me racheter, mes mauvaises actions me poursuivront toujours.

Je me sens soudain impuissant – une drôle de sensation en cette journée si riche de miracles.

– Avez-vous du sel à répandre sur les trottoirs ? demande Delaney à la réception. M. Vanderbilt craint que des personnes glissent et se blessent. Nous le répandrons nous-mêmes.

La réceptionniste me tend un sac de sel.

– Et voilà, M. Vanderbilt. C'est très gentil de votre part.

Je sais qu'elle a entendu les propos de la femme, et j'ai du mal à la regarder dans les yeux. Je la remercie timidement.

– M. Vanderbilt ? m'appelle-t-elle, et je me retourne. Ne vous inquiétez pas pour cette vieille histoire. Quelle importance cela a-t-il ? Vous avez fait beaucoup de bonnes actions récemment. C'est ce qui importe. Tout le monde fait des choses qu'il regrette. Ne vous laissez pas décourager. Vous êtes quelqu'un de bien, et vous devenez un homme meilleur de jour en jour.

Je croise son regard brun et chaleureux. Elle me fait un grand sourire.

– Merci beaucoup, dis-je. J'avais besoin d'entendre ça.

Nous sortons pour aller répandre du sel sur la chaussée à l'entrée de l'hôpital. Delaney me caresse le dos alors que je répands le contenu du sac.

– Blaine, ne laisse pas ce genre de choses t'atteindre.

– Je sais, je réponds. J'ai parlé avec le prêtre il y a quelques temps, et il m'a dit où je pourrais obtenir une licence de mariage. Il m'a aussi dit qu'il était disponible le jour de l'An pour nous marier.

– Tant mieux ! dit-elle avec un grand sourire. Merci de t'en être occupé.

– Je reviendrai ici ce soir avec ma famille, si elle le souhaite, et avec toi et les tiens, s'ils acceptent. Je vais me faire baptiser.

Je lève les yeux, et je vois qu'elle est sur le point de pleurer.

– C'est vrai ? demande-t-elle en me prenant la main.

– Oui. Tu as été baptisée ?

– Oui, quand j'avais dix ans, répond-elle. Mais si tu veux, je le referai avec toi.

– Vraiment ? Ça me plairait beaucoup.

– C'est une bonne idée, en tout cas. A l'époque, j'étais trop jeune évidemment pour comprendre ce que cela signifiait. À présent, j'ai une authentique foi en moi, j'aimerais beaucoup réaffirmer ma foi en notre Seigneur auprès de toi, mon futur mari.

– Et le futur père de tes enfants, j'ajoute en déposant un petit baiser sur ses lèvres roses.

Elle rougit et s'éloigne.

– Nous avons tant de choses à faire. Dépêche-toi de terminer, et rentrons à la maison. J'ai hâte que mes parents soient là.

Je finis de répandre le sel du sac, puis vais le jeter dans une poubelle. J'aide Delaney à monter dans le fourgon, et en croisant son beau regard vert, j'y vois notre avenir ensemble. Je sais que, quoi qu'il arrive, nous traverserons les épreuves de la vie ensemble.

Je monte dans le fourgon à mon tour, et mon téléphone vibre. C'est un message de ma sœur. Je peux amener Randy aujourd'hui ?

– On dirait que ma sœur a un rencard. Elle aimerait l'inviter aujourd'hui.

– Oui ! Dis-lui oui, Blaine, s'écrie Delaney en applaudissant.

Je réponds à Kate, puis envoie un message à mon frère. Kate ramène un rencard. Invite quelqu'un aussi, ou tu risques de tenir la chandelle.

Je démarre et prends la direction de notre maison. Lorsque mon téléphone signale une réponse, Delaney lit le message et me le lit :

– Déjà fait. Tu te souviens de la petite lutine sexy au magasin de location ?

– J'en étais sûr, dis-je en conduisant prudemment sur la route qui commence à être un peu glissante. Bon sang, il faut qu'ils déneigent les routes. Quel temps froid pour Houston !

– Oui, c'est étrange, n'est-ce pas ? remarque-t-elle en posant mon téléphone. On dirait qu'on est dans un conte de fées. Tout semble irréel. Je m'attends constamment à me réveiller et à découvrir que ce n'était pas réel. Y compris toi, Blaine.

– J'espère que c'est bien réel, dis-je en m'engageant sur l'auto-route, dont les routes sont également enneigées. Bon sang ! Tu veux bien appeler la police, ou quelqu'un pour leur demander de s'occuper des routes ? C'est pas possible !

– D'accord, dit-elle en prenant son téléphone pour trouver le numéro. Tu veux t'arrêter ?

– Non, j'ai de bons pneus, et quatre roues motrices, mais ce n'est pas le cas de tout le monde. Et si tu regardes derrière nous, tu verras qu'une voiture vient de quitter la route. Pense à le leur préciser.

Il continue de neiger de plus en plus fort, et je vois déjà un désastre arriver. J'espère que cette merveilleuse journée ne se terminera pas en tragédie. Jusqu'ici, c'était quand même le meilleur Noël de ma vie.

– Bonjour, ici l'infirmière Delaney Richards. J'aimerais vous avertir qu'un véhicule est sorti de la route sur l'autoroute 10, près de la borne 112. Il y a du verglas sur la chaussée, et la neige tombe encore. Il faudrait encore déneiger.

– Je vais envoyer une équipe sur place. Merci, répond l'homme du standard avant de raccrocher.

– C'est tout ce que nous pouvons faire, Blaine, dit-elle alors que je prends la sortie, et constate que la route est dans un état encore pire.

– Nous allons rouler lentement, ma chérie. J'espère que la neige aura cessé de tomber lorsque tes parents arriveront à l'aéroport, sinon ils risquent d'attendre sur place un long moment.

– Tu peux leur envoyer un hélicoptère ? Il y a de la place pour le faire atterrir dans notre jardin.

– Ils ne décolleront pas sous la neige. Si le temps se calme, je pourrais peut-être emprunter celui de mon voisin pour aller chercher tes parents. Max Lane a un super engin, et il sait très bien le piloter. Mais je ferais mieux de l'appeler pour lui demander si c'est possible. Après tout, c'est le jour de Noël.

– Tu sais à quel point ce serait incroyable de les faire venir jusqu'ici en hélicoptère, Blaine ? Oh oui, demande-lui si c'est possible. Propose-lui de l'argent pour qu'il soit d'accord, dit-elle.

– Il ne voudra pas de mon argent, je réponds en éclatant de rire. Il en a bien assez. Mais il ne voudra peut-être pas prendre le risque. Il est marié et il a des enfants. Mais je vais lui poser la question.

Je mets le haut-parleur. Il répond au bout de quelques sonneries.

– Tiens, joyeux Noël, voisin. Comment ça va ?

– Mieux que jamais. Je me suis fiancé hier soir.

– Pas possible ! Il faudra que vous veniez nous voir, que je rencontre l'heureuse élue. Lexi pourra l'aider à s'acclimater à vivre avec un homme riche, dit-il. Que fait-elle dans la vie ?

– Je suis infirmière. Je m'appelle Delaney Richards, répond Delaney. Bonjour. Vous êtes sur le haut-parleur, Max.

– Bonjour à vous, Delaney. Je suis heureux d'apprendre que mon ami et voisin a trouvé la femme de sa vie. Il était temps. Il passait sa vie à travailler. Je l'ai invité à toutes mes fêtes, mais il était toujours trop occupé.

– Alors, je le ferai venir à la prochaine. C'est important de connaître ses voisins, dit-elle.

– Exactement. Nous avons un grand réseau d'amis, et je serais heureux d'ajouter un nouveau couple à cette liste. Vous pensez déjà à fonder une famille ?

– Oui. Tes enfants vont avoir des amis dans la même rue très bientôt, je réponds. Je t'appelle parce que les parents de Delaney arrivent à l'aéroport dans un jet privé, et l'état des routes m'inquiète. Tu accepterais peut-être d'aller les chercher en hélicoptère ? Je sais bien que ce n'est pas une demande habituelle entre voisins – c'est loin de la farine ou du sucre.

– Bien sûr, répond-il sans hésiter. Appelle-moi quand ils arrivent, et je vérifierai la météo et le radar. Le trajet jusque là-bas ne prend que dix minutes. J'y serai en un clin d'œil. Vous leur avez déjà annoncé la bonne nouvelle ?

– Pas encore, alors pas un mot, Max, intervient Delaney. Et merci infiniment. Je suis infirmière, comme je vous l'ai dit. Alors si jamais votre femme, vous ou vos enfants tombent malades, n'hésitez jamais à m'appeler.

– Cool, répond-il. J'y penserai. Appelez-moi quand ils atterrissent.

– Wow, un voisin pilote d'hélicoptère, murmure Delaney. C'est vraiment génial. Mes parents vont halluciner. J'ai vraiment hâte !

D'un seul coup de fil, j'ai réussi à rendre sa journée plus belle. Ça semble presque trop facile !

CHAPITRE 57

Delaney

La neige continue de tomber, et je crains de plus en plus que mes parents restent bloqués à l'aéroport. Kate et son rencard, Randy, ainsi que Kent et sa copine, Tiffany, ont réussi à venir grâce à leurs véhicules à quatre roues motrices. Mais le jet a dû atterrir dans un petit aéroport de LaGrange pour attendre que la tempête se calme à Houston.

– On dirait que nous avons le choix pour les apéritifs, Blaine, dis-je en posant le plat de légumes crus à tremper dans la sauce sur le comptoir. Roxy a préparé une tonne de nourriture. Tu pourrais peut-être leur amener ce plateau avec une bouteille de vin blanc. Je me sens vraiment mal de les faire encore attendre pour le repas, mais j'ai encore espoir que mes parents arrivent dans les prochaines heures.

Ses lèvres se posent contre ma joue, et la chaleur saisit instantanément mon bas-ventre. Avec toutes ses ardeurs sexuelles d'hier soir, ce matin, et même quand nous sommes rentrés de l'hôpital, ma libido est survoltée.

Je lutte contre mon envie de lui monter dessus et d'approfondir ce baiser jusqu'à ce que la passion nous emporte. Je lui tends donc le plateau et me retourne pour en sortir d'autres du frigidaire. Il faudra les réchauffer.

Il s'éloigne dans le couloir, le plateau à la main, en riant doucement, ce qui me fait comprendre qu'il a vu la réaction que son baiser innocent a provoqué chez moi. Et bon sang, même son rire me paraît terriblement sexy. À son toucher, j'ai l'impression d'être en chaleur, comme un animal !

J'allume le four en suivant les instructions que Roxy a laissées sur le papier aluminium qui recouvre un plateau d'amuse-gueules. Mon téléphone sonne. Le numéro de ma mère est affiché.

– Maman, où en êtes-vous ?

– Le pilote dit que nous allons décoller à nouveau. La tempête s'est calmée chez vous ?

– Ça s'est bien amélioré, dis-je après avoir regardé par la fenêtre au-dessus de l'évier. Le pilote a dû voir une éclaircie s'il a décidé de faire le trajet jusqu'à Houston. Je vais prévenir Blaine que vous arrivez. Son ami viendra vous chercher, si le temps le permet. Vous devrez peut-être attendre un peu à l'aéroport. Je suis navrée de ce qui se passe. Si seulement le temps était plus clément... Mais tout est magnifique sous la neige.

– Nous voulions vous dire de ne pas nous attendre pour le repas. Nous pouvons manger les restes. Ce n'est pas un problème, dit-elle d'un ton enjoué.

Mais je connais ma mère. Elle déteste par-dessus tout déranger.

– Non, on vous attend. Je viens de réchauffer des apéritifs et de servir des crudités aux autres invités.

– Combien sont-ils ? demande-t-elle, semblant soudain inquiète. Je ne veux faire attendre personne, Delaney.

– Il y a juste son frère, sa sœur et leurs rencarts. Et ne t'en fais pas. Ils ont de quoi manger, personne ne mourra de faim. Nous vous attendrons pour le repas. Fin de la discussion. Blaine est là, dis-je en le voyant revenir dans la cuisine. Je vais lui dire ce qu'il en est.

Appelle-moi dès que vous êtes arrivés à Houston. Je vous aime, à tout à l'heure.

– Me dire quoi ? demande-t-il en se dandinant vers moi, ses hanches se balancent en rythme.

Je ne sais pas pourquoi je n'arrive pas à détacher mes yeux de son corps. Il porte une chemise blanche et un pantalon gris foncé, et je peux voir les muscles de son ventre bouger sous le tissu fin, ce qui me fait beaucoup d'effet.

Sans réfléchir, je pose mes mains sur ses épaules et l'attire vers moi pour l'embrasser. Je me sens fondre en lui lorsque nos lèvres se touchent. Il met ses mains dans mes cheveux et me tire légèrement la tête en arrière, me faisant ouvrir la bouche. Il glisse sa langue dans ma bouche, et je suis ravie de le goûter.

Quelqu'un s'éclaircit la gorge, et nous nous éloignons l'un de l'autre.

– C'est chaud, remarque sa sœur en souriant. Je venais juste chercher une bouteille d'eau. Ne faites pas attention à moi.

Un peu gênée d'avoir été surprise, je m'éloigne de Blaine et vais mettre le plat à réchauffer dans le four.

– Désolée, je murmure.

– Ne le sois pas, dit Blaine en s'approchant pour me reprendre dans ses bras. C'est ce que font les amoureux. Pas vrai, sœurette ?

– Comment pourrais-je le savoir ? rétorque-t-elle en riant.

– Blaine ! Enfin ! je m'exclame en tentant de me dégager.

Il me lâche en riant doucement.

– Tu allais me dire quelque chose.

– Ah oui ! Mince, ça m'était complètement sorti de la tête.

– Je suis content de te faire autant d'effet, dit-il en faisant un pas vers moi.

Je contourne l'îlot de cuisine pour que le meuble soit entre nous. Si je le laisse faire, je vais finir dans la buanderie, appuyée sur la machine à laver tandis qu'il me prend par derrière. Cette image dans ma tête fait mon ventre se serrer et je suis envahie d'une grande chaleur. Il faut que j'arrête tout de suite ces pensées !

– Blaine, j'allais te dire que le pilote du jet amène mes parents à Houston. Il faudrait que tu demandes à ton voisin s'il pourrait aller les chercher, dis-je en continuant à tourner autour de l'îlot pour lui échapper.

– En voyant comment vous vous comportez, je sens que je serai bientôt tata, dit Kate avec un regard en coin en sortant de la cuisine, me faisant rougir jusqu'aux oreilles.

– Blaine ! Il faut que tu te calmes ! Bon sang, chéri !

– Un dernier bisou, dit-il en m'attrapant. C'est tout ce que je veux. Puis, je me calmerai. Mais je t'avertis, je compte bien te rappeler à qui tu appartiens ce soir. Et prendre tout mon temps.

Je sens mes genoux faiblir. Il me serre contre lui, et mes seins sont pressés contre son torse musclé. Son baiser est appuyé et passionné, et voilà que je repense à la buanderie en me demandant combien de temps il nous faudrait. Mais son téléphone sonne, faisant vibrer sa poche droite. Ma petite zone de plaisir se trouvant juste à côté, je gémis à cette sensation.

Il me regarde les yeux brûlants.

– Je réponds, ou je te laisse finir ?

– Blaine ! je m'exclame en lui donnant une petite tape sur le torse.

Je suis redevenue écarlate. Mon front est perlé de sueur. Blaine me sourit et se détache de moi pour répondre à l'appel.

– C'est Max, annonce-t-il avant de décrocher. Salut, Max. j'allais t'appeler.

– Bon, ils sont en route ? demande-t-il.

– Ouais, ils viennent de décoller de LaGrange. Que dit la météo ?

– Parfaite pour encore au moins une heure. Nous avons une belle marge, qui s'étendra peut-être, mais ce n'est pas sûr. J'espérais que le pilote en profiterait aussi. Je vais partir pour l'aéroport. C'est M. et Mme Richards, c'est ça ?

– C'est ça. Je leur dirai de chercher un grand mec canon, dit Blaine, piquant ma curiosité. Ils sortiront là où atterrissent les jets privés. Tu sais où c'est.

– Oui. Ils seront chez vous en un rien de temps, assure Max.

– Oh, dis-lui que j'ai une tarte à la citrouille pour lui. Qu'il passe nous voir en arrivant. J'aimerais beaucoup le rencontrer, dis-je en sortant une des six tartes confectionnées par Roxy.

Je ne pense pas que nous pourrions toutes les manger, même avec le double d'invités.

– Avec plaisir. Je ne refuse jamais une tarte. À très vite.

Blaine range son téléphone et se retourne vers moi.

– Bon, où en étions-nous ?

– Non ! dis-je d'une voix claire en levant la main. On doit réchauffer ces plats. Plus de bisous pour le moment. Nous avons des choses à faire, mon chéri.

– Oh, zut ! proteste-t-il avant de sortir les autres plats du réfrigérateur. Tu peux allumer les deux autres fours ? Il y a beaucoup de plats.

Je m'exécute en souriant, et en savourant ce moment. Notre premier Noël ensemble, et nous sommes en train de nous affairer tous les deux dans la cuisine. Nous sommes déjà un vrai petit couple. C'est adorable !

CHAPITRE 58

Blaine

A vec son tablier rouge et son liseré blanc, elle ressemble à une parfaite maîtresse de maison. Elle s'affaire dans la cuisine, toute mignonne. J'ai du mal à m'arrêter de la toucher !

Mais elle insiste pour que nous nous mettions au travail, et je ne veux pas la contrarier aujourd'hui. Ses cheveux ne cessent de tomber devant ses yeux lorsqu'elle se baisse pour sortir les plats du four.

– Laisse-moi t'aider, mon amour. Je vais prendre les plats. Et si tu mettais la table et demandais à Kate de venir nous aider ?

– Bonne idée, dit-elle, avant de déposer un petit baiser sur ma joue. Je reviens tout de suite. Ils seront bientôt là, je pense.

Je la suis du regard tandis qu'elle sort de la cuisine, en me disant que nous sommes réellement une bonne équipe. Je suis un peu nerveux de rencontrer son père, mais, avec un peu de chance, tout va bien se passer. J'entends le bruit des pales de l'hélicoptère et sens mon estomac se contracter. Le moment est venu.

– Blaine ! m'appelle Delaney. Ils sont là ! Viens !

Elle vient vers moi en courant et me prend la main.

– Attends, Delaney. Nous devons mettre des manteaux. Il fait un froid glacial dehors !

– Mais nos manteaux sont accrochés dans l'entrée, de l'autre côté de la maison Blaine. Zut ! On doit...

Elle est interrompue par quelqu'un qui frappe à la porte de derrière, donnant sur la cuisine. Je m'approche pour ouvrir, essayant de masquer ma nervosité.

– Pas besoin. Ils sont là.

Delaney vient me rejoindre et me prend la main.

– Bon, ouvre-leur. Bon sang, je suis nerveuse !

Je l'embrasse sur le front, surtout pour me donner du courage, et ouvre la porte. Max se tient sur le seuil, les parents de Delaney derrière lui.

– J'ai vos cadeaux ! dit-il en entrant.

Il porte une vieille valise brune fatiguée qu'il dépose à l'entrée. Delaney me lâche la main lorsque ses parents la prennent dans ses bras.

– Tu nous as manqué, dit sa mère d'une voix étouffée.

– Ha, ça oui, renchérit son père.

Sa mère rompt son étreinte et se tourne vers moi. Elle me fait un grand sourire lorsque je lui tends la main.

– Pas de ça entre nous, dit-elle avant de me serrer dans ses bras.

Elle est fine, presque frêle. Ses cheveux sont gris, coupés courts. Je peux voir que ses yeux étaient jadis du même vert que ceux de sa fille. Ils ont pâli, probablement surtout à cause du stress lié à leur situation financière.

Je ne peux m'empêcher de me sentir coupable. Mais je décide de ne pas y penser, puisque je m'apprête à rectifier le tir.

– Je suis heureux que vous ayez pu venir, Mme Richards.

Elle me sourit, puis va se mettre à côté de son mari stoïque.

– Je suis heureuse que vous nous ayez invités. Le voyage a été fantastique. Un jet privé, puis un hélicoptère ! Nous avons eu notre lot de sensations fortes !

– J'étais déjà monté dans un hélicoptère, dit son père. J'ai travaillé sur des plateformes offshore dans ma jeunesse. Mais ces pilotes étaient réputés pour aimer faire flipper leurs passagers. Je dois dire que Max est le pilote le plus doué que j'ai connu. On voit qu'il a de l'expérience.

Max me donne une petite tape dans le dos.

– Blaine n'a pas encore eu l'occasion de voler avec moi, malgré que je l'aie invité de nombreuses fois.

– J'ai été très occupé, mais tout ça est sur le point de changer, dis-je avant de tendre la main au père de Delaney.

– Je suis heureux de vous rencontrer, M. Richards.

Il me serre la main. Delaney vient à mes côtés et pose sa main sur mon bras. C'est elle qu'il regarde.

– Nous verrons si vous penserez toujours cela après notre visite, Vanderbilt.

– Papa, dit Delaney d'un ton menaçant. Sois gentil. Ne me mets pas en colère.

Sa mère éclate de rire, et à la manière dont son père regarde son épouse, je comprends de qui Delaney tient son tempérament. Je compatis pour ce pauvre homme s'il s'est déjà fâché avec elles !

– Je vais leur montrer leur chambre pour qu'ils puissent se rafraîchir, me dit Delaney en m'embrassant la joue.

Elle s'éloigne, suivie de ses parents. Son père ramasse la valise qu'ils ont apportée, dont l'usure me fait à nouveau culpabiliser.

– Ravie de vous rencontrer, Max, ajoute Delaney par-dessus son épaule. Ne partez pas, je reviens tout de suite. J'ai une tarte pour vous et votre famille.

– Je ne bouge pas, assure-t-il, avant de se tourner vers le comptoir sur lequel se trouve les amuse-gueules restants. Et tout ça semble aussi très bon. Il y a des roulés au homard ?

– Oui. Sers-toi, dis-je en en prenant un. Ma chef est vraiment un cordon-bleu. Ils sont légers et savoureux...

– Et délicieux ! finit-il après avoir avalé sa bouchée. Il faudrait qu'on organise un repas à la bonne franquette entre nous un de ces dimanches. Hilda, ma cuisinière, est aussi un prodige. Elle est spécialisée dans la cuisine mexicaine authentique, mais elle sait tout faire.

– Très bonne idée. Je découvre la vie de famille depuis que j'ai rencontré Delaney. Je n'aurais jamais pensé être le genre d'homme que je me vois devenir.

– Je comprends ce que tu veux dire, dit-il en hochant la tête. Lorsque j'ai rencontré Lexi, c'était un diamant brut. Tout comme moi. Ensemble, nous avons su révéler le meilleur de nous-mêmes. L'amour est fantastique. Attends-toi à un tourbillon d'émotions, de sentiments et de sensations.

– Tu es en train de me dire que ce n'est qu'un début ?

– Absolument. Tu penses savoir ce qu'est l'amour maintenant, mais attends de voir ton épouse donner naissance à votre enfant. Tu l'aimeras encore plus fort. Et l'amour que tu porteras à ton enfant est tellement puissant que je ne peux pas le décrire.

– Wow, tu en parles en beaucoup plus positif que la plupart des hommes mariés.

– La plupart des hommes ne prennent pas le temps d'apprendre à bien connaître leur moitié avant de se marier. Et même après l'avoir rencontrée, il faut faire des efforts et être patient pour se forger un lien réellement profond. Mais le jeu en vaut absolument la chandelle.

Je regarde vers la porte, attendant de voir Delaney revenir, et je remercie à nouveau le Seigneur pour notre rencontre.

Elle est un cadeau exceptionnel de la vie.

CHAPITRE 59

Delaney

Mon père a réussi à se comporter de manière correcte et agréable pendant le dîner de Noël, qui a eu lieu plus tard que prévu. Nous sommes tous repus lorsque nous allons nous installer dans le petit salon avec le sapin.

Nous n'avons pas beaucoup de temps pour ouvrir les cadeaux, car nous devons retourner à l'hôpital avec Blaine. Nous n'avons encore dit à personne que nous allions nous faire baptiser dans quelques heures.

J'ai imprimé des photos du chalet du lac Tahoe, comme Blaine l'appelle. Pour moi, c'est plutôt un palace, vu sa taille. Et je sais que mes parents vont être très impressionnés par le cadeau.

Kent et Kate aussi vont être très surpris. Blaine s'est surpassé ce Noël. Les cadeaux sont sous le sapin et Blaine met un bonnet de père Noël sur sa tête tout en me balançant un chapeau vert de lutin.

– Tu veux bien être ma lutine encore une fois ? C'est la dernière fois cette année, promis, dit-il, avant d'ajouter : ho, ho, ho.

– D'accord, mais l'année prochaine, je veux être une fée de Noël, pas un lutin, dis-je en mettant le petit chapeau pointu sur ma tête.

– On verra ce qu'on peut faire, Delaney, dit-il en me tendant le premier cadeau. Celui-ci est pour Tiffany. Et en voilà un pour Kent.

Je passe les cadeaux à son frère, qui donne le sien à son amie.

– Attendez que tout le monde ait le sien, s'il vous plaît.

Ils acquiescent, et Blaine me tend deux autres paquets en disant :

– Pour Kate et Randy.

Je les distribue, et remarque que mes parents regardent avec attention le gros tas de cadeaux sous le sapin. Blaine m'en tend deux autres.

– Pour tes parents.

Je leur fais passer leurs cadeaux. Mon père semble mal à l'aise.

– Nous n'avons pas été prévenus assez tôt pour avoir acheté quoi que ce soit. Je suis désolé.

– Papa, ne t'en fais pas pour ça. Blaine et moi n'attendons rien en retour. Bon, tout le monde peut ouvrir !

Blaine et moi nous tenons la main, impatients de les voir découvrir leurs cadeaux. Tout le monde arbore un grand sourire en découvrant les parfums et les eaux de Cologne que nous leur avons achetés. C'était la première fois que j'achetais quelque chose de si extravagant, mais ça en valait la peine vu leur joie !

La prochaine tournée de cadeaux sera des kits de manucure et pédicure disposés dans des boîtiers en argent.

– Vous ne devriez plus jamais avoir besoin de racheter des ciseaux à ongles de votre vie, dis-je alors qu'ils ouvrent leur cadeau.

Ensuite, tout le monde reçoit des bracelets en titane pour les hommes, et des boucles d'oreille en diamant pour les femmes. Tout le monde semble ravi.

Kate remarque le sourire complice que je ne peux m'empêcher de partager avec Blaine, car nous savons que le meilleur reste à venir.

– Vous deux, vous nous cachez encore quelque chose, dit-elle.

Blaine se penche et attrape les quatre dernières petites boîtes dissimulées derrière le sapin, et les enveloppes qui les accompagnent. Il les distribue à Kent, Kate, puis mes parents.

– J'espère que ça vous plaira, M. et Mme Richards. Ça vient du cœur. Et à vous aussi, ajoute-t-il en se tournant vers son frère et sa sœur. J'ai beaucoup réfléchi pour ce cadeau, et avec l'aide de Delaney, je crois que nous avons trouvé le cadeau parfait pour vous deux.

Ils fixent tous les petites boîtes et les enveloppes, et ont l'air un peu hésitants.

– Ouvrez-les ! je les encourage.

Blaine revient se poster près de moi et passe son bras autour de mon épaule, avant de déposer un baiser sur ma joue. Je sens son excitation, je parie qu'il peut sentir la mienne alors que nous avons hâte que nos familles découvrent leurs cadeaux.

Ma mère secoue la tête en découvrant les clés accrochées à un porte-clés portant l'inscription « Home sweet home. »

Mon père reste stoïque, comme à son habitude, tandis qu'il ouvre sa boîte et en sort une paire de clés. Le porte-clés est un souvenir du lac Tahoe, portant le nom de la ville.

– Qu'est-ce que ça signifie ? demande-t-il en se tournant vers moi.

Kate ouvre l'enveloppe et s'écrie :

– Ça signifie que Blaine nous a tous acheté de nouvelles maisons ! Blaine, c'est magnifique !

Elle nous montre les photos de sa toute nouvelle maison chic à Houston, les yeux emplis de larmes. Puis, elle se lève et serre Blaine dans ses bras en pleurant.

Kent ouvre son enveloppe et découvre des photos de sa maison à la campagne, entourée d'un terrain et montrant un tracteur neuf garé devant la grange rouge.

– Blaine, c'est incroyable ! s'écrie-t-il en le prenant dans ses bras à son tour.

Je m'approche de mes parents, qui regardent les photos de leur nouvelle maison, semblant un peu perdus.

– Est-ce qu'elle vous plaît ?

– C'est une location de vacances ? demande ma mère.

– Est-ce que nous pouvons choisir les dates ? demande mon père.

Je m'agenouille devant eux et pose une main sur leurs jambes.

– Ce n'est pas une location de vacances. C'est votre nouvelle maison, près du lac Tahoe. Il y a du personnel sur place. Ce sera comme des vacances pour toute la vie. C'est le cadeau que Blaine vous fait. Il sait que ça ne compensera pas ce que vous avez perdu, mais il ne compte pas s'arrêter là.

– Nous ne pouvons pas accepter, proteste mon père en fronçant les sourcils. Nous ne pourrions même pas payer les charges d'un monstre pareil.

– Vous pourrez, lorsque vous recevez la compensation qu'il vous donnera pour fermeture de votre entreprise. Vous pouvez le remercier, dis-je en me levant et en leur tendant les mains pour les aider.

Ils se regardent, et semblent converser en silence. Puis ma mère me prend la main.

– Nous acceptons. Allez. Nos ennuis sont officiellement terminés, mon chéri. C'est le début d'un nouveau chapitre pour nous.

Mon père semble ému. C'est la première fois que je le vois comme ça.

– Nos ennuis sont-ils vraiment terminés, Delaney ?

J'acquiesce et lui prends la main. Il se lève, et nous nous approchons de Blaine. Son frère et sa sœur sont occupés à regarder les photos de leurs nouvelles maisons.

– Est-ce que la maison vous plaît ? demande-t-il à mes parents.

– Je n'aurais jamais imaginé posséder une maison aussi grande, murmure ma mère, avant de lui prendre le bras et le serrer dans ses bras. Merci. Merci beaucoup.

Mon père s'éclaircit la gorge, et ma mère fait un pas en arrière.

– Eh bien, Vanderbilt, vous m'avez surpris. Je dois admettre que vous nous offrez une sacrée baraque. Nous allons devoir déménager. Et changer de vie complètement.

– Oui, en effet, dit Blaine avant de glisser son bras autour de ma taille. Et j'espère que nous pourrons venir vous visiter dans votre nouvelle maison.

J'avais enlevé ma bague de fiançailles avant leur arrivée pour pouvoir leur annoncer la nouvelle moi-même, si la rencontre se passait bien. Il la sort à présent de sa poche et leur montre.

– J'ai offert cette bague à votre fille hier soir. Elle a accepté de m'épouser. Nous allons nous marier le jour de l'An. Nous aimerions beaucoup que vous acceptiez de rester jusque-là pour assister à la cérémonie.

Il me passe la bague au doigt. Son poids m'avait manqué.

Je soupire en l'admirant, puis je lève les yeux vers mes parents. Ma mère a porté ses mains devant sa bouche, et mon père a les yeux mi-clos. Je retiens mon souffle en attendant sa réaction.

Il se met à sourire, et je peux à nouveau respirer.

– Toutes mes félicitations ! dit-il.

– On dirait que nous débutons tous une nouvelle vie, ajoute ma mère en pleurant.

Mes parents nous embrassent tous les deux. Ma mère pleure, et je lui frotte le dos.

– Les choses vont changer, mais ne t'inquiète pas. Ce ne seront que des changements positifs.

– Je n'arrive pas à y croire, dit mon père. Je détestais cet homme encore hier. Mais maintenant que je l'ai rencontré et que je vois à quel point tu es heureuse, c'est tout ce qui m'importe. C'est étrange de ne plus ressentir cette émotion qui m'a poursuivi toutes ces années.

Je suis aux anges de l'entendre dire ça. Je tombe dans les bras de Blaine et lui caresse la joue en souriant à mes parents.

– Tout peut changer en un clin d'œil. Et je suis heureuse que ce soit le cas. Et à présent, nous devons nous rendre à la chapelle de l'hôpital. Blaine et moi allons nous faire baptiser par le prêtre qui nous mariera la semaine prochaine.

– Oh mon Dieu ! s'exclame ma mère. La semaine prochaine ! Il y a tant de choses à faire. Comment tout pourra-t-il être prêt à temps ?

– Avec ton aide, j'espère, maman.

– Et la mienne, déclare Kate en levant la main.

Tiffany se lève.

– Moi aussi, je veux t'aider, Delaney.

Kent et Randy échangent un regard puis haussent les épaules.

– On peut vous donner un coup de main aussi, dit Kent.

– Vous êtes vraiment géniaux ! dis-je en me mettant à pleurer devant cet élan de solidarité.

Blaine éclate de rire et m'attire contre son torse pour cacher mon visage. Il dépose un baiser réconfortant sur mon crâne.

– Je pense qu'elle vous remercie de proposer votre aide. Grâce à vous, notre petit mariage devrait se passer à merveille. Et nous pourrons commencer le reste de notre vie ensemble. Il y a tant de choses à faire cette semaine. Mais avec votre aide, tout se passera bien.

– Nous devons nous changer. Ceux d'entre vous qui souhaitent nous accompagner sont les bienvenus. Et nous comprenons si certains ne le souhaitent pas. Vous avez vos vies aussi. Je sais que nous vous avons monopolisé une grande partie de Noël, dis-je à tous en essuyant mes larmes.

Tiffany prend la main de Kent.

– J'ai dit à mes parents que j'irais les voir. Tu aimerais venir ?

– Oui, répond-il avec un grand sourire. Et ensuite, on pourrait aller voir ma nouvelle maison.

Blaine a encore une surprise pour lui.

– Elle est déjà meublée, et il y a même de la nourriture dans la cuisine. Mon personnel s'est déjà occupé de tout. Emporte quelques vêtements pour y dormir. Tout est prêt, et t'attend. Et j'ai payé les impôts pour cette année. Tu n'as à t'occuper de rien.

– Wow ! souffle Tiffany avec un grand sourire.

– Ouais, wow, renchérit Kent. Merci, Blaine. Je vais faire ça. On va y aller maintenant.

Ils s'éloignent en nous saluant de la main.

– Je devrais laisser Randy voir sa famille aussi, déclare Kate. Est-ce que tout est prêt dans ma nouvelle maison aussi, Blaine ?

– Oui elle est prête. Prends quelques affaires et va voir par toi-même, répond Blaine.

Elle regarde Randy, puis son frère.

– Est-ce que Randy peut venir aussi ? demande-t-elle.

– Kate, la maison t'appartient, répond Blaine en éclatant de rire. Et tu es majeure et vaccinée. Si tu veux l'inviter chez toi, la décision t'appartient.

– Wow ! D'accord. C'est vrai que c'est stupide de poser cette question.

– Pas vraiment, j'interviens en levant la main. Je sais que tes frères t'ont surprotégée toutes ces années. Va t'amuser. Fais attention sur la route. Il ne neige plus, c'est vrai, mais le jour tombe, et il risque d'y avoir du verglas.

– Oui, maman, répond Kate en venant me prendre dans ses bras. On fera attention. Merci à toi aussi, ma future belle-sœur. Je vous adore tous les deux. N'hésite jamais à m'appeler.

Une fois qu'ils sont partis, je me demande ce que mes parents souhaitent faire.

– Vous voulez venir avec nous ?

Ma mère secoue la tête.

– Pour être honnête, la journée a été longue, et je crois que notre chambre m'appelle. Il y a eu tant d'émotions... je pense que j'aimerais passer le reste de la soirée avec ton père, Delaney.

– Je comprends, dis-je en les étreignant tour à tour avant d'aller vers notre chambre pour me changer.

– Faites comme chez vous. Il y a du vin au frais, et toutes sortes de boissons dans le bar du salon principal. N'hésitez pas à vous promener dans le domaine. Ma maison est la vôtre, déclare Blaine, et mon cœur se gonfle d'amour pour lui.

C'est vraiment l'homme idéal. J'ai l'impression d'être sur un petit nuage depuis ce matin.

– Est-ce que tout ça est bien réel, Blaine ? Je lui demande alors que nous entrons dans la chambre.

– Si c'est un rêve, ne me réveille pas, s'il te plaît, répond-il en me serrant contre lui.

– Pareil, dis-je en riant. Je veux que tu saches que je pense que tu es le meilleur des hommes. Tu as fait preuve de tant de générosité pendant les fêtes. Et maintenant que tu as retrouvé la foi, je sais que tout se passera pour le mieux.

– Je le pense aussi. Et à présent, je vais officialiser ce nouveau chapitre de ma vie. Rempli d'espoir, de foi, d'amour et, avec toi, ma chérie.

Je glousse lorsqu'il me soulève dans ses bras. Il est magnifique, adorable, et il est à moi. Je ne pourrais pas être plus heureuse !

CHAPITRE 60

Blaine

3o décembre :
    Alors que la nuit tombe, la veille de notre mariage, je suis allongé dans mon lit, Delaney dans mes bras.

– Cette semaine a été très agitée, mais elle est derrière nous. Demain est un autre jour, et à midi, nous serons mari et femme.

– Je suis tellement épuisée, dit-elle en se blottissant contre moi, sa main sur mon torse. J'ai du mal à croire que ce jour soit enfin arrivé. J'ai hâte que ce soit fini, et que nous débutions notre nouvelle vie.

– Tes parents partent pour le lac Tahoe demain après la cérémonie. Et nous, en lune de miel en Irlande. Je dois t'avouer que je ne pensais pas que les choses se passent aussi bien.

– Moi non plus, dit-elle. Quand je pense comment je me suis comportée avec toi lorsque nous nous sommes rencontrés, j'ai envie de me donner des claques.

– Je le méritais, Delaney. Je n'étais qu'un égoïste. Mais c'est terminé. Cette année sera placée sous le signe du changement. Je compte bien rectifier mes torts. Et après ce qui s'est passé à Noël, j'ai compris qu'il est toujours possible de gagner beaucoup d'argent tout en respectant une éthique dans les affaires. Et je suis heureux de savoir que je pourrai en faire profiter de nombreuses personnes.

– Je sais que mes parents sont fiers de toi, Blaine, dit-elle, et ses mots me touchent plus qu'elle ne le réalise.

– Merci, ma chérie. Je l'espère. J'espère que tu l'es aussi.

– Je suis extrêmement fière de toi. Je ne vois pas ce que tu pourrais faire de plus, ou de mieux, dit-elle en caressant mon torse du bout des doigts. Je vais dormir maintenant, pour être en forme demain. Mais demain, dans le jet pour New-York, où nous prendrons l'avion pour l'Irlande, je vais te sauter dessus, Blaine. Alors je te conseille de te reposer aussi.

Ses mots ont fait naître dans mon esprit des visions qui ne me donnent pas du tout envie de dormir. Je suis impressionné par l'énergie qu'elle a déployée au cours de cette semaine. Elle a réussi à préparer notre mariage et notre lune de miel, tout en travaillant.

Lorsqu'elle a constaté que Delaney continuait de s'investir totalement dans son emploi, sa supérieure a changé d'avis et lui a accordé ses après-midis et ses weekends comme elle le souhaitait. En plus, elle a pu obtenir deux semaines de vacances pour notre lune de miel.

On dirait bien qu'il suffit de faire confiance à la vie pour que les choses s'arrangent. Nous avons prié ensemble chaque matin avant de partir au travail. Et chaque soir avant d'aller nous coucher, nous nous agenouillons au pied du lit et nous remercions le Seigneur pour toute la joie dans notre vie, et dans celles de nos proches.

Et cela semble fonctionner. Terry et Colby ont pu sortir de l'hôpital le jour de Noël. Tammy est rentrée chez elle il y a deux jours. Sa mère va venir travailler au bureau à partir de la semaine prochaine. Et le petit Adam est rentré chez lui aujourd'hui. Il ne reste plus que Megan dans le service, et elle pourra rentrer à la maison dès qu'elle aura pris encore un kilo.

Il n'y a plus aucune animosité entre son père et moi. Chaque fois que je viens la voir, tous les midis, il me fait un grand sourire.

C'est ma nouvelle routine. Je déjeune avec Delaney, puis visite au moins deux enfants et leur offre de petits cadeaux, comme un livre de coloriages et des crayons de couleur. Rien de trop extravagant, puisque certains parents verraient cela d'un mauvais œil. Mais j'aime leur donner quelque chose pour les divertir pour les soutenir alors qu'ils affrontent cette épreuve terrible.

Dans un coin de ma tête, j'ai toujours à l'esprit qu'un jour, nos enfants pourraient se retrouver au même endroit. J'espère de tout mon cœur que ça n'arrive jamais, mais rien n'est impossible.

On ne peut avoir de certitude dans la vie. La vie ne peut pas être uniquement faite de bons moments. C'est ce que je me répète chaque jour, lorsque je vois des tragédies s'abattre sur de bonnes personnes. Je dois me souvenir que ce n'est pas à moi de comprendre pourquoi ces événements sont arrivés. Ça arrive, et c'est comme ça.

Je repense souvent à la question que j'ai demandée à Megan de poser à ma mère. Pourquoi y a-t-il de la souffrance ?

Et je me souviens de sa réponse. Pourquoi y a-t-il des abeilles ? Pour que la nature vive, voilà la réponse.

Pourquoi y a-t-il des arbres ? Pour fabriquer de l'oxygène, pour que les êtres vivants puissent respirer.

Pourquoi y a-t-il des montagnes ? Des lacs ? Des rivières ? On pourrait poser de nombreuses questions, mais tout ne peut pas être expliqué. Et je pense que le monde serait bien ennuyeux, si nous connaissions toutes les réponses.

Je pense que mes enfants seront curieux, et poseront de nombreuses questions, comme je l'ai toujours fait. Mais je ne pourrais répondre qu'à ce que je sais. Je n'aurais pas réponse à tout.

Et j'espère qu'eux aussi, ils comprendront que tout ne peut, et ne doit pas être expliqué. Certaines réponses seront données dans l'au-delà, voire jamais. Je me souviens que Megan m'a dit que ma mère pouvait répondre à certaines choses, mais qu'elle ne savait pas tout.

Peut-être que personne ne saura jamais tout. Dans un sens, cela me réconforte. Ainsi, je ne m'inquiète pas de ce que je ne sais pas ou ne comprends pas.

L'important dans la vie, c'est de se comporter le mieux possible.

Et de faire preuve de générosité envers les autres, chose dont je n'avais absolument pas conscience avant le décès de mon père.

Au nom des affaires, j'ai passé des accords avec des personnes qui se fichaient pas mal des conditions de travail de leurs employés. Tout cela est fini, et si je pouvais les faire arrêter, je le ferais. Mais ça non plus, ce n'est pas de mon ressort.

Nous avons si peu de contrôle sur les choses, et je sais que je ne suis pas le seul qui aimerait pouvoir en faire plus. Je sais que mon argent ne pourra rien faire contre les personnes qui font ces choses horribles. Je ferai attention à ne plus jamais m'associer avec des entreprises coupables de crimes contre l'humanité. À la moindre infraction, je couperai les liens commerciaux avec eux.

Et d'après les résultats des ventes de mes Bargain Bin, ça ne dérange pas les clients de payer un peu plus pour des articles fabriqués par des entreprises respectables, qui traitent bien leurs employés. Les ventes ont augmenté, et le nombre de mauvais commentaires a chuté.

Je me sens tellement mieux depuis que je suis rentré dans le droit chemin. Je suis entouré de personnes que j'aime. Alors qu'avant, j'étais seul. Isolé.

J'ai discuté plusieurs fois avec le père de Delaney, à propos du fait qu'il croit que j'avais passé un pacte avec le diable pour faire fortune. Et il n'était pas si loin de la vérité. Bien sûr, je n'avais pas réellement passé un pacte avec le diable, mais j'avais collaboré avec des personnes en fermant les yeux sur leurs pratiques.

Dans mon esprit, tant que je n'étais pas absolument certain que les entreprises avec lesquelles je travaillais traitaient mal leurs employés, je n'avais aucune culpabilité à avoir. J'avais tort. Je m'enfouissais la tête dans le sable, et c'était presque comme si j'avais volontairement maltraité ces employés.

Je ne me comporterai plus jamais ainsi. J'entends Delaney ronfler doucement, et je me dis que je ferais mieux de faire de même.

Une grande journée nous attend demain !

CHAPITRE 61

Delaney

3 1 décembre :
— Maman, je t'ai donné l'alliance ?
Je n'arrive pas à me souvenir à qui j'ai donné la bague, celle que je suis censée passer au doigt de Blaine dans quelques minutes.

— Oui, ma chérie, dit-elle en lissant sa belle robe bleu pâle que je lui ai achetée pour l'occasion.

Ce matin à l'aube, maman, Kate, Tiffany et moi avons commencé la journée par un massage, une pédicure et une manucure. Puis nous sommes passées à la coiffure et au maquillage. Nous avons attendu d'être arrivées à l'hôpital pour nous changer et mettre nos robes.

Jusqu'alors, j'étais plutôt détendue, mais je suis en train de paniquer. Je tremble d'angoisse, je tourne dans tous les sens pour trouver une de mes chaussures qui a mystérieusement disparu, et je dois m'arrêter et m'asseoir régulièrement pour me calmer. Je me sens fiévreuse.

– Ma chérie, Kate a trouvé ta chaussure, annonce ma mère, ce qui me soulage immédiatement.

– Tant mieux. Je ne voulais pas marcher pieds nus jusqu'à l'autel, mais j'étais en train de m'y préparer. J'avais peur de l'avoir laissée à la maison. Je suis une boule de stress, maman. J'aurais mieux fait d'accepter la proposition de Blaine, d'aller nous marier à Vegas. J'aurais été ivre, et je me ficherais d'être jolie ou non.

– Mais moi, j'aurais été très déçue, remarque ma mère en m'aidant à mettre ma chaussure, car ma robe blanche pleine de volants gêne mes mouvements. Et comme ça, tu auras de magnifiques photos de votre mariage à accrocher dans l'entrée. Il faut juste que tu te détendes.

Kate entre dans la chambre d'hôpital vide qui nous sert de dressing, avec un gobelet rouge à la main.

– Et voilà, infirmière Richards. Tu as bien besoin d'une boisson pour te calmer.

– Tu as mis de l'alcool dedans ? je murmure.

– Oui, acquiesce-t-elle. Tu as besoin de te détendre, ma fille !

Maman éclate de rire, et je bois une gorgée. C'est une délicieuse margarita.

– Ouf ! En effet, j'en avais besoin. Merci.

Ma mère s'assied sur le lit d'hôpital et joue avec les perles que je lui ai offertes autour de son cou.

– Les choses ont vraiment changé, hein, mon chouchou ?

– On peut le dire, dis-je avant de reprendre une gorgée de la délicieuse boisson.

– Ton père et moi avons reçu la somme compensatrice. Dans la soirée, nous allons aller voir notre nouvelle maison avec le jet privé. J'ai encore du mal à y croire. J'ai l'impression d'être dans un rêve. À quand les petits-enfants ?

Je manque de m'étouffer.

– Maman ! Laisse-nous un peu de temps, d'accord ?

Kate éclate de rire. Tiffany entre dans la chambre, radieuse dans sa robe bleue, comme celles de Kate et ma mère.

– Qu'y a-t-il de drôle ? demande-t-elle.

– Delaney a failli s'étrangler quand sa mère lui a demandé si elle sera bientôt grand-mère, l'informe Kate.

– Kent m'a dit que vous étiez déjà en train d'essayer, dit Tiffany, et Kate et moi lui lançons un regard pour la faire taire.

Ma mère plisse les yeux.

– Delaney Richards, tu me fais des cachotteries ! Vous y pensez déjà, alors ?

– En effet, dis-je en rougissant. Blaine est vraiment pressé de fonder une famille. Il veut beaucoup d'enfants, donc j'imagine qu'il se dit qu'il n'y a pas de temps à perdre.

– Une grande famille ? demande ma mère en secouant la tête. Nous verrons bien ce que tu décides. Personnellement, un enfant m'a suffi. Je ne voulais pas revivre cette épreuve.

– Je sais, dis-je en terminant mon verre, à présent beaucoup plus calme. Mais Blaine veut une grande famille. Qui suis-je pour la lui refuser ? Je pense qu'il n'y a plus rien à prouver et, qu'en général, il obtient ce qu'il veut.

J'entends des voix dans le couloir, et le claquement de talons sur le sol.

– J'ai entendu dire qu'il se marie dans la chapelle. On l'aura là-bas, dit une voix de femme.

Kate me regarde, puis va entrouvrir la porte pour savoir ce qui se passe. Elle la referme rapidement.

– Merde !

– Que se passe-t-il ? je demande en me levant.

– Il y a une équipe de journalistes. Je parie qu'ils cherchent Blaine. Je dois le prévenir, dit-elle en sortant son téléphone de son corsage pour appeler son frère.

– Je m'en occupe, dis-je, sentant la moutarde me monter au nez.

La presse a contacté le bureau de Blaine pour demander à l'interviewer, depuis que la nouvelle qu'il y a eu cinq guérisons miraculeuses des enfants à qui il rendait visite s'est répandue comme une traînée de poudre. Je ne sais pas qui a prévenu la presse, mais depuis, les journalistes ne le lâchent plus. Et je pense que ça va mal se finir.

Je m'approche de la porte, mais des mains me retiennent.

– Non, déclare ma mère. Delaney, tu ne veux pas te retrouver à la télé. Voire pire, en prison pour agression. Je vois ça dans ton regard. Si on te laisse faire, tu vas te jeter sur cette femme.

– En effet. Je ne compte pas la laisser gâcher mon mariage.

Mais elles m'empêchent d'y aller.

– Blaine ! crie Kate lorsqu'il répond au téléphone.

– Quoi ? Tu as l'air bien excitée, Kate, dit-il. Ne me dis pas que Delaney doute de vouloir se marier.

– Non, pas du tout. Où es-tu ? Il faut que tu te caches. Des journalistes sont dans l'hôpital, et ils te cherchent. Ils savent que tu te maries dans la chapelle.

– Merde ! siffle-t-il. Je suis dans une pièce près de la chapelle. Je n'arrive pas à croire qu'ils soient au courant. Dis à Delaney que je suis vraiment désolé. J'aurais dû leur accorder une interview avant, comme ça on aurait évité cette situation.

– Ne t'inquiète pas, Blaine, dis-je. Ce n'est pas de ta faute.

– Elle a du mal à articuler, remarque-t-il. Kate, tu l'as fait boire ?

Du mal à articuler ? Je suis surprise, car je ne me sens pas du tout ivre. Enfin, peut-être un peu. Ouais, un peu. Je m'allonge sur le lit et rote doucement.

– Mince, je suis bourrée.

– Kate, tu vas avoir des ennuis. Elle n'a rien mangé depuis hier midi. Elle était trop nerveuse pour manger hier soir. Va lui trouver quelque chose à manger pour faire redescendre l'alcool, ordonne-t-il, et elle se précipite hors de la chambre.

– Elle a des ennuis, dis-je. Et maintenant, je suis très fatiguée.

Ma mère lève les yeux au ciel.

– Delaney, tu dois te reprendre, dit Tiffany, l'air inquiète. Commence par t'asseoir. Tu aurais dû lui dire que tu n'avais rien mangé.

– Je m'en rends compte maintenant, dis-je en fermant les yeux. Mais j'ai besoin de faire une sieste. Une toute petite.

J'espère que tout sera toujours réel quand je me réveillerai !

CHAPITRE 62

Blaine

I l n'est pas encore là, j'entends le prêtre dire aux journalistes dans le couloir. Et vous ne pouvez pas rester ici. C'est un lieu de culte. Si vous refusez de partir, j'appellerai la sécurité.

– Nous l'attendrons dehors, dans ce cas. Je suis sûre qu'il a de grands projets pour sa lune de miel avec sa nouvelle épouse. Nous le verrons à la sortie. Il doit s'expliquer au monde. Comment obtient-il tout ce qu'il veut ? D'abord, il devient milliardaire en vendant de la camelote, et puis les enfants malades qu'il visite guérissent miraculeusement. On raconte qu'il aurait pactisé avec le diable, mon père. Voulez-vous vraiment de ce genre de personne dans votre église ?

– Cet homme n'a pas pactisé avec le diable. Vous êtes bien dramatique. Je l'ai baptisé la semaine dernière, dit-il.

– Il n'a jamais été croyant avant. Que s'est-il passé pour qu'il change subitement ? Ou fait-il mine d'avoir trouvé la foi ? Le public a le droit de savoir. Il pourrait être très dangereux. Aidez-moi à faire connaître la vérité. Aidez-moi à savoir s'il a vraiment conclu un pacte avec le diable, comme l'affirme l'homme qu'il a ruiné.

– Je vais aller dire la vérité, je déclare, mais Kent, Randy et même M. Richards me retiennent.

– Ne bouge pas, dit le père de Delaney d'une voix ferme. Je vais m'occuper d'elle.

– Non, je proteste en essayant de me dégager des deux autres. Je ne peux pas vous laisser faire ça, monsieur. C'est mon combat.

Mais il secoue la tête.

– Fils, tu t'apprêtes à épouser ma fille. Tu vas bientôt faire partie de ma famille. Et je protège les miens. Aujourd'hui, ma fille et toi allez fonder votre famille ensemble. Tu comprendras lorsque tu auras des enfants. Personne ne cherche des noises à ma famille, personne !

Sur ces mots, il tourne les talons et sort de la chambre.

– Hé ben ! s'exclame Kent. Ton beau-père est un dur à cuire. Que Dieu aide cette pauvre journaliste. Je crois qu'elle va en voir de toutes les couleurs.

Nous écoutons à la porte et nous entendons M. Richards :

– Hé, vous ! Ici ! Que voulez-vous à mon beau-fils ?

Nous entendons des pas se rapprocher, puis la voix de la journaliste :

– Et vous êtes ?

– Mon nom ne vous regarde pas. Ma fille va épouser l'homme que vous vous apprêtez à piéger, et je suis ici pour y mettre fin. Vous n'obtiendrez pas d'interview, parce que ça ne regarde personne. Et je vous ai entendue parler au prêtre. Je sais que vous voulez faire accuser Blaine, et je ne vous laisserai pas faire. Alors circulez, ou vous allez le regretter.

Kent passe la tête par l'embrasure de la porte, puis se tourne vers moi.

– Le caméraman est en train de filmer. Je ne pense pas que M. Richards l'ait remarqué.

Randy semble contrarié. Il sort de la chambre à son tour.

– Merde, je murmure. Que va-t-il faire ?

– Cessez de filmer immédiatement, crie Randy. Je suis l'avocat de

Blaine Vanderbilt. Je vous ferai tous arrêter si vous n'obtempérez pas tout de suite !

– Oh, merde, s'exclame Kent. Il leur raconte n'importe quoi !

– Éteignez cette caméra toute de suite ! répète-t-il.

– Très bien, dit un homme, probablement le caméraman. De toute manière, nous finirons par en savoir plus sur cette histoire, vous savez.

– Il n'y a aucune histoire. Mon client est en train de changer ses pratiques commerciales. Il a peut-être fait affaire avec des entreprises peu recommandables par le passé, mais ce temps est révolu. Laissez-le commencer un nouveau chapitre de sa vie en paix, déclare Randy.

J'attends la réponse de la journaliste, mais mon téléphone sonne, et j'entends soudain des pas pressés dans ma direction. La porte de la chambre est ouverte violemment. Ils m'ont trouvé, et une caméra est braquée sur moi.

– Nous sommes en direct avec Blaine Vanderbilt, déclare la journaliste brune en entrant, nous forçant à reculer au fond de la pièce.

Je renvoie l'appel sur messagerie, puis me redresse et lui fais face.

– Oui, vous l'êtes. Après m'avoir harcelé pendant une semaine, vous êtes avec moi, en direct. Vous m'avez coincé dans une chambre d'hôpital vide le jour de mon mariage. S'il vous plaît, dites-moi ce que vous voulez me demander de si important, pour venir perturber le plus beau jour de ma vie.

– Le public veut savoir comment vous obtenez tout ce que vous voulez. La fortune, ces enfants qui guérissent miraculeusement ? On en revient toujours à cette nuit, où vous avez été aperçu quittant un entrepôt où se déroulaient des messes sataniques, dit-elle avant de me fourrer le micro sous le nez.

– Ce sont des rumeurs sans fondement. Voici mon frère, dis-je en me tournant vers Kent. Demandez-lui s'il pense que j'ai des tendances sataniques.

– Pas du tout, répond mon frère. Vous vous ridiculisez avec ces accusations. Ça ne m'aurait pas surpris de la part de la presse à scandale. Mais de la part des informations locales, oui !

– Je ne vous demanderai qu'une fois de quitter les lieux, déclare soudain une voix familière. Si vous refusez d'obtempérer, j'appellerai la police, et l'hôpital portera plainte contre votre équipe et votre chaîne.

Je reconnais le chef de la sécurité, M. Davenport.

La journaliste semble furieuse lorsqu'elle se tourne vers lui. J'entends une voix faible venant du fond du couloir, qui ressemble à celle de Megan.

– Que se passe-t-il ?

– Ça ne te regarde pas, répond son père.

La journaliste se dépêche de sortir de la chambre pour lui demander :

– Es-tu un des enfants miraculés ?

– Nous ne donnons pas d'interview ! crie son père.

– Je souhaite simplement vous poser quelques questions sur Blaine Vanderbilt. Il a été accusé de satanisme, dit la journaliste.

– Satan ? répète Megan, et je sors en trombe de la chambre, furieux.

– Ça suffit ! je crie. Laissez-la tranquille ! Laissez cette famille tranquille. Si vous aviez un cœur, vous nous laisseriez tous en paix !

Le père de Megan tient sa fille dans ses bras, sa femme à ses côtés. Elle se tourne vers la journaliste.

– Blaine Vanderbilt est tout sauf un homme mauvais, déclare-t-elle. Et de nombreuses personnes pourront en témoigner. Personnellement, je ne crois pas un seul mot de ces accusations.

– Moi non plus, ajoute le père de Megan.

Je souris en voyant Megan lever la tête et croiser mon regard.

– Cet homme est presque un ange, déclare-t-elle. Si vous choisissez de porter des accusations contre lui, j'aurai honte pour vous. C'est vous qui ferez une mauvaise action, et vous en paierez les conséquences.

– Merde, souffle la journaliste en baissant la tête. Allons-y. Vous avez l'air d'avoir tout un fan-club, me dit-elle en se tournant vers moi et esquissant un petit sourire. Et vous semblez prêt à vous battre pour prendre leur défense. Selon moi, ça prouve que vous n'êtes pas mauvais. Je suis navrée. Ce n'est pas mon genre de faire publier des mensonges. Je m'excuse de cette situation. C'est juste pour le busi-ness. On m'a envoyée ici pour avoir une interview de vous.

– « C'est juste pour le business » est une phrase que j'avais coutume de répéter tout le temps. Et j'avais tort, je l'admets. Je ne le ferai plus. Vous pouvez l'écrire, si vous le souhaitez. Mais je préfére-rais vraiment qu'on oublie toute cette histoire. Je suis en train d'es-sayer de me construire une nouvelle vie, et une famille avec une femme à qui je tiens plus que tout. J'aimerais avoir un peu d'intimité.

Elle hoche la tête et s'éloigne, suivie de son équipe.

– Nous sommes venus vous voir vous marier, me dit Megan en souriant.

– Et bien, allons-y, alors, dis-je en avançant vers la chapelle.

– Megan a quelque chose à vous dire, déclare sa mère en souriant.

– C'est vrai ? je lui demande en lui caressant la tête.

– Après votre mariage, je rentre à la maison, déclare-t-elle, et cette nouvelle me remplit de joie.

– Quelle excellente nouvelle ! s'exclame le prêtre, qui semble également ravi.

Je me tourne vers le père de Delaney.

– Vous pouvez aller la chercher. Je pense qu'il est temps de commencer la cérémonie.

Il acquiesce et part chercher mon épouse. Puis je me rappelle de cet appel que j'ai raté, et vois que c'était un appel de ma sœur. Je compose son numéro, et elle est en larmes lorsqu'elle décroche :

– Blaine, j'ai gâché ton mariage.

– Ne dis pas ça, Kate. Que se passe-t-il encore ?

– Elle s'est endormie. Le verre que je lui ai préparé était trop fort. Je n'arrive pas à la réveiller, et je n'ai pas pu la faire manger. On va devoir attendre qu'elle se réveille. Je suis vraiment désolée, pleur-niche-t-elle.

– Putain ! je murmure. Alors, on attendra. Et tu ne perds rien pour attendre, sœurette !

Je m'approche du prêtre, qui semble un peu inquiet.

– Il y a un problème, Blaine ? demande-t-il.

– En effet, dis-je en me passant la main sur le visage. Ma sœur a donné de l'alcool à Delaney pour la détendre. Mais elle n'a rien mangé depuis hier midi, et elle a seulement picoré toute la semaine à cause du stress des préparatifs. Elle s'est couchée épuisée tous les soirs. Il semblerait qu'elle se soit endormie. On va devoir attendre qu'elle se réveille pour continuer.

– Dieu du ciel. Heureusement, je n'ai rien d'autre de prévu aujourd'hui. Nous pouvons attendre.

Je me dirige vers la famille Sanders pour leur expliquer la situation, lorsqu'un groupe entre dans la petite chapelle. Une femme sanglote, désespérée, soutenue par deux hommes qui l'emmènent vers le prêtre.

Une petite fille traduit pour sa famille hispanophone.

– S'il vous plaît, monsieur, aidez notre mère. Ma petite sœur, elle n'a que six mois, elle vient d'avoir un accident de voiture avec ma mère. Maman s'en veut tellement que nous ne savons plus quoi faire. S'il vous plaît, aidez-la.

La petite chapelle est bientôt remplie de monde, et mes invités se déplacent vers le fond de la pièce. Je leur fais signe de me suivre et je les guide vers la cafétéria.

– Quelle tragédie, murmure Mme Sanders sur le chemin.

– Est-ce que vous sentez une odeur de miel et de citron ? demande Megan, qui marche entre ses parents, en me regardant.

Je prends une profonde inspiration et hoche la tête.

– Tu penses que ma mère est là ?

– Je ne peux plus l'entendre aussi bien qu'avant. C'est parce que je vais mieux, à mon avis. Mais je l'ai senti quand la famille est entrée dans la pièce. J'imagine que l'état de ce pauvre bébé est vraiment très grave, dit-elle tristement.

À ces mots, son père s'arrête, la serre dans ses bras et se tourne vers moi.

– Pouvons-nous prendre quelques instants pour prier pour cette enfant ? Est-ce que vous êtes d'accord ?

Kent, Randy et moi nous prenons les mains au milieu du couloir et baissons la tête.

– Blaine, je pense que vous devriez dire la prière, déclare Megan.

Je récite donc une prière pour ce bébé qu'aucun d'entre nous ne connaît. Mais nous sommes tous sûrs d'une chose. Une petite fille dans cet hôpital est sur le point de mourir, et nous devons prier pour elle.

Cette journée ne devait être consacrée qu'à Delaney et moi, mais je réalise qu'il y avait finalement peut-être une bonne raison pour que notre mariage soit retardé. Encore une fois, il s'agit de faire confiance à la vie.

Rien ne sert de courir...

Delaney

– COMBIEN DE TEMPS AI-JE DORMI ? je demande en me frottant les yeux.

Mes parents, la sœur et le frère de Blaine et sa petite amie sont autour de moi.

– Enfin ! s'exclame mon père. Tu as dormi trois heures. Elle a besoin d'une remise en beauté, dit-il à ma mère.

Kate et Tiffany se mettent aussitôt à l'action et viennent s'occuper de mes cheveux et de mon maquillage.

– Que s'est-il passé ? je demande, et Kate fait une grimace.

– Oh non ! Il faut te brosser les dents, Delaney !

Je sens que je recommence à paniquer. Je me tourne vers ma mère :

– S'il te plaît, va demander une brosse à dents et du dentifrice au bureau des infirmières, maman. Je ne me rappelle de rien, m'adressant à Kate. Je me suis évanouie ?

– Oui. Et je m'en veux terriblement. Je ne savais pas que tu étais à jeun. J'espère que tu me pardonneras, dit-elle d'une petite voix, avec une expression désolée.

Ma mère revient avec la brosse à dents, et je vais m'isoler dans la salle de bains. Dans le reflet du miroir, je constate que je ne suis plus aussi jolie que ce matin. Mon visage porte les marques de l'oreiller sur lequel je me suis endormie.

Je n'arrive pas à croire que je me sois endormie. En tout cas, je me sens beaucoup mieux. Je me rince la bouche, et décide d'en profiter pour soulager ma vessie. Blaine voudra probablement partir en lune de miel dès que nous serons mariés.

Je n'arrive pas à croire que je me sois laissée aller comme ça. Ce cocktail m'a eue par surprise. J'entends Kate parler au téléphone avec Blaine :

– Elle est réveillée. Vous êtes prêts ?

Un silence. Puis elle s'exclame :

– Tu plaisantes !

Qu'est-ce qui se passe maintenant ?

Je sors de la salle de bains, et retrouve Kate encore plus désolée que tout à l'heure.

– Je suis vraiment, vraiment désolée, Delaney !

– Quel est le problème ?

– Une famille en deuil occupe la chapelle. Ce serait horrible de leur demander de partir, répond Kate. Blaine dit qu'il est désolé. Maintenant, nous devons tous attendre.

– Je vais aller te chercher quelque chose à manger, ma chérie, déclare ma mère en entraînant mon père en dehors de la chambre.

Je m'installe dans le fauteuil, en me demandant comment tout ce que nous avions prévu a pu être perturbé à ce point. Peut-être est-ce un signe que nous faisons fausse route. L'univers a peut-être voulu nous empêcher de faire une erreur.

Peut-être devrions-nous tout annuler !

Je me souviens avoir pensé en m'endormant que j'espérais ne pas avoir rêvé. Mais peut-être que les choses doivent en être ainsi. Peut-être suis-je censée n'avoir que de beaux souvenirs à chérir.

Blaine

Assis à une table à la cafétéria, je suis parcouru d'un frisson. Je remarque que Megan me dévisage.

– Vous ne devriez pas attendre que la chapelle se libère, Blaine. Vous devriez emmener l'infirmière Richards et l'épouser, peu importe où.

Je lève la tête et vois les parents de Delaney arriver dans la cafétéria presque vide. Une idée me vient.

– Je pense que tu as raison.

Je me lève et m'approche de Shirley, la caissière, qui porte toujours un badge indiquant « Mildred ».

– Shirley, vous pensez que ce serait possible de nous marier ici ? On pourrait former une allée au milieu de la pièce et tamiser les lumières pour la rendre chaleureuse. Qu'en pensez-vous ?

– Je trouve que c'est une excellente idée. Je m'en occupe. Si certains de vos invités acceptent de m'aider, je pense que tout peut être prêt dans une dizaine de minutes.

Certains convives se portent volontaires et commencent à déplacer les tables. Je vais retrouver M. et Mme Richards.

– Nous allons faire la cérémonie ici. Nous pouvons commencer dans dix minutes, si ça lui convient.

Sa mère se dépêche derrière lui en disant :

– Je vais chercher le prêtre !

Le plan est mis en action. Je me dépêche d'aller aider les autres à installer les tables et les chaises. Une des collègues de Delaney passe devant l'entrée, puis revient et demande :

– Que faites-vous ?

Je suis trop occupé pour lui répondre, mais Shirley lui explique la situation.

– Delaney et Blaine vont se marier ici. Tu crois que tu pourrais essayer de passer la marche nuptiale dans les haut-parleurs ?

L'infirmière acquiesce et s'éloigne. L'excitation fait tambouriner mon cœur. Je crois que cette fois, c'est vraiment la bonne !

Delaney

– Non, papa ! Je pense que trop de choses se passent mal. Ce sont des signes ! je m'exclame lorsqu'il m'explique que la cérémonie se fera dans la cafétéria. Et les belles photos de notre mariage dans une chapelle ? Je ne veux pas voir un présentoir de tartes en arrière-plan de nos photos de mariage !

– Ce n'est pas important, rétorque mon père. Allons. Il t'attend. Je suis sûr que tout sera parfait. Tout le monde participe pour s'en assurer. Ce n'est peut-être pas ce que vous aviez prévu, mais au final, vous serez mari et femme ce soir. Et c'est tout ce qui compte. N'est-ce pas ?

Kate hoche la tête, ainsi que Tiffany. Je me regarde dans le miroir. Les marques de l'oreiller ont disparu. J'ai meilleure mine que lorsque je me suis réveillée.

Je lève les yeux au plafond et prononce une prière à voix basse.

– Seigneur, j'adorerais recevoir un signe de vous si c'est réellement ce que je dois faire.

Je baisse la tête et attends un signe, le cœur lourd. Soudain, j'entends la marche nuptiale diffusée à travers les haut-parleurs.

– Prenez mon bouquet, voulez-vous ? je demande avec un grand sourire. Je dois aller rejoindre mon mari !

Blaine

Je regarde nos invités s'installer sur les chaises de part et d'autre de l'allée que nous avons créée. Les lumières dans la pièce sont tamisées, et quelqu'un a même trouvé des bougies pour rendre l'ambiance encore plus chaleureuse. Tiffany s'avance au bras de Kent. Kate et Randy marchent derrière eux. La musique continue de retentir un instant qui me semblent durer une éternité, puis je vois enfin Delaney apparaître à l'entrée de la cafétéria.

Je peux voir sur son visage la surprise et sa joie en découvrant les transformations apportées à la pièce. Elle regarde partout, les yeux brillants, tout en s'avançant vers moi au bras de son père. Elle finit par me regarder et me fait un grand sourire.

– Coucou, je murmure en lui prenant la main.

– Coucou, répond-elle timidement en se mordant la lèvre. Tu es prêt ?

J'acquiesce, et nous nous tournons vers le prêtre qui s'apprête à prononcer les mots qui vont nous unir devant Dieu pour l'éternité.

À présent, je suis certain que nous serons tous heureux pour toujours.

Fin

❋ Réalisé avec Vellum